청춘 대한민국

청춘 대한민국

1판 1쇄 인쇄 ㅣ 2011. 2. 21
1판 1쇄 발행 ㅣ 2011. 2. 28

지은이 ㅣ 이원호
펴낸이 ㅣ 박연
펴낸곳 ㅣ 한결미디어

등록일자 ㅣ 2006. 7. 24.
등록번호 ㅣ 제 313-2006-000152호
주 소 ㅣ 서울 마포구 용강동 469 하나빌딩 3층
전 화 ㅣ 02)704-3331 팩 스 ㅣ 02)704-3360

ISBN 978-89-93151-25-1 03810

청춘靑春
대한민국

한겨레미디어
HANGYREH
MEDIA

저자의 말

『청춘 대한민국』은 20대 젊은이를 대상으로 쓴 소설입니다.

내 독자층이 점점 위로 올라가는 경향이 있어서 그야말로 '필사적'으로 '시장 다변화'와 '제품 다양화'에 노력합니다만 선입견을 떼기 참 힘이 듭니다.

하지만 노력한 만큼의 성과는 있는 것 같습니다.

그리고 '언젠가는' 하고 믿음도 생기구요.

『청춘 대한민국』은 각각 다른 주인공이 이야기를 이어갑니다.

한국 젊은이들의 사랑과 실연, 입대와 취업, 그리고 가정문제를 펼쳐 보입니다. 다 한 번씩 겪고 사는 이야기입니다만 '느낌'은 모두 다를 것이라는 생각이 드네요.

인간은 한없이 약한 것처럼 보이기도 하지만 무섭도록 강하고 끈질기기도 합니다. 지난 세월을 돌아보면 '내가 그때 어떻게 밥이 넘어갈 수가 있었나?' 하는 생각이 들 때도 있지요 어른 대부분이 그렇게 살아갑니다.

그러면서도 거의 내색도 하지 않고 설거지를 하거나 직장에 나가지요. 생각해보세요. 가슴에 죽은 자식을 묻고 사는 부모가 어디 한둘이겠습니까? 사랑하는 사람을 먼저 보내놓고 남은 자식들과 악착같이 사는 엄마, 또는 아빠도 있지요. 어른들 모습입니다.

　모두 젊은 시절의 방황과 좌절을 겪고 사랑과 야망을 키웠던 분들이지요. 지금 여러분들처럼 말입니다.

　『청춘 대한민국』은 한국인 청춘 남녀의 자화상, 우리 주변 젊은이들의 이야기가 되겠습니다.

　재미있게 읽어주시면 기쁘겠습니다.

2011년 1월 이원호

목차

오 마이 파트너

"형, 나 좀 봐."

하고 뒤에서 부르는 목소리가 들렸으므로 김민성은 머리를 돌렸다.

하주연이다. 3학년 동급생이지만 김민성이 3년간 군에 갔다가 오는 바람에 3학번이 늦은 후배.

다가선 하주연한테서 상큼한 냄새가 맡아졌다. 비누+로션+체취까지 섞인 묘한 냄새. 김민성의 머릿속에 여관의 욕실과 벌거벗은 여자의 몸이 번개처럼 스치고 지나간다.

여자 얼굴은 보이지 않는다.

김민성의 시선을 받은 하주연이 눈도 깜박이지 않고 묻는다.

"내일 동해안으로 간다고 했지?"

"응? 응."

되물었다가 대답하는데 딱 한자씩 필요했다.

그러자 하주연이 다시 물었다.

"어디야? 강릉? 속초?"

"근데 왜 물어?"

그때서야 중심을 잡은 김민성이 똑바로 하주연을 보았다.

8월 초, 학교는 방학 중이지만 취업 준비 때문에 도서관에 출석하는 인구가 태반이다. 오후 3시경, 지금 둘은 땡볕을 피하려고 도서관 앞 가로수 그늘에 서 있다.

그러자 하주연이 대답했다.

"나, 데꼬가."

"뭐시?"

놀란 김민성이 눈을 치켜떴고 입안의 침을 삼켰다. 그러나 곧 이성을 찾는다.

"야가 농담 까고 있어. 니 인턴 오빠는 어떻게 하고?"

하주연은 성형외과 인턴인 남친이 있다. 아주 대놓고 광고를 해쌓는 바람에 모르는 사람이 없다. 하긴 대성대학 상경대의 2백여 명 여학생 중에서 다섯 손가락 안에 드는 미모에다 팔등신 몸매를 갖춘 하주연이니 꿀릴 것도 없다. 그러자 하주연이 정색하고 말했다.

"윤지선하고 같이 가. 그러니까 셋이 가는 거지."

"근데 내가 왜 널 데리고 가야 돼? 그리고 윤지선은 또 뭐야?"

머리가 복잡해진 김민성의 목소리가 높아졌다.

윤지선 또한 경영학과 동급생이다. 그러나 몸무게가 70kg 가까운 거구. 말도 없는 애라서 지난봄에 복학한 후에 말도 한마디 안 해봤다.

김민성이 말을 잇는다.

"야. 나 소득 없는 일에 에너지 낭비하기 싫어. 뭐 같은 민족이라고 동포애 발휘해서 가이드 노릇 하라는 말 같은데, 딴 데 가서 알아봐."

"형, 각자 더치페이 하자구. 글고 차는 내 차로 가. 기름 값도 내가 널게."

바짝 다가선 하주연의 검은 눈동자에 박혀진 제 얼굴을 본 김민성이 숨을 멈췄다. 하주연과 이렇게 바짝 붙어선 것은 처음이다. 갑자기 머릿속이 혼란스러워지면서 생각이 뒤죽박죽이 되어 버렸다.

오늘 식당에서 점심을 먹다가 김민성이 후배한테 내일부터 동해안에 가서 며칠 놀다가 오겠다고 말한 것을 하주연이 들은 모양이었다.

그때 하주연이 웃음 띤 얼굴로 말한다.

"머리가 복잡해? 걍 간단히 생각해. 셋이 놀러 가는 것으로 말야."

그러더니 얼른 말을 잇는다.

"글고 형 머릿속에서 그 인턴에 대한 생각은 싹 지워."

"이게 웃기는데."

말은 그렇게 했지만 김민성은 이미 하주연의 손바닥 안에 놓인 제 처지를 깨닫는다.

그러나 결코 나쁜 기분이 아니다. 정직하게 표현하면 기쁘다. 윤지선이 생선 가시처럼 걸리긴 했지만. 하주연의 시선을 받은 김민성이 천천히 머리를 끄덕였다.

"좋아. 억셉트. 운전은 내가 하고 내 옆자리는 네가 앉을 거지?"

윤지선은 뒷자리에 앉아야 된다.

버스 4대로 관광버스 사업을 하는 김민성의 아버지 김홍기는 다혈질이다. 인건비를 아끼려고 김홍기는 직접 버스를 몰면서 안내원 역할까지 했는데 오늘은 일찍 집에 돌아와 있다.

"어, 너 내일 동해안 간다고?"

오후 7시경, 저녁을 먹으면서 반주로 마신 소주에 얼굴이 불쾌해진 김홍기가 들어서는 김민성에게 묻는다.

"니 차 몰고 갈거냐?"

"아니, 친구 차."

간단하게 말한 김민성이 제 방으로 들어가려는 것을 김홍기가 불러세웠다.

"얌마, 일루와 앉어."

"왜?"

했지만 가방을 소파위에 던진 김민성이 김홍기를 마주보고 앉는다.

집 안에는 주방에서 뭘 씻고 있는 어머니까지 셋뿐이다. 48평형 아파트 안은 잠깐 조용해졌다. 작년 초에 시집간 누나하고 네 식구가 이집에서 15년째 살았다. 김홍기가 흐려진 눈으로 김민성을 보았다.

"돈은 있냐?"

"알바해서 모은 돈 있어."

"며칠간 갔다 올 거여?"

"한 일주일."

"너, 어디루 취직할거여?"

"봐서."

그리고는 말이 딱 막혔다. 대개 이 레벨에서 대화가 끝나는 것이다.

그런데 오늘은 아버지가 한발 더 나갔다.

"내 생각으로는 대기업보단 중소기업이 낫다. 거그가 쫌 험하긴 혀도 배울 것이 더 많고 출세도 빠른 거여. 내 친구 아들놈은…"

"알았어."

말이 길어질 것 같았으므로 김민성이 정색하고 자른다. 아버지 친구 이야기는 여러 번 들었다.

그때 어머니 정윤자가 주방에서 불렀다.

"야, 옷 갈아입고 밥 먹어라."

밥상은 다 차리지도 않았는데 아버지 잔소리에서 떼어 놓으려는 것이다.

김민성이 자리에서 일어서자 김홍기가 말했다.

"요즘 젊은 놈들은 3D업종은 피헌다고 허는디, 며칠 굶어봐야 혀. 그려야 정신들이 날거라고."

힐끗 김홍기에서 시선을 준 김민성이 제 방으로 들어가 옷을 벗는다.

그때 핸드폰의 벨이 울렸으므로 김민성이 먼저 발신자 번호부터 보았다. 박재희다.

이맛살을 찌푸린 김민성이 핸드폰을 귀에 붙였다.

"왜?"

그러나 박재희는 대답하지 않는다.

박재희와는 반년쯤 사귀었다가 한 달쯤 전에 헤어졌다. 그것은 박재희가 양다리를 걸치고 있다는 사실을 현장에서 목격했기 때문인데 생각할 때마다 쓴웃음이 나왔다.

학교 근처의 모텔에서 낮거리를 하고 나오는 박재희와 파트너를 직접 목격했기 때문이다.

그런데 그 모텔이 김민성과 박재희도 자주 들르던 곳이었다.

김민성은 둘이 모텔 안에서 한 짓보다 박재희의 부주의함에 더 질렸다. 근처에 다른 모텔도 많았기 때문이다.

김민성도 가만있었더니 이윽고 박재희가 말했다.

"우리, 좀 만나."

"조까."

짧게 대답한 김민성이 제 말이 우스운지 킁킁 웃었다.

그리고는 말을 잇는다.

"야 넌 존심도 없냐? 전화 그만 좀 해라. 진짜 짜증난다."

"그쪽 정리했어."

"이게 증말 춘향전 읊고 있네."

핸드폰을 고쳐 쥔 김민성의 목소리가 높아졌다.

"야. 나보다 좆 큰 놈 얼마든지 있어. 정신 차리고 홍대 근처로 가봐."

그리고는 핸드폰을 침대 위로 던졌다.

"어우, 야아."

하주연을 본 김민성이 감탄사를 길게 뱉으려다 멈춘다. 옆에 선 윤지선을 의식했기 때문이다.

역삼동 길 가에 주차시킨 하주연의 붉은색 스포츠카 옆에 대조적인 두 여자가 시민들의 시선을 끌고 있다.

하주연은 흰색 소매 없는 셔츠에 팬티 같은 청바지를 입어서 온몸의 곡선이 다 드러났다. 머리에는 흰 운동모를 썼고 선글라스로 눈을 가렸지만 미모는 감춰지지 않는다.

그리고 그 옆에 선 윤지선은 헐렁한 특대형 와이셔츠를 소매까지 내려 입은 데다 바지에 운동화 차림이다. 무게가 더 나가게 보이도록 입었다.

"형도 괜찮은데."

하고 하주연이 말했지만 립서비스는 아니다.

김민성도 185센티미터의 신장에다 아랫배도 단단해서 시선이 온다.

예약했던 대로 김민성이 운전석에 앉자 하주연은 옆자리에 탔다. 윤지선은 미리 뒷자리로 들어가 버려서 좀 싱거워졌다.

"먼저 속초로 가."

고속도로 톨게이트로 향하는 차 안에서 하주연이 말했다.

"거기서 아래쪽으로 내려오는 게 어때?"

"좋을 대로."

해놓고 김민성이 덧붙였다.

"하루에 한 장소씩 이동하기다. 정신없이 옮겨가는 건 싫어."

"좋아."

의자에 등을 붙이면서 하주연이 뒤쪽의 윤지선에게 묻는다.

"지선아. 너, 형하고 말도 안 텄다고 했지? 지금 터봐."

"됐어."

하고 뒤쪽에서 목소리가 들렸으므로 김민성이 대답했다.

"됐다. 이젠 텄다."

"쟤가 형 좋아해."

하주연의 말에 김민성이 백미러로 윤지선을 보았다.

"야, 나 한 달 전에 채였거든? 앞으로 너하고 잘 될 것 같은 예감이 든다."

"진짜야?"

옆자리의 하주연이 물었으므로 김민성은 머리를 끄덕였다.

"그렇다니까, 그러니까 내가 이렇게 니들하고 노는 것 아녀."

"이 아저씨 정말인 것 같네."

"말마라. 가슴이 찢어진다."

"내가 듣기로는 영문과 3학년이라고 하던데, 맞아?"

"언놈이 그래?"

"맞아, 틀려?"

"맞아."

"어떻게 채였는데?"

"내 테크닉이 서툴다고."

그러자 하주연이 입을 다물었고 차 안에는 잠깐 어색한 정적이 덮여졌다. 그때 뒷자리의 윤지선이 입을 열었다.

"저기, 박재희는 내 고등학교 동창이거든요."

그 순간 김민성이 앞쪽을 향한 채로 눈을 치켜떴다. 그러나 곧 어깨를 늘어뜨리면서 백미러를 향해 웃는다.

"이 아줌마 이렇게 말 길게 하는 거 처음 들었네."

"재희한테 이야기 들었어요."

다시 윤지선이 말했을 때 하주연이 끼어들었다.

"재희가 그럼, 형이 채였다는 여친이야?"

김민성은 대답하지 않았고 윤지선의 말이 이어졌다.

"형한테 사과하고 싶다고 했어요. 진심으로 말이죠."

"어, 참, 그놈의 인연."

마침내 입맛을 다신 김민성의 얼굴에서 웃음기가 가셔졌다.

"끈질긴데다 지저분하구만 그래."

김민성이 듣기로는 하주연의 아버지는 강남에 빌딩을 소유하고 있는 부동산 임대업자로 재산이 수백억대라는 것이다. 돈이 많다는 것은 죄가 아니고 부끄러워 할 일도 절대 아니다.

전에 부정한 방법으로 축재한 사람들이 많아서 그런 선입견이 생겼지만 지금은 돈이 많다고 색안경을 끼고 보는 인간이 있다면 그 분이야말로 정신병원에 가서야만 한다.

어쨌거나 하주연은 예쁘겠다, 몸매 잘 빠졌겠다, 머리 좋겠다, 돈 많겠다, 최고의 조건을 갖춘 여자임은 틀림없다.

오후 3시경에 속초 대포항 근처의 콘도에 도착한 일행 셋의 분위기는 밝다. 윤지선도 두 번에 한번 꼴로 말대답을 하면서 웃기도 했는데 슬슬 말까지 내릴 기색이다.

"내가 아래층에서 시장 보고 올 테니까 너희들은 씻기나 해."

콘도는 방 세 개짜리에다 거실에 주방까지 갖춰졌으며 베란다에서는 바다가 내려다 보였다. 하주연이 예약을 했고 방값까지 냈기 때문에 김민성은 식품이라도 제 돈으로 살 작정이었다.

"형, 같이 가요."

김민성을 따라 나오면서 윤지선이 말했다.

그러자 하주연이 흥흥 웃는다.

"둘이 잘 해봐. 방 빈데 많더라."

"저게."

눈을 치켜 떠 보인 김민성이 윤지선과 함께 엘리베이터를 향해 걸으면서 말했다.

"난 저게 무슨 꿍꿍이 속인지 지금도 마음이 안 놓인다."

엘리베이터 안에는 둘 뿐이었으므로 김민성이 버튼을 누르면서 거침없이 말을 잇는다.

"날 찍어서 이곳에 데려온 이유 말야. 나한테 관심이 있어서 그랬다면 지나던 개가 웃을 테고."

"형은 그렇게 자신이 없어요?"

불쑥 윤지선이 묻자 김민성은 쓴웃음을 짓는다.

"내 자신을 잘 알 뿐이지. 내가 여러 번 험한 꼴을 당했거든."

그때 윤지선이 시선을 주었으므로 김민성은 머리를 저었다.

"박재희를 연관시키진 마. 걘 예외야."

"나도 영문을 모르겠어요, 형. 갑자기 주연이가 여행을 떠나자고 했거든요."

지하 1층의 슈퍼마켓으로 내려 온 둘은 장바구니를 집어 들고 나란히 걷는다.

윤지선이 말을 이었다.

"내가 형한테 관심이 있다고 한 말은 빈말이 아니죠. 주연이한테 형 이야기를 자주 했으니까."

"황송하군."

"부담 갖지 마요."

"이미 부담 먹었어."

쌀과 마늘, 콩나물, 고추장, 참치 캔까지 장바구니에 담으면서 김민성이 입맛을 다셨다.

"내가 지금 무슨 짓을 하고 있는지 모르겠다."

"즐겨요, 형."

장바구니에 상추에다 깻잎, 대파를 담으면서 윤지선이 여전히 차분한 얼굴로 말했다.

"형한테는 손해 볼 것이 하나도 없으니까."

"너희들이 무슨 음모를 꾸미는 건 아니겠지? 일테면,"

힐끗 윤지선에게 시선을 준 김민성이 말을 잇는다.

"나한테 술을 잔뜩 먹인 다음에 옷을 벗기고 몹쓸 짓을 한다든가 말야."

18

그러자 윤지선이 이만 드러내고 소리 없이 웃는다.

그 모습을 본 김민성의 가슴이 세차게 뛰었다. 여자 모습은 마치 카멜레온 같다. 똑같은 생김새인데도 수시로 색깔이 변하는 것이다.

지금 윤지선의 모습은 섹시하다. 전혀 다른 모습이다.

대포항에서 직접 골라서 떠 온 생선회를 베란다 테이블에 올려놓고 셋은 술을 마신다.

아래쪽에서 불어오는 바닷바람은 시원했고 생선회 맛은 훌륭했다.

밤 11시가 되었을 때 셋 중 가장 먼저 취한 것은 하주연이다. 소주를 두 병쯤 마신 하주연이 횡설수설 하더니 화장실에 가겠다면서 집 안으로 들어가서 돌아오지 않았다.

윤지선이 들어가 보더니 침대에 고꾸라져서 자고 있다는 것이다.

"쟤가 너하고 나한테 기회를 주는 것 같구나."

소주잔을 든 김민성이 지그시 윤지선을 보면서 말했다.

윤지선은 이제 반팔 셔츠에 반바지를 입었는데 드러난 팔다리가 굵었지만 보기 싫지는 않았다. 술기운 때문일 것이다.

"아유, 형. 맘에도 없는 말마요."

이맛살을 찌푸린 윤지선이 빈 잔에 술을 따른다. 윤지선의 주량은 세다. 지금까지 두병 반은 마신 것 같다.

김민성이 한 모금에 잔을 비우고 나서 물었다.

"너, 섹스 경험 있어?"

"내가 석녀야?"

대뜸 윤지선이 말을 받았으므로 김민성은 큭큭 웃었다.

"그렇군. 내 부담이 좀 덜어졌다."

"누가 준대?"

"아니. 조금 전까지 넌 나한테 주겠다는 신호를 계속해서 보낸 것 같은데."

"오버하지 마."

"안 줄래?"

"싫어."

"안주면 후회한다."

"주연이한테 가."

불쑥 윤지선이 말하자 김민성의 얼굴이 굳어졌다. 눈을 좁혀 뜬 김민성이 묻는다.

"너, 지금 뭐라고 했어?"

"주연이 방으로 가라구."

이제는 눈만 끔벅이는 김민성에게 윤지선이 말을 이었다.

"주연이가 바라고 있어."

"네가 어떻게 알아?"

"그 속은 모르겠지만 가봐. 주연이가 줄 테니까."

"술 취해서 자고 있다면서?"

"안자. 깨어 있어."

"날 오라고 했어?"

"눈치가."

그러더니 한 모금에 소주를 삼키고 나서 이를 드러내고 웃었다.

"그쯤은 내가 알 수 있지."

"좋아."

마침내 마음을 정한 김민성이 손을 뻗어 윤지선의 어깨를 감싸 안았

20

다. 놀란 윤지선이 몸을 굳혔을 때 김민성은 거침없이 얼굴을 붙여 입술을 빨았다. 당황한 윤지선이 두 손으로 김민성의 가슴을 밀었지만 시늉으로 그쳤다. 곧 윤지선의 입술이 열리더니 거친 숨결과 함께 혀가 빨려 나왔다. 김민성은 윤지선의 달콤한 혀를 애무했다. 어느덧 윤지선의 두 팔이 김민성의 허리를 부둥켜안고 있다. 이윽고 김민성의 얼굴이 떼어졌을 때 윤지선이 가쁜 숨을 뱉으며 말했다.

"형, 빨리 주연이한테 가봐."

"네 방으로 가자."

자리에서 일어선 김민성이 윤지선의 팔을 잡아끌었다.

"어서 일어나."

"싫어."

했지만 윤지선의 목소리는 약했고 김민성의 힘에 끌려 자리에서 일어섰다. 베란다에서 집안으로 들어 온 김민성은 윤지선의 허리를 감아 안고 방으로 들어섰다. 윤지선의 방이다. 그때 윤지선이 손을 뻗쳐 방문의 닫힘 버튼을 눌렀으므로 김민성은 씩 웃었다. 다시 윤지선이 방안의 불을 꺼 버렸다.

다음날 아침, 눈을 뜬 김민성은 침대 옆 탁자에 놓인 탁상시계를 보았다. 오전 8시 반이다. 갈증이 났으므로 몸을 일으키던 김민성의 머릿속을 어젯밤의 기억이 순식간에 스치고 지나갔다.

윤지선과의 섹스는 좋았다. 황홀했다는 표현이 어울렸다. 섹스는 양쪽의 호흡이 맞으면 행복해진다는 것을 요즘에야 깨우친 김민성이다.

윤지선과는 시쳇말로 궁합이 잘 맞았다. 음양의 호흡, 풍만한 윤지선의 몸이 그토록 탄력이 강하고 부드러우며 강약의 조절이 훌륭한지 상상도 하지 못했다.

김민성이 거실로 나왔을 때 주방에 서있던 하주연이 몸을 돌렸다. 그 옆에 선 윤지선은 기척을 들었을 텐데도 등을 보인 채 일하고 있다.

"형, 점심 먹고 강릉으로 가자."

하주연이 생기 띤 얼굴로 말을 잇는다.

"경포대 한성호텔 스위트로 예약했어."

"어휴. 스위트야? 그거 비쌀 텐데."

"됐네요."

하면서 돌아선 하주연이 냄비 뚜껑을 열어보면서 말을 잇는다.

"거긴 침대방하고 온돌방 두 개 뿐이니까 둘이 한방을 쓰셔."

김민성은 쓴웃음을 지었다. 어젯밤 일을 비꼬는 것이다.

창밖의 날씨는 맑았고 바다는 잔잔했다. 아침 식사를 마친 김민성이 낮에 먹을 생선 횟감으로 사려고 혼자 대포항에 갔을 때 바지에 넣은 핸드폰이 진동으로 떨었다. 하주연이다.

"형, 어디야?"

"어? 왜?"

"나도 지금 대포항에 와 있단 말야. 지금 어디 있어?"

"어, 국제횟집 앞에. 입구에서 1백 미터쯤 들어오면 돼."

"알 써."

하고 전화가 끊기더니 2분도 안되어서 앞에 하주연이 나타났다.

오늘은 붉은색 소매 없는 셔츠, 흰 반바지, 그리고 선글라스를 꼈다. 여전히 눈이 번쩍 뜨이는 모습이다.

"여긴 왜 왔어?"

좀 바보 같은 질문이라고 묻고 나서 바로 느꼈지만 그렇게 물었더니 하주연이 턱으로 제방 쪽을 가리켰다.

"우리 저기로 가."

앞장 선 하주연의 뒤를 따라 걸으면서 김민성이 물었다.

"너, 무슨 일 있어?"

그러나 하주연은 대답하지 않았다. 제방 끝의 시멘트 블록에 둘이 나란히 앉았을 때 하주연이 바다를 응시한 채 말했다.

"형, 내일 강릉 한성호텔에서 나하고 쇼를 좀 해줘."

"옳지."

우선 그렇게 탄성을 뱉어놓고 김민성이 지그시 하주연을 보았다.

"그럼 그렇지. 네가 일 없이 나를 이곳까지 끌고 왔을 리가 없지. 자, 네 음모를 듣자."

"한성호텔 703호실에 조우현이란 남자가 내일 투숙해."

"옳지."

"그놈이 인턴이야."

"얼씨구."

쓴웃음을 지은 김민성이 지그시 하주연을 보았다.

"그놈이 여자하고 오는구나. 그렇지?"

"우연히 핸드폰 메시지를 보고 알게 되었어."

"나쁜 놈."

그래놓고 김민성이 길게 숨을 뱉는다.

"아무리 그래도 그 화풀이로 너도 맞바람을 피우려고 했단 말이냐? 어젯밤에 네 방으로 안간 것이 얼마나 다행이냐? 내가 선견지명이 있었다니까?"

"저놈이야."

호텔 로비의 기둥에 등을 붙이고 선 하주연이 프런트를 눈으로 가리키며 말했다.

오후 5시 20분, 프런트에는 사내 하나가 체크인을 하는 중이다. 사내 뒤쪽에 연초록색 소매 없는 원피스 차림의 여자가 서 있었는데 몸매가 잘 빠진 미인이다.

하주연이 웃음 띤 얼굴로 말을 잇는다.

"저 계집애 이름은 양선하. LA에서 이름도 없는 대학에 다니고 있는데 쟤 아빠가 엄청 돈이 많아."

"너네보다 많아?"

놀란 나머지 바보 같은 표정을 짓고 김민성이 물었더니 하주연이 발로 정강이를 찼다.

김민성이 눈썹을 찌푸렸고 하주연의 슬리퍼가 벗겨졌다.

하주연이 말을 잇는다.

"저자식이 넉 달쯤 전부터 이상했어. 술 마시다가 잠깐 나갔다 오고 침대에 누워 있다가도 벌떡 일어나 화장실에 갔어. 약속도 자주 어기고. 알고 봤더니 저 계집애가 끼어들었던 것이라구."

"에이, 지저분."

김민성이 입맛을 다셨을 때 사내와 여자가 나란히 엘리베이터를 향해 다가왔다. 하주연은 기둥 뒤로 몸을 숨겼지만 김민성은 정면으로 서서 둘을 보았다.

남자는 잘 생겼다. 흰 피부, 섬세한 용모, 큰 키, 귀공자 타입.

여자 또한 하늘거리는 몸매와 웃음 띤 얼굴이 매혹적이다.

둘이 엘리베이터를 타고 사라졌을 때 하주연이 말했다.

"형이 내 남자가 돼줘. 그래서 저놈하고 서로 치고 받는 거야."

"그렇다면,"

정색한 김민성이 하주연을 보았다.

"섹스 파트너가 되어야 맞겠는데 걍 어젯밤 네 방으로 갈걸 그랬지?"

"기다리고 있었다구."

"지선이가 그렇게 말했지만 믿기지 않더라. 이유가 없었거든. 그래서 함정 같았지."

"병신."

"내가 좀 신중한 성격이거든."

"저것들이 곧 저녁밥 먹으러 나올 테니 우리 작전을 짜자."

하면서 하주연이 김민성의 팔을 끌고 로비를 나왔다.

지금 윤지선은 방에서 TV를 보고 있을 것이었다.

호텔 현관 앞에 선 김민성이 문득 생각이 든 것 같은 얼굴로 하주연에게 묻는다.

"너, 저놈한테 미련 있니?"

"분해서 그래."

"그건 바탕에 미련이 있는 거 아냐?"

"상관없어."

하주연이 머리까지 젓더니 쓴웃음을 짓는다.

"난 그렇게 생각이 깊은 성격이 아니라서 이러는가봐."

"뭐, 이해하고 공감한다. 다만,"

"다만, 뭐?"

"좀 쪽이 팔리기 시작해서 말야."

이번에는 하주연이 눈만 깜박였으므로 김민성이 말을 잇는다.

"저 자식이 우리 쇼를 눈치 채면 대쪽 아닐까? 내가 어젯밤 널 따먹지 못한 것도 있고 해서 말야."

"지랄."

"걍 우리끼리 놀다가 저놈이 우연히 우리를 발견하도록 하는 게 어떠냐? 이 근처 노는 데야 뻔하니까 말야."

"어긋날 수 있어."

"시발, 인턴이 그렇게 좋은 자리인줄 이제 알겠구만."

김민성이 투덜거렸지만 하주연은 가만있었다.

이윽고 김민성이 어깨를 늘어뜨리면서 말했다.

"넌 방에 들어가 있어. 내가 여기 있다가 그놈 시키 나오면 따라갔다가 연락할게."

조우현과 양선하가 들어선 곳은 호텔에서 50미터쯤 떨어진 바닷가 횟집이다. 바다가 보이는 창가의 테이블에 마주앉은 둘의 표정은 약간 들뜬 상태. 오늘 밤의 쾌락에 대한 기대가 섞여져 있는 것처럼 느껴졌다.

"내가 지금 무슨 짓을 하는 거지?"

옆쪽 횟집의 기둥에 어깨를 붙이고 서있던 김민성이 혼잣소리로 말하고는 주머니에서 핸드폰을 꺼내 쥐었다. 버튼을 눌렀더니 신호음이 두 번 울리고 나서 하주연이 전화를 받는다.

"야, 호텔 앞 동해 횟집이다. 둘이 지금 회 시켜놓고 히죽거리고 있어."

"알았어."

그래놓고 통화가 끊긴 후에 10분도 안되어서 하주연이 다가왔다.

어느새 하주연은 진주색 실크 셔츠에 반바지로 갈아입었고 머리에

26

는 흰 밴드를 매었다. 지금 횟집에 앉아있는 양선하를 의식한 것이 분명했다.

"들어가서 쇼 할껴?"

옆으로 다가선 하주연이 건너편 횟집 창가에 앉은 둘을 보았다.

김민성이 물었지만 하주연은 한동안 대답하지 않는다.

쓴웃음을 지은 김민성이 말을 이었다.

"난 준비되었어. 레디고만 해."

"가자."

하기에 김민성이 기둥에 기대었던 어깨를 떼었다.

그러자 하주연이 몸을 틀면서 말한다.

"호텔로 돌아가자."

"얼씨구."

하주연의 뒤를 따르면서 김민성이 이죽거렸다.

"천하의 하주연이 이빨 빠진 코브라가 되었구나. 마지막 단계에서 꼬랑지를 내리다니. 지기미. 투자한 돈이 얼만데."

하주연은 말이 없고 엉덩이를 노려본 채 따르는 김민성의 사설이 이어졌다.

"하긴 호텔방에 들어가는 순간을 잡는 방법이 있긴 하지. 아니면 그것이 끝날 때쯤 쳐들어가 휴지통에서 썩은 우유가 든 풍선을 증거물로 확보하든지."

"……"

"그땐 사진을 찍어야 돼. 녹음까지 해서 인터넷에다 올릴 수도 있어."

"……"

"넌 가만있고 내가 그걸 다 해갖고 그놈한테 돈을 뜯어내면 어떨까?

너한테 일러바친다고 하면서 말이다."

"……."

"그리고는 그놈한테 받은 돈을 우리 둘이 나눠쓰자."

그때 하주연이 걸음을 멈췄으므로 김민성이 하마터면 부딪힐 뻔 했다. 몸을 돌린 하주연이 김민성을 보았다. 이곳은 현관 앞이다.

"횟집에 가서 회나 떠와. 방에서 술 마시게."

차분한 표정으로 말한 하주연이 주머니에서 수표 서너 장을 꺼내 건네주었다.

"술도 사오고."

"예스 맴."

두 손으로 수표를 받은 김민성이 하주연을 보았다.

"저것들한테 전하실 말씀이라도 계시온지요?"

"놔둬."

"저놈 고추에다 낄 풍선이라도 한 박스 방으로 보낼까요? 물론 무기명으로 말입니다."

"시끄러."

"잘 생각하셨습니다. 마마."

그러면서 몸을 돌리는 김민성을 향해 하주연이 말했다.

"여기 오기 잘했어. 내 두 눈으로 보니까 맘이 가라앉아."

그러나 김민성은 앞을 향한 채 입속말을 했다.

"지랄."

"동병상련이다."

거침없이 말한 김민성이 술잔을 들고 한 모금에 삼켰다. 셋은 오늘

28

도 베란다에 나와 생선회를 안주로 술을 마신다. 어젯밤은 속초 앞바다였지만 오늘은 강릉 경포대 앞바다. 바다가 더 가까워서 파도 소리가 요란하다.

김민성이 두 여자를 둘러보며 말을 이었다.

"자, 여기 채인 남녀가 둘러앉아 아픔을 술로 달래고 있다. 이제 곧 세상을 감동시킬 시가 나온다."

"뭐? 시?"

하고 잠에서 깬 얼굴을 짓고 하주연이 물었으므로 김민성이 입맛을 다셨다.

"그래. 쉬가 아니라 시."

"오줌 마려."

하고 하주연이 일어서서 방으로 들어갔으므로 베란다에는 둘이 남았다.

"형, 섹스가 그렇게 중요한거야?"

윤지선이 기회를 찾았다는 표정으로 물었다. 이제는 시선이 똑바로 향해져 있다.

"난 이해가 안 돼. 재희는 개하고 그날 한번 했대."

그리고는 서둘러 덧붙였다.

"우연히."

"지랄."

시선을 뗀 김민성이 빈 잔에 소주를 채우고는 혼잣소리처럼 말한다.

"우연 좋아하네."

"형은 어젯밤 나하고 할 때 어떤 감정이었어?"

윤지선이 묻자 김민성은 머리를 들었다.

"널 사랑했거든."

"웃겨."

"난 어젯밤 누굴 배신한 적 없다."

눈을 크게 뜬 윤지선이 입을 다물었고 김민성이 말을 이었다.

"날 좋아한다고 했으면 최소한 그쯤 절제는 했어야지. 글고…."

들었던 술잔을 내려놓은 김민성이 똑바로 윤지선을 보았다.

"나하고 자주 갔던 그 모텔로 간 이유는 뭐야? 그놈이 가자고 했더라도 딴 데로 갔어야지. 그 옆에도 모텔이 수두룩한데 말야. 그렇게 정신이 없었다냐?"

"……."

"시발 년이 결혼하고 내가 출장 간 사이에 집 안으로 남자 끌어들일 년이야."

"아유."

윤지선이 눈썹을 찡그렸지만 입술은 웃는 묘한 표정을 지었을 때 김민성은 술잔을 들어 한 모금에 삼켰다.

"그래, 동병상련이다."

하면서 하주연이 베란다로 나왔으므로 둘의 대화는 끊겨졌다.

"무슨 이야기가 그렇게 심각해?"

자리에 앉은 하주연이 묻는다.

거실에서 유리벽 넘어 이쪽 광경을 본 것 같다.

하주연이 붉어진 얼굴로 김민성과 윤지선을 번갈아 보며 말했다.

"형은 오늘 밤 내 방으로 와. 지선이 넌 오늘 밤 나한테 형 양보해."

"시발."

눈을 치켜뜬 김민성이 하주연을 노려보았다.

지금 셋은 소주를 여덟 병째 마시고 있다. 서로 마시기 경쟁이라도 하는 것처럼 퍼 넣었는데 셋 다 취하지는 않았다.

김민성이 잇사이로 말했다.

"내가 창남이냐? 날 뭘로 보고?"

"왜? 내가 싫어?"

하주연이 맞받아쳤을 때였다.

윤지선이 말했다.

"주연아. 넌 그냥 혼자 자."

숨까지 죽인 것 같은 하주연을 향해 윤지선이 말을 잇는다.

"703호실에 있는 놈하고 똑같은 부류가 될 작정이냐? 참아. 그게 네가 이기는 거라구."

"아, 시발. 좀 놔둬라. 이야기가 슬슬 풀리는 참에…"

하고 김민성이 나섰지만 분위기는 이미 느슨해져 있다.

서로의 몸에 익숙해진 상태여서 오늘 밤의 섹스는 더 만족스럽다.

새벽 2시쯤 되었을 것이다. 문을 닫았지만 파도소리가 방 안으로 스며 들어 오고 있다. 가쁜 숨을 뱉으며 맡아지는 방안의 비린한 정액 냄새도 향기롭게 느껴진다. 김민성은 벌거벗은 윤지선의 어깨를 한 팔로 감아 안은 채 천정을 향하고 누워있다. 윤지선의 몸은 땀으로 끈적였지만 매끄럽고 탄력이 있다.

오늘도 방안은 어둡다. 윤지선이 한사코 방안의 불을 껐기 때문이다. 제 비만형 몸매를 드러내기 싫었겠지만 지금 윤지선은 실오라기 하나 걸치지 않은 알몸이다.

김민성의 가슴에 볼을 붙인 채 안겨있던 윤지선이 이윽고 입을 열었다.

"형, 서울로 돌아가서도 나 만날 거야?"

그 순간 김민성이 숨을 멈췄다가 뱉는다.

"이게 웃기는데. 날 뭘로 보고."

"알았어."

말을 자른 윤지선의 목소리에 웃음기가 떠올랐다.

"내가 재회 변명을 하는 것도 위선이었던 것 같애. 지금 조금도 걔한테 죄책감이 일어나지 않는 걸 보면 말야."

"근데 너 섹스할 때 내는 소리 있잖아? 그거 굉장히 자극적이다."

하고 김민성이 말을 돌렸으므로 윤지선이 손을 뻗어 남성을 쥐었다. 그러더니 놀란 듯 손을 뗀다. 남성이 커져 있었기 때문이다.

김민성이 말을 이었다.

"옆방에서 주연이가 다 들었겠다."

"걘 형을 대타로 사용하려고 했던 것 같애."

"오늘밤은 주연이하고 잘걸 그랬어. 너하고는 앞으로 시간이 많잖아?"

"미쳐."

윤지선이 이제는 김민성의 남성을 부드럽게 감싸쥐더니 천천히 문지른다.

"형, 섹스란 게 뭘까?"

김민성의 가슴에 뱉어지는 윤지선의 숨결이 뜨거워지고 있다.

"섹스는 즐기기만 하면 되는 거 아냐? 안 그래? 왜 무겁게 생각하지?"

"욕심이 많아서 그런가보다. 다 차지하려는 욕심 말야."

이제는 김민성이 윤지선의 젖가슴을 애무하면서 말했다. 윤지선이 몸을 비틀더니 아이 울음소리 같은 탄성이 흘러나온다. 그러자 김민성이 윤지선의 몸 위로 오르면서 말했다.

"이번에는 소리 좀 죽여. 주연이가 달려들지 모르겠다."

다시 섹스에 몰두하면서 김민성은 다 잊는다.

이런 경우는 흔하다. 고등학교 동창 한 놈은 아예 공개적으로 두 여친을 거느렸고 우습게도 그 두 여친 또한 각각 두 명, 세 명씩 남자친구를 갖고 있다는 것이다.

다른 동창 하나는 제 여친하고 세 번 헤어졌다가 다시 만나고 있는데 그동안 그 여친은 동창 친구 둘을 거쳤다고 했다. 섹스는 즐기는 것일 뿐이다.

윤지선이 금방 절정에 오르면서 비명 같은 신음이 더 높아졌다. 소리를 죽이려고 베개를 물기까지 했지만 윤지선은 참지 못했다.

그때 방문을 두드리는 소리가 들렸다.

"좀 조용히 해! 이 짐승들아!"

문 밖에서 하주연이 소리쳤으므로 윤지선이 큭큭 웃었다.

"누구 말려 죽이려고 그러니!"

하고 다시 하주연이 소리쳤지만 김민성은 다시 시작했다.

윤지선의 비명도 다시 계속되었다. 강릉 경포대의 밤이 그렇게 깊어가고 있었다. 703호실에서도 같은 신음이 터지고 있을 것이었다.

이윽고 윤지선이 폭발했을 때 김민성은 머릿속이 하얗게 비워진 느낌을 받으면서 같이 터뜨렸다.

인생은 아름답다. 그리고 그렇게 어렵고 무거운 것도 아닌 것이다.

수준이라는 말보다 급(級)이라는 표현이 어울리겠다.

김민성은 언제부터인가 남녀 간의 급을 의식해왔다. 그리고 스스로 내린 결론은 같은 급끼리 어울려야 세상이 조용해진다는 것이다. 플라이급은 플라이급끼리, 헤비급은 헤비급끼리, 플라이와 헤비가 어울리면 둘 사이뿐만 아니라 세상에도 피해가 온다.

김민성의 관점에서 보면 하주연은 헤비급이다. 그래서 미들급 수준인 자신과 맞지 않았다. 욕심이야 나지만 어울렸다가 상처를 받게 될 테니 처음부터 당기지가 않았던 것이다.

이것은 가장 보편적인 시대의 흐름이기도 하다.

전에 개천에서 용 나던 시절에는 감상(感想) 또한 풍부해서 플라이와 헤비급의 결합도 가끔 이루어졌지만 해방 60년이 지난 작금은 어림없는 수작이다. 개천에서는 똥 나고 돈 있는데서 돈 나온다.

그래서 다음날 아침, 김민성은 하주연의 불어터진 얼굴을 보고서도 초연해질 수가 있다.

하주연이 손가락 하나 까닥하지 않았으므로 윤지선이 혼자서 서둘렀다.

아침에 다시 동해 쪽으로 떠나기로 했으므로 짐을 꾸리는 것이다.

"형!"

그때 베란다에 서있던 하주연이 방안에 있는 김민성을 불렀다. 표정이 굳어져 있어서 가방을 싸던 윤지선까지 하주연을 보았다.

"왜?"

하면서 김민성이 힘들게 몸을 일으켰을 때 하주연이 빨리 오라고 손짓까지 했다. 그래서 윤지선도 함께 베란다로 나왔다. 하주연이 눈으로 아래쪽을 가리켰다.

바로 밑쪽은 주차장이다. 그런데 주차장에 세워진 하주연의 붉은색 스포츠카 옆에 사내 하나가 서있다. 바로 조우현이다. 머리를 든 김민성이 쓴웃음을 짓고 하주연을 보았다.

"그렇지. 우연히 보았다."

"어떻게 하지?"

베란다에서 조금 안으로 물러난 하주연이 굳어진 얼굴로 김민성에게 묻는다.

"쇼 해야지 뭐."

김민성이 당연한 일 아니냐는 표정을 짓고 말을 잇는다.

"우리가 도망갈 이유가 있나? 저놈이 프런트에 물으면 금방 우리 방 번호를 알 텐데."

머리를 돌린 김민성의 시선이 윤지선에게로 옮겨졌다.

"지선이 넌 먼저 나가. 그렇지. 네가 먼저 택시 잡아타고 동해로 가 있어라."

"내가?"

하고 윤지선이 멍한 표정으로 물었으므로 김민성이 혀를 찼다.

"그럼 주연이가 나가야겠냐?"

"아니, 그게 아니라."

"내가 주연이하고 옷 벗고 놀 시간은 없어. 저놈이 곧 올라올 테니까 말야."

"누가 뭐래?"

눈을 흘긴 윤지선이 가방을 집어 들더니 하주연에게 말했다.

"그럼 나, 동해에서 기다릴게. 동해 제일호텔이라고 했지?"

"그래, 내 이름으로 예약했으니까 방에 들어가서 기다려."

어느덧 차분해진 하주연이 윤지선에게 수표 몇 장을 건네주며 웃는다.

"쇼 할려니까 가슴이 뛰네."

"야 얼런가. 그놈 오기 전에."

김민성의 재촉을 받은 윤지선이 다시 눈을 흘기더니 몸을 돌렸다.

윤지선이 방을 나갔을 때 하주연이 웃음 띤 얼굴로 김민성을 보았다.

"쟤, 형한테 빠졌어."

"너도 어젯밤 들었잖아? 내가 죽여주거든."

했지만 하주연은 웃지 않았고 김민성도 정색하고 있었다.

전화벨이 울린 것은 윤지선이 방을 나간 지 20분쯤 지났을 때였다.

김민성과 하주연은 소파에 앉아있었는데 마주보는 위치였지만 머리가 각각 반대쪽으로 기울어졌다. 전화벨은 방안에 설치된 호텔 전화에서 울리고 있다.

김민성이 전화기를 노려보면서 쓴웃음을 지었다.

"그렇지, 방에 누가 있는가 확인하려는 거다. 내가 받아야겠지?"

자리에서 일어난 김민성이 전화기로 다가가면서 하주연을 보았다.

"놈은 네가 이 방에 투숙했다는 걸 알아냈어. 그런데 내가 전화를 받으면 틀림없이 전화를 끊을 거다."

하주연이 머리를 끄덕였고 전화벨은 지금 여섯 번째 울리고 있다.

김민성이 전화기를 들고 귀에 붙였다. 그리고는 턱을 치켜들고 응답했다.

"여보시오."

그 순간 전화가 끊겼으므로 김민성이 웃음 띤 얼굴로 하주연을 보았다.

"봐라. 끊겼다."

전화기를 내려놓은 김민성이 눈을 가늘게 뜨고 말을 잇는다.

36

"곧 네 핸폰으로 전화가 올 거다. 그리고는 네가 어디 있느냐고 묻겠지."

"그럼 어떻게 하지?"

정색한 하주연이 물었으므로 김민성이 혀를 두드렸다.

"그걸 나한테 물으면 어떻게 해? 넌 어떻게 하고 싶은데?"

"그게 무슨 말야?"

"넌 본래 그놈한테 맞바람을 낼 작정을 하고 날 꼬여낸 것 아냐?"

하주연이 눈만 크게 떴으므로 김민성이 말을 잇는다.

"핸폰으로 그놈이 너 어디 있느냐고 물을 거다. 그럼 나, 지금 강릉 한성호텔에서 남친하고 같이 있다고 하는 것이 네 의도와 부합돼. 그렇지?"

"……."

"그렇게 되면 그놈하고는 끝나게 되는 거지. 네 자존심을 세우면서 말야. 오히려 지금은 더 잘되었어. 그놈이 여자하고 703호실에 있는 걸 네가 모르는 상황에서 선수를 친 셈이니까."

"……."

"하늘이 도우신거다. 한칼로 잘라버려."

"……."

"그 놈은 이제 네가 이 방에 남자하고 같이 있는 걸 확인했단 말이다. 양손에 쥐었던 떡 한 개를 떨어뜨린 셈이 되겠다. 어이구, 아까워라."

"……."

"기운 내, 하 선수. 결승점이 다가왔어."

그때 탁자위에 놓인 하주연의 연두색 핸드폰이 울렸으므로 김민성은 입을 다물었다. 하주연이 손을 뻗어 핸드폰을 집어 들었다. 그리고는 힐끗 발신자 번호를 보더니 귀에 붙였다.

"응, 오빠."

그놈이다. 703호실. 숨을 죽인 김민성이 하주연의 입을 보았다. 하주연이 말을 잇는다.

"나, 강릉에 있어. 한성호텔."

그러더니 잠시 뜸을 들이고 나서 묻는다.

"오빠 지금 어디 있어?"

긴장한 김민성이 시선을 주었으나 하주연은 외면했다.

이윽고 하주연의 말이 이어졌다.

"알았어. 그럼 전화 끊어."

하주연이 핸드폰을 귀에서 떼었을 때 김민성이 물었다.

"그놈 어디 있다고 하디?"

"서울."

여전히 외면한 채 하주연이 말했다.

"병원에서 검진 중이래."

"홍, 여자 배꼽 검진하는구만."

그러나 하주연은 웃지 않았고 김민성도 재미없는 표정이다.

아니, 기대가 어긋난 얼굴이다.

"지금 그 놈이 우릴 내려다보고 있을 거다."

어깨를 편 김민성이 차의 운전석 문을 열면서 말했다.

"우리가 떠날 때까지 꼼짝 못하고 방구석에 숨어 있어야 할테니까 한숨이 절로 나올 거야."

하주연은 잠자코 옆좌석에 오른다. 차를 발진시키면서 김민성이 다시 한마디 했다.

"검진 열심히 하거라. 시발놈아."

"형, 어디서 좀 쉬었다 가자."

불쑥 하주연이 말했으므로 김민성이 차의 속력을 늦췄다. 차는 막 호텔 정문을 빠져나가는 중이다.

"어디?"

김민성이 묻자 하주연이 앞쪽에 시선을 준채로 대답한다.

"가다가 조용한 호텔 있으면 세워."

"야, 방에 들어가자는겨?"

"왜? 싫어?"

"스트레스를 꼭 풀어야겠냐?"

"그래주면 안 돼?"

"이건 부탁하는 놈이 큰소릴 쳐."

"짜증나."

그리고는 하주연이 의자에 머리를 기대더니 눈을 감았으므로 김민성도 입을 다물었다.

차는 곧 해안도로를 달려가기 시작했다. 오늘도 청명한 날씨에다 도로는 뻥 뚫려있었지만 김민성의 가슴도 먹먹했다.

그래서 마침내 혼잣소리처럼 말한다.

"내가 여러 번 채여 봐서 아는데 한 달만 지나면 뱀 허물 벗겨지듯이 깨끗해진다."

하주연은 눈을 감은 채 움직이지 않았고 김민성의 말이 이어졌다.

"약 오르고 짜증나고 지치고 애타는 건 긴 것 같지만 잠깐이야. 그러니까 그걸 즐겨봐. 다른 걸로 풀려고 하면 도움이 안 돼. 더 길어져. 그러니까 그냥 냅둬."

"……."

"그럼 딱 정신이 돌아와. 아, 내가 그 개새끼한테 잠깐 맛이 갔었구나. 하마터면 그 개새끼 잊겠다고 웬 똥개하고 그걸 할뻔 했네. 이구, 쪽팔려."

"……."

"맞불 놓으려다가 얼굴 델 뻔했잖아?"

"……."

"그 똥개가 며칠 윤지선한테 정력을 빨려서 다행이지 내 말대로 호텔 데꼬가면 어쩔 뻔했어?"

"……."

"호텔에서 핸폰으로 그 장면을 찍어갖고 나한테 돈 내라고 할지도 모르잖아? 애가 궁끼가 흐르던데."

"저기 있다."

하주연이 덜컥 말하는 바람에 놀란 김민성이 숨을 죽였다. 어느새 눈을 뜬 하주연이 손으로 앞쪽을 가리켰다. 길가에 커다랗게 모텔 간판이 세워져 있었는데 주위는 숲이 울창했다.

"저리루 가."

하주연이 손가락으로 계속해서 가리키면서 말했다.

"차 안오니까 좌회전 해. 깜박이 켜고."

"야, 참아."

"잔소리 마."

하면서 하주연이 손으로 핸들을 쥐었으므로 김민성은 좌회전 깜박이를 켰다.

김민성이 차 속도를 늦췄을 때 하주연이 말했다.

"멍청아, 튀려고 하지마. 지금 형도 오버하는 거라구."

김민성이 모텔을 향해 핸들을 꺾었을 때 하주연이 말을 잇는다.

"보통 사람들처럼 놀아. 준다면 걍 먹으란 말야."

"옳지."

마침내 김민성도 잇사이로 말했다.

"역시 나는 프로야. 이렇게 준다고 사정하는 것 좀 봐봐."

"나, 어때?"

하고 하주연이 물었으므로 김민성은 풀썩 웃었다.

모텔방 안, 열어젖힌 베란다쪽 창으로 울창한 소나무 숲이 보인다. 그 옆쪽이 동해 바다여서 비린 냄새와 함께 파도소리가 들려왔다.

김민성이 하주연의 허리를 당겨 안는다. 둘은 알몸으로 침대에 엉켜 누워있었는데 조금 전에야 몸이 떼어졌던 것이다.

김민성의 가슴에 턱을 내려놓은 하주연이 시선을 준 채 다시 묻는다.

"나 좋았어?"

"응."

"지선이하고 비교해서 어때?"

"물론 네가 더 나아."

"흥, 뻔한 립서비스지만 괜찮네."

쓴웃음을 지은 하주연이 머리를 떼더니 김민성의 팔을 베고 나란히 눕는다. 그리고는 두 다리를 주욱 뻗었다.

"아, 넘 좋았어. 스트레스 쫙 풀었다."

"그럼 오늘밤만 동해에서 자고 내일 서울로 돌아가자."

김민성이 말하자 하주연이 머리를 끄덕였다.

"그래, 형. 이젠 맘이 평온해졌어."

"다행이네."

"진짜야. 멋진 섹스가 그렇게 만든 것 같아."

쓴웃음만 짓는 김민성에게 몸을 붙인 하주연이 큭큭 웃었다.

"내가 강릉 한성호텔에 있다고 하니까 그놈이 뭐라고 한 줄 알아?"

"뭐라고 했는데?"

"아아, 그래?"

사내 목소리로 하주연이 말을 잇는다.

"강릉에 갔어? 그렇구나."

"……."

"그놈은 우리 부모한테도 다 결혼 승낙을 받았어. 내가 졸업하면 바로 식을 올리기로 했는데…."

천정을 향하고 누운 하주연이 혼잣소리처럼 말한다.

"돌아가면 바로 엄마한테 말 할 거야. 그럼 난리가 나겠지만 확실하게 끊어지겠지."

"……."

"아버지가 병원도 지어주기로 했는데, 나쁜 자식."

"뭐 703호실에 있는 애 집에서 지어 줄테니까 그딴 걱정은 마."

달래듯이 말한 김민성이 침대에서 몸을 일으켰다.

"너 또한 얼마든지 기회가 있어. 집 사주고 차 사줄 판검사, 외무고시 패스한 놈, 또 다른 의사들 말이다."

"형, 비꼬는 거야?"

따라 일어선 하주연이 팬티를 찾느라고 방바닥을 둘러보면서 묻는다.

김민성이 먼저 하주연의 팬티를 찾아내 건네주면서 말했다.

"아냐, 절대로, 진심으로 널 생각해서 한 소리다."

"난 형 같은 남자도 좋아."

팬티를 입은 하주연이 상반신을 그대로 드러낸 채 똑바로 김민성을 보았다.

"어디 취업만 해. 내가 후보로 등록 해 줄테니까."

"아서라. 말어라."

이번에는 하주연의 브래지어를 찾아든 김민성이 건네주면서 다시 웃는다.

"내 주변에도 여자가 얼마든지 많단다. 격이 다른 집안에 가서 코피터질 이유가 없단 말이다."

"좀 독특해. 형은."

셔츠를 입으면서 하주연이 혼잣소리처럼 말을 잇는다.

"그래서 내가 당겼는지 모르지만 말야."

김민성의 머릿속에 문득 박재희의 모습이 스치고 지나갔다.

박재희는 식당을 하는 홀어머니의 외동딸이다.

집에 돌아왔더니 김홍기가 김민성을 맞았다.

오후 5시였으니 오늘은 김홍기가 일 나가지 않은 모양이다.

"야, 너, 방학인데 내일 부여 다녀올래? 미스 김이 가이드로 가니까 넌 운전만 하면 돼."

김민성이 제 방에 들어가기도 전에 김홍기가 물었다.

"나 피곤해."

했더니 김홍기는 버럭 소리쳤다.

"얀마, 젊은 놈이 뭐가 피곤하다는겨? 놀러갔다 온 놈이 피곤혀?"

그러자 어머니 정윤자가 나섰다.

"아, 그럼 놀러 가면 피곤하지 않다는 거요? 괜히 애 데리고 시비야, 시비가."

"아니, 이 여편네가."

"넌 얼른 씻고 들어가 쉬어."

하고 정윤자가 김민성에게 방으로 들어가라고 턱짓을 했다.

김홍기가 투덜거렸지만 뒷심은 정윤자에게 못 당한다.

그래서 방에 들어 간 김민성의 방문에다 대고 잔소리를 이었다.

"저 자식, 애비가 뭘 시키면 제대로 하는게 하나도 없어. 겁대가리 없는 자식."

"아니, 자가 말을 안들은게 뭔데? 당신이 군대 갔다오라고 하니깐 군대도 다녀왔잖요?"

"아, 군대 안간 놈이 남자여? 다 가는 건디 어쨌다고."

방에서 부모의 주고받는 말을 들으면서 김민성이 컴퓨터를 켜서 메일 확인을 했다. 예상했던 대로 박재희한테서 메일이 와 있었다.

"미안해. 배신감 느꼈을 거야. 지난날이 아깝지만 할 수 없지. 변명할 것 없어. 그럼 잘 지내. 안녕."

짧은 메일이었지만 할 말은 다 했다. 전화로 했다면 이렇게 줄여서 말할 수는 없었을 것이다.

"지랄."

컴퓨터 전원을 끈 김민성이 씻고 거실로 나왔을 때 김홍기는 보이지 않았다.

"아버지는?"

김민성이 묻자 정윤자가 턱으로 문 밖을 가리켰다.

"가게 술 사러 가신 것 같다."

"요즘 일 안 돼?"

"글쎄, 기사들이 채워지지 않는구나."

버스 4대에 아버지까지 기사가 다섯이라 기사들은 한 달에 하루나 이틀 정도밖에 쉬지 못했다. 월급도 박한데다 관광버스 기사는 장거리 운행에 시달려야만 한다.

김민성이 소파에 앉으면서 말했다.

"아버지한테 내일 내가 부여 간다고 해."

"너, 괜찮아?"

반색을 하면서도 정윤자가 묻더니 곧 핸드폰을 집어 들었다. 김홍기에게 연락을 하려는 것이다.

"내일 몇 시에 출발하느냐고 물어봐."

김민성이 말했을 때 김홍기와 연락이 된 정윤자가 곧 핸드폰을 바꿔 주었다.

"응, 4239 버슨데 봉천동 차고에 있다."

김민성이 핸드폰을 귀에 붙였을 때 김홍기가 밝은 목소리로 말했다.

"내일 아침 6시에 가면 미스 김이 기다리고 있을 거다. 미스 김을 태우고 역삼동 공원으로 가서 손님들 실으면 돼."

"나 얼마 줄건데?"

하고 김민성이 물었더니 김홍기가 짧게 웃었다.

"밥값하고 기름값까지 15만 원 줄게."

"20만 원 줘."

"엣따, 18만 원."

"알았어."

핸드폰을 귀에서 뗀 김민성이 주방에 서있는 정윤자에게 말했다.

"엄마, 내가 결혼하면 이 집에서 살아야 돼? 아니면 집을 사줄 꺼야?"

이런 이야기는 25년 만에 처음 해본다.

부여에 도착했을 때는 오전 11시반경이다.

오늘 승객은 42명, 모두 구청에서 경비를 지원해 준 터라 상품 판매 코스가 없는 대신 여행사측 마진은 적다. 기름 값에다 미스 김 일당까지 빼면 10만 원쯤 남는다.

점심을 마친 노인들이 백마강으로 배를 타러 간 후에 버스 뒷자리에 누워 잠이 들었던 김민성은 핸드폰의 벨소리에 깨어났다. 윤지선이다. 어제 오후에 헤어졌지만 열흘은 지난 것 같은 느낌이다.

"응, 웬일이냐?"

핸드폰을 귀에 붙인 김민성이 물었더니 윤지선은 조금 머뭇거리다가 대답했다.

"형, 나 어젯밤에 재희 만났어."

"그래?"

이을 이야기가 없었으므로 김민성이 기다렸더니 윤지선이 말했다.

"형하고 놀러간 이야기 했어. 하주연이하고 셋이."

"……."

"괜찮지?"

"아, 물론."

제 목소리가 조금 건조하게 들렸으므로 김민성은 헛기침을 했다.

그때 윤지선의 말이 이어졌다.

"형하고 잤다고도 했어."

"……."

"괜찮지?"

"아, 물론."

했지만 슬그머니 짜증이 났으므로 김민성이 어금니를 물었다. 뭔가 꼬이는 느낌이다. 잘못 풀리는 기분도 든다.

그래서 김민성이 물었다.

"뭐, 나한테 그런 보고를 할 필요가 있어? 글고 또, 나한테 그런 이야기를 하는 이유는 뭔데?"

"나하고 재희는 친구니까 당연히 알려줘야만 한다고 생각했어."

준비를 했는지 윤지선이 차분하게 대답했다. 그리고는 말을 잇는다.

"형도 찝찝할 것 같아서 그랬어."

"난 하나도 안 찝찝해."

"재희가 형한테 메일 보냈다던데…"

"읽었어."

"답장 안 했어?"

"안 해도 되는 메일이야."

"형, 지금 어딨어?"

"나, 일 나왔어."

윤지선이 가만있었으므로 김민성이 말을 잇는다.

"버스 몰고 부여에 와 있어. 지금 노인들이 백마강 간 사이에 낮잠 자려고 누워있던 참이야."

"형 아버지 여행사 버스야?"

"여행사는 무슨, 버스 네 대 짜리 관광회산데."

47

"형, 오늘 올라올 거야?"

가슴이 답답해진 김민성이 창밖으로 시선을 돌렸다. 나흘 전까지만 해도 윤지선하고는 말도 트지 않았던 사이였다. 윤지선이 박재희하고 고등학교 동창 사이인 것도 알 리가 없었던 것이다. 그런데 나흘 동안에 이렇게 가까워질 수가 있단 말인가? 허무하기도 했고 어처구니가 없기도 하다.

김민성이 가라앉은 목소리로 대답했다.

"오늘 저녁 늦게야 도착해."

"형, 오늘 밤에 나 만날 수 있어?"

"피곤해서."

했다가 눈을 치켜 뜬 김민성의 입에서 저절로 말이 이어졌다.

"그게 잘 안될 것 같아."

"뭐가?"

되물었던 윤지선이 잠깐 큭큭 웃었다가 곧 멈췄다. 당혹한 것 같다. 그때 김민성이 말을 이었다.

"내가 다시 연락할게. 알았지?"

"응, 기다릴게."

윤지선의 목소리도 차분해져 있다.

미스 김이라고 했지만 30대 중반의 이혼녀에 초등학교 3학년짜리 아들까지 있다. 김홍기는 안내원을 일당제로 고용했기 때문에 항상 얼굴이 바뀌었지만 미스 김은 10년 가깝게 인연을 맺고 있어서 김민성에게는 이모 같은 존재다.

백마강 관광을 마친 노인들이 부소산 근처에서 휴식을 취하는 시간이어서 미스 김이 먼저 버스로 돌아왔다.

"좀 쉬었어?"

버스 안으로 들어선 미스 김이 비닐봉지에 든 음료수와 과자를 내밀며 묻는다. 분홍색 반팔 셔츠에 진 바지를 입었는데 몸매가 잘 빠졌다. 화장을 짙게 하는 버릇이 있지만 얼굴도 반반하다.

"누난 여기 와도 돼요?"

김민성이 묻자 미스 김은 털썩 옆쪽에 앉는다. 그들이 앉은 곳은 맨 뒤쪽 좌석으로 팔걸이가 없어서 눕기가 좋은 곳이다.

미스 김이 머리를 끄덕이며 눈웃음을 쳤다.

"오늘 노인들은 점잖아. 술도 안마시고 잔소리꾼도 없어."

"부부간이니깐 그렇겠군."

"근데 너, 이젠 어른 다 됐다."

하고 미스 김이 눈을 가늘게 뜨고 말했으므로 김민성이 피식 웃었다. 미스 김의 이름은 김미옥. 그것도 최근에야 알았다.

"네가 군대 가기 전에는 날 아줌마라고 불렀는데 말야."

"그럼 다시 아줌마라고 부를까요?"

"됐네요."

"근데 누나."

김민성이 부르자 김미옥이 시선을 들었다. 나란히 앉아 마주보는 자세가 되자 갑자기 분위기가 어색해졌다. 버스 안에는 둘 뿐이다. 더구나 선팅이 되어 있어서 밖에서는 보이지 않는다. 그리고 주차장은 텅 비었다.

그때 김미옥의 입안에서 침 넘어가는 소리가 났다. 김미옥이 긴장하고 있다는 표시다.

"뭔데?"

김미옥의 목소리도 갈라져 있다. 심호흡을 한 김민성이 물었다.

"여잔 섹스를 한 남자한테 미련을 갖게 되는가요?"

"그건 왜 물어?"

"걍 알고 싶어서요."

"그건 사람 나름이지."

그리고는 김미옥이 비시시 웃는다.

"물론 끌려야 섹스를 하겠지만 말야."

"그렇죠."

"넌 애인 있어?"

"있었는데 헤어졌어요."

"섹스 파트너가 필요하니?"

"아뇨, 그건 많아요."

"나하고 한번 할까? 여기서."

이미 김미옥의 눈에 그렇게 써져 있었으므로 김민성은 피식 웃었다.

"누나도 참, 난 빨리 못해요."

"어휴, 얘가 진짜 남자네."

김미옥이 손바닥으로 김민성의 허벅지를 움켜쥐었다. 두 눈이 번들거리고 있다.

"걱정마. 네 아버진 같이 일하는 사람한텐 절대 손을 안대는 사람이니깐."

"누가 뭐래요?"

"여기서 한번 해줘. 나 새벽부터 몸이 가려워 죽겠다."

"글쎄, 누나."

"난 5분이면 돼."

하고 자리에서 일어선 김미옥이 진 바지의 후크를 풀고 지퍼를 내렸다.

"누나, 다음에요."

김민성이 손을 뻗어 바지 위쪽을 움켜쥐고 말했다.

"서울 도착해서 여관 가요."

"그때까지 어떻게 참아."

허리를 흔들던 김미옥이 얼른 지퍼를 올리더니 후크를 채운다. 버스 앞쪽에서 노인 둘이 다가오고 있는 것이다. 위기일발이다.

동해안을 다녀 온 후에 김민성은 도서관을 바꿨다. 구청에서 운영하는 도서관으로 옮긴 것이다. 윤지선은 물론이고 하주연과의 접촉을 피하려는 의도였다. 뚜렷한 이유는 없다.

그러나 동해안에서 일어났던 일련의 사건(?)들이 즐거운 추억이 되지 않았던 것은 분명했다. 생각하기도 싫었으니까. 물론 둘과의 섹스 추억은 가끔 김민성을 흥분시키기도 했다.

섹스 자체는 좋았다. 호흡이 맞았으며 쌍방은 만족했다. 그런데 그것이 어떻단 말인가? 그것으로 끝이다. 길가의 식당에서 밥 맛있게 먹고 나온 기분일 뿐이다.

구청 도서관에 다닌 지 보름째가 되는 날 오전, 도서관 안에서는 아예 핸드폰의 전원을 꺼 놓았기 때문에 잠깐 밖으로 나온 김민성이 문득 핸드폰을 꺼내들었다. 그리고는 전원을 켰더니 문자메시지가 떴다. 윤지선이다. 지난번 통화 후에 이쪽이 연락을 안 했더니 분위기를 눈치 챈 듯 통신이 끊겼던 것이다.

"형, 부담 갖지 말고 가끔 연락이나 해. 도서관도 안 나오고 어디로 잠적한 거야? 몸 풀고 싶으면 언제라도 연락해."

마지막 대목을 읽던 김민성의 얼굴에 웃음이 떠올랐다. 윤지선의 마음을 읽을 수 있을 것 같았기 때문이다. 어쩌면 이쪽과 같은 생각인 것 같다.

도서관의 그늘진 계단에 앉은 김민성이 휴대폰의 버튼을 누른다. 그러자 신호음이 세 번 울리고 나서 곧 윤지선이 응답했다.

"형, 드디어 미끼를 물었네."

윤지선이 웃음 띤 목소리로 말을 잇는다.

"내 몸이 이쁘게 느껴진 건 첨야."

"너, 그러다 프로 된다."

"염려마. 살 빼고 있으니까. 살과 성욕은 비례한다는 거야."

"어떤 엠시가 그래?"

"내가."

해 놓고 윤지선이 목소리를 낮췄다.

"형. 좋은 소식, 나쁜 소식이 있어. 어떤 것부터 들을래?"

"다 듣기 싫어."

"먼저 좋은 소식."

잠깐 뜸을 들인 윤지선이 말을 잇는다.

"내가 보름 동안 5키로 뺐다는 것, 특히 뱃살이 빠졌어."

"네 아랫배 탄력이 일품이었는데 나한텐 배드 뉴스다."

"침대 뉴스라고 들리는 고만."

"야가 그동안 많이 달라졌네."

"그래. 밑으로 우유를 많이 먹어서 그런다 어쩔래?"

"보름 동안?"

"아니, 그 전에."

"야, 이젠 그만 전화 끊자."

"나쁜 소식은 재희가 그 남자를 만나기 시작했다는 거야."

"어떤 놈?"

했지만 김민성의 입술이 저절로 일그러졌다.

그놈이다. 박재희하고 모텔에서 같이 나오던 놈. 박재희의 어깨를 한 팔로 감싸 안고 있었는데 그 얼굴에 떠오른 웃음이 지금도 선명하다. 우연히 들린 식당에서 맛있게 먹고나온 손님의 표정. 김민성은 절대로 그런 모습을 한 적이 없다. 그놈은 경박하고 무례한 놈이었다. 그런 놈하고 내 집, 아니 우리의 집이라고 생각했던 '영산' 모텔에 들어가다니. 나쁜 년.

그때 윤지선이 말을 이었다.

"어제 재희 만났더니 이제 슬슬 형 잊는대. 인생이 그런거 아니겠니? 하는 걸 보니까 진짜 같았어."

"그 새끼가 좀 고전할 텐데."

마침내 김민성이 한마디 했다.

윤지선이 가만있었으므로 김민성이 천천히 말을 잇는다. 어쩔 수 없다. 나도 평범한 남자다.

"내가 그 계집애 조개를 잔뜩 넓혀주었거든. 장담컨대 그놈 힘들 꺼다."

좀 과장한 줄 알았더니 윤지선은 몰라보게 날씬해졌다.

살 뺀 몸매를 자랑하려고 윤지선은 소매 없는 셔츠에 반바지를 입었다. 뱃살도 들어간데다 두 다리는 통통했지만 곧다. 아저씨들이 환장 할 몸매였다.

"어이구, 야."

하면서 앞자리에 앉은 김민성이 위아래를 훑어보는 시늉을 했더니 윤지선이 깔깔 웃는다. 살을 빼면 성격까지 달라지는 모양이다.

오후 7시, 홍대 근처의 카페 안이다.

"하루 한 끼, 바나나 두 개만 먹고 운동했어."

가슴을 내민 윤지선이 말을 잇는다.

"난 취업보다 이게 더 중요해."

종업원이 다가왔으므로 둘은 맥주에다 과일 안주를 시켰다. 김민성은 꼬치안주를 먹고 싶었지만 윤지선은 묻지도 않고 제가 주문했다. 카페 안은 대학생 손님으로 가득 차 있다. 방학 때라 외국에서 돌아온 유학생이 많은 때문인지 도처에서 영어가 난무했다.

"근데, 살하고 성욕이 비례한다면서?"

김민성이 본론을 꺼내었다.

"어때? 지금은? 생각이 뜸해졌어?"

"아니?"

정색한 윤지선이 머리를 저었다.

"형을 보니까 후끈후끈해."

"어디가? 거기가?"

"응. 몸이 비틀리고."

"너, 정말 왜 이렇게 달라졌냐?"

"여자는 그렁겨."

그러더니 의자에 등을 붙이고는 지그시 김민성을 보았다.

54

"형, 그날 하주연이하고 잤지?"

"응? 언제?"

했지만 김민성의 가슴이 철렁 내려앉았다.

그날, 동해로 가는 길에 하주연하고 모텔에 들렀을 때가 번개처럼 머릿속을 스치고 지나갔다.

그때 윤지선이 말을 잇는다.

"둘이 시치미를 딱 떼고 있었지만 냄새가 펄펄 났지. 둘 다 간식을 든든하게 먹은 표정이었다구."

"야, 오버하지마."

"여자란 이상해. 내가 봐도."

하더니 윤지선은 종업원이 내려놓고 간 맥주병을 들고 김민성을 보았다.

"하주연이가 그 703호 놈하고 다시 만나고 있어. 놀랍지?"

"아니? 전혀."

맥주를 병째로 한 모금 삼킨 김민성이 정색하고 말을 잇는다.

"그렇게 될 줄 예상했어."

"주연이가 그렇게 약한 애는 아닌데."

혼잣소리처럼 말한 윤지선이 똑바로 김민성을 보았다.

"여자하고 남자는 다른가? 배신한 상대에 대한 반응이."

"야, 그딴 이야기 그만."

이맛살을 찌푸린 김민성이 주위를 둘러보는 시늉을 했다.

"약 먹은 놈들이 많구만."

"약 사줄까? 뿅 간다던데."

김민성의 눈치를 살핀 윤지선이 말을 잇는다.

"그거 할 때도 좋대. 오래가고 강해진대."

"너나 먹고 해."

"하긴 형은 그거 안 먹어도."

하더니 윤지선이 반쯤 마신 맥주병을 내려놓고 묻는다.

"형, 모텔 갈까?"

"그게 가장 건전할 것 같다."

자리에서 일어선 김민성이 손목시계를 보았다. 오후 9시도 안되었다.

"이거 지금 들어가면 3회전은 뛰어야 풀려날 것 같은데."

그러자 윤지선이 큭큭 웃더니 김민성의 팔짱을 끼었다.

행동이 자연스럽다.

오늘은 불을 켜놓고 했다. 그래서 자극을 받았기 때문인지 김민성은 세 시간 동안에 3회전을 뛰고 떨어졌다. 쉬는 시간이 한 시간쯤 되었으니까 두 시간 3회전이다.

"아유, 형. 나 죽는 줄 알았어."

체면상 숲만을 시트로 가린 윤지선이 가쁜 숨을 뱉으며 말한다.

이제는 납작한 아랫배가 가쁘게 오르내리고 있다. 하긴 전에 했을 때는 짙은 어둠속이라 촉감만으로 몸을 그렸을 뿐이다.

"넌 할수록 점점 좋아지는 것 같다."

김민성도 덕담을 해준다. 실제로도 그렇다. 서로 익숙해지면서 리듬이 맞는 것이다. 쉬면 기다렸다가 움직이면 흔드는 이 간단한 원리를 잊는 인간들이 많다.

김민성이 약간 머리를 들고 옆에 대자로 누워있는 윤지선을 본다.

관능적이다. 큰 젖가슴, 둥근 어깨, 풍만한 허벅지와 쭉 뻗은 다리. 진짜 아저씨들이 침을 질질 흘릴 몸매다.

"너, 더 빼지 마."

머리를 내린 김민성이 충고하자 윤지선이 큭큭 웃었다.

이제는 김민성이 대놓고 쳐다봐도 오히려 몸을 더 펴는 분위기다. 성격도 딴판으로 변했다. 섹스할 때도 기탄없이 함성을 내지르고 자세를 바꾼다. 자신만만한 태도, 여자의 살이 이토록 엄청난 효과를 내는 것인지 김민성은 놀랍기만 하다.

"참, 형. 재희 남친 말야."

하고 문득 생각이 난 것처럼 윤지선이 말했지만 김민성은 잠자코 천정을 보았다.

옆방에서 여자의 낑낑대는 소리가 들려오고 있다. 왜 저 여자는 똥을 싸는 것 같은 소리나 내지르고 있는 걸까? 그러고 보면 윤지선의 자지러지는 신음은 일품이다. 녹음해두고 가끔 들으면서 잠깐씩 마스터베이션을 하는 것도 나쁘지 않을 것이다.

그때 윤지선이 말을 잇는다.

"초등학교 동창인데 하도 졸라서 그날 한번 줬다는 거야. 근데 형한테 딱 걸린 거지. 재수 없게."

"……"

"10년 가깝게 졸랐대. 울고 짜면서 말야. 그날도 딱 한번만 주면 사라지겠다고 해서 준거래."

"……"

"그 애하고 섹스하면서 형 생각을 했대. 그랬더니 제대로 되더래."

"……"

"이제 걔는 소원 성취했지 뭐. 재희가 계속 줄 테니까."

"……."

"난 덕분에 형 내꺼 만들었고."

"야, 한 번 더 할까?"

그러자 윤지선이 눈을 크게 떴다.

"난 괜찮지만 형, 무리하는거 아냐?"

"하룻밤에 7회 전도 뛰어봤어."

"재희하고?"

숲을 덮은 시트를 치우면서 윤지선이 물었으므로 김민성은 쓴웃음을 짓는다. 거짓말이었던 것이다. 그러나 김민성의 웃음을 긍정으로 받아들인 윤지선이 정색하고 말했다.

"그럼 나하고는 8회전 뛰어봐."

그러더니 미안한 듯 덧붙인다.

"내가 몸보신 시켜 줄 테니까."

밤이 깊어가고 있다. 윤지선이 대뜸 자지러지기 시작하자 옆방의 똥 싸는 소리가 뚝 그쳤다. 기가 질린 것이 분명했다. 여자뿐만이 아니라 남자도 위축감이 들 것이었다. 여자를 이렇게 만드는 남자에 대한 외경심이다.

김민성은 어금니를 물었다. 밑에 깔린 윤지선의 비명 같은 함성은 더 높아지고 있다. 이것은 모텔의 음악이다. 이런 음악이 없는 모텔은 그야말로 앙꼬 없는 찐빵, 고추장 없는 떡볶이, 그러나 김민성의 가슴은 몸과는 달리 무겁다. 가라앉고 있다.

"너, 어떻게 살거냐?"

수저를 내려놓은 김홍기가 불쑥 물었으므로 김민성이 머리를 들었다.

오후 8시 반, 오늘은 모처럼 세 식구가 저녁을 함께 먹는다. 김홍기가 일찍 일을 끝내고 돌아왔기 때문이다.

김민성이 국을 떠 삼키고 나서 말했다.

"어떻게 살긴? 그럭저럭 살다가 가는 거지 뭐."

이제는 어머니 정윤자도 시선을 주었고 김민성이 말을 잇는다.

"아등바등 살 필요 있어? 죽을 때 감투나 돈 갖고 가는 것도 아니고 말야."

"이 자식이 정말."

눈을 치켜떴던 김홍기가 어깨를 늘어뜨리면서 길게 숨을 뱉는다.

"내 죄지, 내가 저따위로 키웠어."

"얘, 민성아."

정색한 정윤자가 김민성을 보았다.

"너, 무슨 말을 그렇게 해? 그게 무슨 버르장머리야?"

"엄마도 참."

이맛살을 찌푸린 김민성이 김홍기와 정윤자를 번갈아 보았다.

"아빠도 그래. 어떻게 살거냐고 묻다니? 내가 뭐라고 대답해야 돼? 이 나이에 대통령이 되겠다고 하겠어? 아님 대기업 총수가 될 거라고 하겠어? 틈나면 알바해서 용돈 만들고 기업체 취업 정보나 들여다보는 놈한테 어떻게 살거냐고 묻는건 비꼬는 소리밖에 되지 않겠느냐구."

"얀마, 그렇다고 애비가 물어보는데 그럭저럭 살겠다고 대답한단 말이냐?"

김홍기가 눈을 부라렸지만 김민성은 지지 않는다.

"난 거짓말 못해. 솔직하게 말한 거야."

"넌 희망도 없어? 꿈도 없냔 말이다."

"없어."

"이 자식이."

"괜한 공상이나 했다가 깨어나면 더 초라해진단 말야. 요즘은 그런거 하는 놈 없어."

"너, 엄마한테 결혼하면 여기서 살 건가 집 사서 나가게 해줄 건가하고 물었다면서?"

"원인이 거기에 있었구만."

정윤자를 흘겨 본 김민성이 말을 잇는다.

"나, 엄마 아빠한테 집 얻어달라고 하지 않을 것이고 대학 졸업하면 이 집에서도 나갈 거야. 결혼 같은거 아직 생각해본 적도 없어. 그러니까 마음들 놓으셔."

"얘가 정말."

이제는 얼굴까지 붉어진 정윤자가 김민성을 보았다.

"우리가 누구 땜에 이 고생을 하는데 그래? 누난 시집보냈겠다. 다 너 때문에 일 나가시는거 몰라? 글고 이집 재산은 다 네꺼다. 그러니까…"

"아유, 됐어."

손을 들어 정윤자의 말을 막은 김민성이 쓴웃음을 지었다.

"버스 네 대하고 이 집까지 다 해도 은행 담보에다 리스비용 빼면 5억도 안 된다는 걸 다 알아. 잘못되면 빚더미 위에 올라앉게 된다는 것도. 그러니까 괜한 생색 내지 말고 두 분이나 잘 사셔."

"이노무시키."

김홍기가 다시 눈을 부릅떴지만 뒤가 없는 성격이다. 김민성은 시큰 둥했고 정윤자는 커다랗게 한숨만 뱉는다.

김민성이 수저를 내려놓고는 부모를 번갈아 보았다.

60

"요즘 인간은 태어날 때부터 급이 있다는 생각이 들어. 그 급을 벗어나려고 몸부림을 치지만 대개는 못 벗어나."

그리고는 김민성이 엄지를 구부려 제 얼굴을 가리켰다.

"난 밴텀급쯤 돼. 플라이급 바로 위…."

커피숍 안으로 들어선 하주연이 안쪽 테이블에 앉아있는 김민성을 보더니 활짝 웃었다.

오후 3시. 방학중이어서 학교 앞 거리는 한산했다. 커피숍에도 손님은 두 테이블이 더 있을 뿐이다.

다가온 하주연이 앞쪽 자리에 앉더니 눈웃음을 치며 묻는다.

"요즘 두문불출한다며? 지선이한테서 다 들었어."

"두문불출이라니? 야, 동네 도서관 나간다."

하주연을 훑어 본 김민성의 가슴이 왠지 허전해진다.

종업원에게 음료수를 시킨 하주연이 지그시 김민성을 보았다.

"형, 지선이가 이야기 했지?"

"뭘?"

했지만 김민성은 눈치를 챈다. 그 703호 놈과의 사연이다. 그 법석을 떨고나서 다시 기어들어간 자신의 꼴이 부끄러웠겠지. 그래서 변명꺼리라도 장만해 놓은 것인가? 나를 안 만나고 안면 몰수해도 될텐데도 그런다.

그때 하주연이 말했다.

"그놈하고 어제 헤어졌어."

어제였군. 김민성은 잠자코 시선을 준채로 다음 말을 기다리는 시늉을 했다. 그런데 왜 나한테 그 이야기를 하는 것일까? 나한테 관심이 있기 때문이라는 생각은 언감생심 해본 적이 없다. 꿈 깨라다.

나는 스물다섯, 군에까지 가서 '썩고' 나왔다. 전(前) 대통령이 "군에서 썩고 나왔다"는 표현을 하고나서 구설수에 올랐지만 받아들이는 세대에 따라서 전혀 다른 해석을 한다. 나는 그 '썩고'라는 표현을 '단련' '노련해짐' '경험 닦음' '문대기' 등으로 친숙하게 받아들이는 축에 든다. '공백' '좌절' '감금' '매장' 등으로 극단적 해석을 하는 양반들도 있는 모양이지만 심각하게 생각하지 않는다.

그건 그렇고, 하주연이 말을 이었다.

"모른척하고 몇 번 만났더니 슬슬 나하고 동해안에 같이 놀러간 남자가 궁금해진 모양이야."

"······."

"내 옆에 남자가 있다는 걸 알고 나서부터 매달리기 시작하더구만. 그 양선화란 계집애하고는 끊어진 것 같고."

"······."

"그러다 어제 그랬어. 날 사랑한다고. 너밖에 없다고. 지 마음이 이렇게 순수해진건 처음이래나? 어쨌든 사설이 길었어."

그리고는 하주연이 빙그레 웃었다. 생기 띤 두 눈이 반짝이고 있다.

"그래서 내가 그랬어. 이젠 헤어질 때가 되었다구. 가장 좋을 때 헤어지자구. 그동안 고맙고 즐거웠다구."

그러자 심호흡을 하고난 김민성이 물었다.

"그랬더니 울디?"

"갑자기 한 대 맞은 것 같은 얼굴이었어."

"그리고?"

"그냥 입만 딱 벌리고 있길래 일어나 나왔지."

"멋지게 헤어졌구만."

"근데, 형 얼굴은 시큰둥하네?"

하고 하주연이 물었으므로 김민성이 손바닥으로 얼굴을 쓸고 나서 말했다.

"그야 나하고 상관없는 사건이니깐 그렇지. 재밌긴 했어."

"왜 상관이 없어?"

어느덧 정색한 하주연이 똑바로 김민성을 보았다.

"내가 형한테 이만 보고를 하는 이유를 모른단 말야? 형이 있으니까 내가 헤어질 용기가 나왔다는걸 모르겠어?"

김민성도 이제는 입만 딱 벌렸다. 기가 막히긴 했지만 말은 된다.

"나, 가야돼."

하고 이동규가 욕실에서 나오면서 말했으므로 박재희는 머리를 들었다.

밤 11시 반, 방금 섹스를 마친 방 안에는 후덥지근한 열기가 덮여져 있다. 방안의 불은 끈 채 TV만 켜놓아서 이동규의 알몸에 화면의 컬러 영상이 어른거린다.

"시골 할아버지가 오셨거든."

팬티를 입으면서 이동규가 말을 잇는다.

"깜박 잊어먹었어. 미안해."

오늘 자고 갈 줄 알았기 때문에 박재희는 집에다 친구 집에서 잔다고 말해놓은 상태. 그러나 침대에서 몸을 일으킨 박재희가 욕실로 다가가며 말했다.

"알았어. 나 씻고 갈테니까 너 먼저 가."

"괜찮겠어?"

했지만 이동규의 얼굴은 생기가 떠있다.

알마치고 모텔에서 같이 나가기가 굉장히 어색하고 쪽팔린다는 사실을 알려준 사내가 김민성이다.

"에이, 나 쫌 있다 갈래."

이쪽이 먼저 가라고 했기 때문인지 이동규가 주춤거렸다.

잠자코 욕실 안으로 들어선 박재희가 거울에 비친 자신의 알몸을 보고는 문득 이를 악물었다.

"개 같은 년."

거울을 향해 말한 박재희가 이제는 얼굴을 일그러뜨리며 웃었다.

"네가 개 같은 년이라 그래."

윤지선한테서 김민성과 그렇고 그렇게 되었다는 말을 듣고 태연한 척했지만 집에 돌아와 방에서 펑펑 울었다. 그러나 다음에 윤지선을 다시 만났을 때는 시치미를 뚝 떼고 이동규를 사귀기로 했다고 말해주었다. 그것은 김민성한테 가서 말하라고 한 것이나 같다.

샤워기 밑에서 물을 맞으며 박재희는 자신이 김민성 입장이 되어서 생각해도 용서하지 못할 것 같았다. 어떻게 만나는 오빠가 있는데도 딴 남자하고 모텔 출입을 한단 말인가?

아무리 세상이 변했다지만 그렇게까지 납득이 된다면 그야말로 '개세상'이다. 인간이라면 '절제' '자제'가 필요하다. '약속' '신의' '순정'까지는 주장 할 필요가 없다고 해도 '배신'까지 닿으면 곤란하지 않겠는가? 나는 '배신'을 했다.

이동규가 하도 졸랐다는 핑계를 대었어도 그 당시에 성적 충동에 휩쓸렸다. 하고나서 엄청난 후회에 시달렸지만 이미 엎질러진 물이었다.

거기에다 모텔에서 나오는 그 장면이 김민성에게 발각될 줄이야.

'영산' 모텔은 김민성하고 단골로 다녔던 둘만의 추억이 쌓인 곳이었다. 그곳이 익숙했기 때문에 이동규를 끌고 간 것이 치명타가 되었다. 김민성이 어떻게 생각했겠는가? '영산'에 터를 잡은 '창녀'라고 해도 할 말이 없다.

대충 샤워를 마친 박재희가 욕실을 나왔을 때 이동규는 가지 않고 기다리는 중이었다. 그러나 옷은 다 차려입고 의자에 엉덩이를 반만 걸치고는 담배를 피우는 중이다.

"빨랑 가."

알몸을 타월로 가린 박재희가 눈을 치켜뜨고 말했다. 그리고는 손을 뻗어 전등 스위치를 켰다. 지금까지는 한 번도 불을 켜놓고 옷을 벗어본 적이 없는 박재희였다.

박재희가 놀란 듯 눈만 껌벅이는 이동규에게 말했다.

"글고 우리 오늘 이 시간부터 끝내. 다시는 보지 말자구."

"야, 재희야."

허둥거리면서 이동규가 담배를 재떨이에 비벼끄면서 일어섰다.

그때 박재희가 방문을 열면서 말했다.

"어서 나가. 얼른."

"야."

했지만 이동규가 마침내 발을 떼었다.

지금 가만두면 이놈은 마음이 변해서 오늘 밤 집에 안갈 것이다.

집에 들어선 김민성이 안방에서 울리는 아버지 목소리를 듣더니 벽시계를 보았다. 오후 5시 반, 이 시간에 집에 들어온다는 것은 일이 없다는

65

의미다. 따라서 기분이 좋을 리가 없다.

오늘도 아버지는 어머니한테 잔소리를 늘어놓고 있었는데 시장에서 사온 돼지고기에 비곗살이 너무 적어서 고기 맛이 안 난다는 것이 쟁점이었다. 그런데 발소리를 죽이고 방으로 들어갔지만 아버지가 눈치를 챈 것 같다.

"야, 민성아. 너 일루와봐."

아버지가 버럭 소리쳤으므로 김민성이 잇사이로 욕을 했다. 물론 아버지한테가 아니라 혼잣욕이다.

이맛살을 찌푸린 채 김민성이 안방으로 들어갔더니 어머니가 풀려난 듯 눈을 끔벅여 보이고는 엇갈려 나온다. 어머니 기분은 나쁜 것 같지가 않다. 다른 때 같으면 애를 뭐 하러 부르냐고 하면서 내보냈을 테니까.

아버지는 어머니하고 돼지고기 안주로 소주를 마시고 있었던 것 같다. 김민성이 술상 옆쪽에 앉았더니 아버지가 불쑥 술잔을 내밀었다.

"아나, 받어라."

"아, 나 공부해야 돼."

했지만 김홍기는 손을 거두지 않고 눈을 부릅떴다.

"받어, 인마. 버르장머리 없이."

"에이."

하면서 술잔을 받은 김민성에게 김홍기가 소주를 따라주며 물었다.

"야, 다음주에 우리 동네에서 국회의원 보궐선거 허는거 알지?"

"모르는데."

금방 대답한 김민성이 술잔의 술을 한입에 삼켰다. 물론 머리를 김홍기의 반대쪽으로 돌렸다. 군에 가기 전에는 김홍기 앞에서 똑바로 턱을 치켜들고 마셨었다. 제대하고 나서 이렇게 했더니 김홍기가 그렇게 대견

해 하는건 처음 보았다.

김홍기가 은근한 시선으로 김민성을 보았다.

"야, 이번 선거에 투표해라. 자유당 후보가 믿을만 하니까 내 말을 믿고…."

"싫어."

일언지하에 말을 자른 김민성이 힐끗 김홍기를 보았다.

"나도 이젠 스물다섯이야. 어린애 취급 말라구. 다 내가 알아서 선택할테니까."

"야, 이 새끼야."

눈을 부릅뜬 김홍기가 말을 잇는다.

"스물다섯 좋아허네. 상놈의 새끼 같으니. 니가 지금까지 세금 한 푼 낸 적 있냐? 무슨 권리로 누굴 찍는단 말여? 이 빌어먹는 새끼야. 니가 세금 낼 때까지 널 키워준 애비가 시키는 대로 찍어. 임마."

"아, 못해."

지난번 대선 때는 김홍기가 돈 10만 원을 용돈 쓰라고 주면서 자유당 후보를 찍으라고 했던 것이다. 그때는 용돈이 궁해서 받았지만 투표는 하지 않았다. 만일 투표를 했다면 민족당 후보를 찍었을 것이다.

김홍기가 김민성의 빈 잔에 소주를 채워주면서 말을 잇는다. 소주를 한 병쯤 마신 김홍기의 코끝이 붉다.

"내 자식도 맘대로 못하는 놈이 무슨 사업을 헌다고. 에라, 이 새끼야. 니 맘대로 혀라."

김홍기는 뒤끝도 없지만 말주변도 부족하다. 그래서 꼭 이런 식으로 끝난다. 김민성이 술잔을 집으면서 문득 아버지가 화를 낼 만 하다는 생각을 했다. 뼈 빠지게 일해서 벌어 먹이는 아버지하고 자신이 똑같은 한 표인 것이다. 그러고 보니 거지도, 도둑놈도, 사기꾼도 한 표다. 나라는 세금으로 운영되는데 아버지가 열이 날 만 했다.

그때 아버지가 한 모금 술을 삼키더니 혼잣소리처럼 말했다.

"어, 거참. 손님 줄어서 환장허겠네."

보궐 선거일에 김민성은 투표장에 나가 자유당 후보를 찍었다. 자유당 후보의 학력이나 경력 등을 투표장 옆의 벽보를 보고 나서야 알았으니 정책 따위는 관심도 없다. 오직 아버지를 믿고 찍어준 것이다.

투표를 하면서 이것은 아버지를 존경하기 때문은 아니라고 자위했다. 비약해서 말한다면 밥 얻어먹고 찍어주는 경우와 비슷할 것이다. 하지만 아버지는 그럴만한 자격이 있다는 생각이 들었다. 전혀 부끄럽거나 꺼림칙하지도 않았다. 다만 아버지는 오늘밤 행복하지는 못할 것이었다. 투표장에 가서 자유당 후보를 찍었다고 말해주지는 않을 것이기 때문이다.

김민성이 양천구 목동 도서관 안으로 들어섰을 때는 오후 3시쯤 되었다. 도서관 안을 둘러보던 김민성이 곧 다시 발을 떼어 구석 쪽 자리로 다가가 섰다.

"야."

김민성이 낮게 부르자 머리를 돌린 박재희와 시선이 마주쳤다.

놀란 박재희의 얼굴이 순식간에 하얗게 굳어졌다가 곧 붉게 달아올랐다. 카멜레온 같다.

박재희가 몸을 굳히고만 있었으므로 김민성이 이맛살을 찌푸렸다.

"시발, 그러고만 있을 겨?"

하고는 몸을 돌려 열람실을 나왔다.

김민성이 로비 끝 쪽의 유리벽 앞에 서있었더니 뒤쪽에서 발자국 소리가 들리면서 박재희가 다가와 옆쪽에 섰다. 이제 둘은 나란히 서서 도서관 정원을 본다. 한낮의 햇살이 깔린 정원은 텅 비었다.

그때 김민성이 앞을 향한 채로 물었다.

"그 시키 연장 크디?"

"아니."

박재희도 앞을 향한 채로 대답했다. 둘의 표정은 담담해서 망치가 크냐 적냐를 묻는 것 같다.

다시 김민성이 묻는다.

"기술은 어뗘? 좋았어?"

"아니."

"오래 해주디?"

"아니."

"몇 번 쌌니?"

"안 쌌어."

그리고는 둘이 약속이나 한 듯이 머리를 돌려 서로를 보았다. 시선이 마주치자 김민성이 눈을 부릅떴다. 그 순간 김민성은 박재희의 콧구멍이 희미하게 벌름거리고 있는 것을 발견했다. 다른 부분은 굳어져 있다.

김민성이 잇사이로 말했다.

"웃지 마, 이년아."

그 순간 박재희가 팍 웃었다. 얼굴이 갑자기 펴지는 것 같더니 입이 딱 벌어지면서 이가 다 드러났다. 그리고는 짧고 크게 웃었다.

그러자 김민성이 어깨를 부풀렸다가 내리고는 긴 숨을 뱉는다.

김민성의 얼굴은 아직도 굳어져 있다.

"내가 계속해서 그걸 물을지 몰라."

김민성이 말하자 박재희는 커다랗게 머리를 끄덕였다.

"짜증 안내고 다 대답해줄게."

"내가 싫으면 걍 떠나도 돼."

"마음에도 없는 소리 마."

그러더니 박재희가 앞으로 다가와 김민성의 목을 두 팔로 감아 안는다. 도서관 로비에는 서너 명의 학생이 있었지만 박재희는 전혀 개의치 않았다.

"미안해 오빠."

박재희가 얼굴을 김민성의 가슴에 묻으면서 말했다.

"헤어지고 나서 오빠가 소중한 사람이란 걸 느꼈어."

"문장 쓰지 말고 그 시키 연장 크기는 얼마나 돼?"

"오빠의 절반 정도 밖에 안 돼."

김민성은 그때서야 박재희의 허리를 두 팔로 감아 안는다.

그렇게 스물다섯, 스물 둘의 여름이 지나가고 있었다.

〈첫 번째 스토리 끝〉

내 청춘의 2년

"우리, 끝난 거야, 명심해."

박재희가 말했을 때 이동규는 껌을 씹다가 멈췄다.

오후 7시 반, 후덥지근한 오후다.

이동규가 가만있었더니 박재희는 말을 이었다.

"앞으로 전화도 하지 마. 문자도 날리지 말고, 트위터는 지웠으니까 이젠 끝내."

그때 이동규가 핸드폰을 반대쪽 귀에 붙이고 묻는다.

"도대체 왜 그러는 거야?"

"왜라니? 끝낸다는 거지. 이유가 꼭 필요해? 그럼 말할게."

화가 난 것처럼 박재희의 목소리가 높고 빨라졌다.

"징징대는 바람에 한번 줬다가 시궁창에 빠진 기분이 들었어. 그래서 지금 나와 씻고 있는 중이야. 두 번 다시 시궁창에 발을 딛고 싶지가 않아서 그런다."

그때 이동규가 입안의 껌을 길바닥에 뱉었다. 이곳은 동네 슈퍼 앞이어서 본 사람은 없다.

"너, 그럼 그 자식 다시 만나?"

겨우 그렇게 묻는 순간 이동규는 자신의 빈약한 언변에 발을 구르고 싶은 충동이 일어난다. 그때 수화기에서 박재희의 짧은 웃음소리가 울렸다. 그러더니 말이 이어졌다.

"그래. 오빠가 용서해줬어. 난 지금처럼 행복한 적이 없어."

그리고는 통화가 끊겼으므로 이동규는 핸드폰을 귀에서 떼었다.

지난번 박재희하고 섹스를 한 후에 시골 할아버지가 오셨다면서 갈 기색을 보였더니 끝내자고 하긴 했다. 한동안 우두커니 서있던 이동규는 발을 떼었다. 이곳은 이태원의 고급 주택가여서 언제나 조용하다. 차량도 일방통행으로 다니는데다 인도는 마치 산책로 같다.

대문 안으로 들어섰을 때 현관에서 나오는 어머니가 보였다. 화려한 정장 차림이다. 이제 어둑해진 밖에서 보면 영락없이 30대 후반쯤의 나가는 여자 같다. 누가 40대 후반으로 보겠는가?

정원 한복판에서 마주친 어머니가 말했다.

"아줌마한테 고기 구워달라고 해서 밥 먹어라."

이동규가 그냥 지나쳤더니 이제는 등에다 대고 말을 잇는다.

"난 일산 아줌마한테 가니까 내일 아침에나 돌아온다."

일산 아줌마는 일산에 사는 어머니 동창을 말한다. 그 여자는 어머니보다 더 날라리여서 언뜻 듣기에는 두 번인가 이혼을 했다는 것이다.

집 안으로 들어선 이동규에게 수원 아줌마가 물었다.

"학생 밥 먹을겨?"

"아뇨."

"배고프면 말혀."

"예."

응접실을 지나 이층 계단으로 오르던 이동규가 문득 발을 멈추고는 아줌마를 내려다보았다.

"아줌마 아들, 군대 갔다고 했죠?"

"응? 그려."

수원댁의 얼굴에 웃음이 떠올랐다.

"석 달 되었는디 곧 휴가 나온다구."

"근데, 해병대로 지원했다면서요?"

"그렇다니께."

계단으로 다가온 수원댁의 두 눈이 반짝이고 있다.

"내가 뭐하러 그런 델 가냐고 했더니 도전 해보겠다는 거여."

머리를 끄덕인 이동규가 몸을 돌렸다. 도전은 무슨, 병신같이. 그 소리가 입 밖으로 나오려다 말았다.

방 안으로 들어온 이동규가 옷은 벗어던지고는 컴퓨터를 켰다. 그리고는 병무청 사이트에 접속한 다음에 입영 신청을 했다. 세 번이나 징집 연기를 한 터라 한 달 후에는 징집이 될 것이다. 신청 확인 버튼을 누른 이동규가 혼자 웃었다.

어머니는 아버지하고 성격 차이로 이혼했다지만 가만 보면 둘 중 하나가 바람을 피운 것 같다. 하지만 누가 원인을 제공했는지 이동규는 관심 없다. 10년 전에 부모가 이혼하면서 네 식구는 당장 이산가족이 되었다. 왜냐하면 이동규의 형 이동민은 아버지가 데려갔기 때문이다. 지금 아버지는 형과 미국으로 옮겨가 잘 산다. 새 엄마도 얻었는데 따라온 계집애가 있다던가?

어쨌거나 이동규는 갈라진 반쪽하고 인연을 끊었다. 만나지 않은 것
은 물론 전화 통화를 안 한지도 오륙년 되었으니까. 어머니는 위자료를
엄청 받은데다가 외할아버지는 강원도 바닷가에서 리조트를 경영하는
부자다. 아쉬울 것 하나도 없다.

왠지 가슴이 답답해진 이동규는 베란다에서부터 이층 창문을 모두 열
었다. 이층은 이동규의 공간이다. 응접실 소파에 앉은 이동규가 우두커
니 검은 TV를 응시하다가 문득 길게 숨을 뱉는다. 박재희가 떠올랐기
때문이다.

초등학교 때부터 짝사랑을 해왔던 터여서 처음 모텔에 갔을 때는 세
상을 다 얻은 것 같았다. 하지만 솔직히 세 번째 후부터는 다른 여자하
고 비슷해졌다. 섹스 하고나서 도망가고 싶은 충동을 말하는 것이다.

그런데 막상 박재희로부터 헤어지자는 선언을 듣고 보니까 소중한 것
을 잃은 느낌이 온다. 뭔가 잘못한 것 같기도 했다. 그날 할아버지가 오
셨다는 거짓말을 안 하고 자고 올 걸 그랬다.

그때 핸드폰이 울렸다.

탁자 위에 놓인 핸드폰을 집어 든 이동규가 발신자를 보았다. 최영도.
환경은 비슷하지만 성격은 정 반대인 새끼. 그래서 어울리게 되었는지
모르겠다.

핸드폰을 귀에 붙인 이동규가 대뜸 묻는다.

"왜?"

"모나코로 와. 내가 둘 데리고 갈 테니까. 9시까지."

그래놓고 통화가 끊겼으므로 이동규는 쓴웃음을 지었다.

이놈은 어깨를 탈골시켜 군 면제를 받았다. 경비로 5천이 들었다는데
제 아버지한테서 8천을 받아 3천을 삥땅 처먹은 놈이다. 천안의 지방대

74

를 스포츠카로 통학하는 놈. 아버지는 중국에 공장을 차려놓아서 어머니와 여동생하고 셋이 산다.

벗어 던진 옷을 하나씩 주워 입으면서 이동규는 지겹다는 생각이 든다. 맨날 이렇다. 저녁에는 홍대나 신촌 근처, 또는 압구정동으로 원정을 나가 여자하고 술 마시고 노는 것, 한 번도 여자가 없어서 쩔쩔맨 적이 없다.

단 한명, 박재희만 빼고. 별 볼일 없는 식당집 딸 박재희는 항상 시큰둥했다. 그러다가 무슨 바람이 불었는지 한번만 주겠다는 것이 아닌가? 어쨌든 박재희는 다섯 번 먹고 끝났다.

엮어졌다 갈라서는 경우를 많이 겪어서 이런 때 매달리면 여자가 더 진저리 친다는 것을 아는 이동규다. 이런 때는 가만 놔두는 게 낫다.

이동규가 홍대 근처의 모나코에 도착했을 때는 9시 10분이다. 모나코는 재즈바였지만 방을 만들어서 양주를 팔고 아가씨까지 조달해 준다.

"야, 너 오늘 땡 잡았다."

방으로 들어 선 이동규에게 최영도가 소리쳐 말했다.

최영도는 여자 둘과 동석하고 있다. 하나는 이미 제 옆에 붙여 놓았는데 괜찮다.

앞쪽에 혼자 앉아있던 여자가 머리를 들고 이동규를 보았다. 쇼트커트한 머리, 소매 없는 맨팔이 미끈했다. 쌍꺼풀 한 눈, 곧은 콧날도 성형한 흔적이 역력했다. 입술도 부풀린 것 같다. 그러나 A급. 이동규는 여자의 화사한 얼굴을 향해 웃어 보인다.

여자가 옆에 앉은 이동규에게 말했다.

"난 채지수. 니 얘기 들었어."

대뜸 반말이지만 어색하지가 않다. 이동규가 채지수 옆으로 바짝 몸을 붙였다.

채지수는 수도권의 대학 3학년. 나이도 이동규와 동갑인 스물 둘이었는데 성격이 화끈했다.

술도 잘 마셔서 양주를 스트레이트로 다섯 잔쯤 마시더니 최영도의 파트너를 데리고 밖으로 춤추러 나갔다.

둘이 되었을 때 이동규의 시선을 받은 최영도가 말했다.

"내 짝이 장준수라고 알지? 걔 팔로야. 준수한테 소개 받았어."

트위터로 만난 파트너다. 사진까지 전송시키고 나서 몇 번 이야기를 주고받고 나면 결정이 되는 것이다. 채 10분도 걸리지 않는다.

술잔을 든 최영도가 이동규에게 물었다.

"걔하고는 잘 돼가냐?"

박재희를 묻는 것이다. 머리만 끄덕인 이동규를 향해 최영도가 말을 잇는다.

"걘 아껴놓고 쟤들하고 노는겨. 그래야 오래간다."

"지랄."

"근데, 너 어깨 탈골시키든지 무릎 관절에 물을 넣든지 빨리 서둘러. 브로커는 내가 소개시켜 줄 테니까."

최영도가 정색하고 말을 잇는다.

"인마, 시간이 없단 말이다. 돈 5천만 가져와. 당장 해줄게."

"알았어."

"몇 년 썩으면 좋은 시절 다 지나간다구."

한 모금에 술을 삼킨 최영도가 충혈된 눈으로 이동규를 보았다.

"왜 남북을 갈라놓고 이 지랄을 하는지 모르겠다니까 시발 꼰대들이."

"개새끼들이야."

마침내 이동규가 거들었다.

"맨날 전쟁이나 일어난다고 겁을 주고 말야. 그냥 남는 쌀이나 돈 같은 거 퍼주고 군대 해산시키면 안 돼?"

"맞아."

빈 잔에 술을 따르며 최영도가 웃었다.

"고등학교 때 우리 선생이 그러던데 6·25때 미군만 없었다면 우린 지금 군대 없는 세상에서 살고 있을 거라고 하더라."

"너도 5천 굳혔겠구만."

"그 돈을 보태면 록시를 살 수 있었는데."

록시는 최신형 미제 스포츠카다. 최영도는 미국을 증오하면서도 차는 꼭 미제를 산다.

그때 방 안으로 채지수와 임현경이 들어섰다. 임현경은 최영도의 짝 이름이다.

"아유 더워."

손바닥으로 얼굴에다 부채질을 하면서 채지수가 옆에 앉는다.

"여기 앉아만 있을 거야?"

채지수가 묻자 이동규는 머리를 들었다.

"왜?"

"나가서 춤추든지 싫으면 장소를 옮기자구."

그러면서 채지수가 지그시 이동규를 보았다.

"난 오늘 12시까지는 들어가야 돼. 그러니까 앞으로 한 시간 반."

"야, 그럼 옷 벗다가 끝나겠다."

그 말을 들은 최영도가 대답을 해버렸다.

최영도가 이동규를 턱으로 가리키며 말을 잇는다.

"저 자식은 길어. 넣고 한 시간이 보통이야. 그래서 서두르는거 싫어해."

"아구, 너 좋겠다."

하고 임현경이 말을 받았을 때 이동규가 쓴웃음을 지었다.

"맞아. 난 천천히, 그리고 길게 하는 게 버릇이 들어서 서둘면 잘 안 돼."

"나, 미쳐."

채지수가 눈을 가늘게 뜨고 웃는다.

"누가 그거 하라고 했니? 이 색골아."

"니 얼굴에 그렇게 써 있구만 그래."

"정말 궁금해지네."

하면서 흘겨보는 채지수의 얼굴이 요염했다.

이동규는 입안에 고인 침을 삼켰다.

휴학계를 냈다. 군 입대 때문이라고 써넣기가 왠지 쪽팔려서 '사업'이라고 썼다. 오전 10시 반, 아직 개학을 안 한 교정은 한산한 편이다. 햇살이 무겁게 느껴지는 것을 보니 가을 기분이 난다. 어제 오후 갑자기 입영 신청을 하고 오늘 오전에 휴학계를 내는 자신이 마치 꿈속에서 움직이는 것 같다.

천천히 교정을 걸으면서 어젯밤에 만난 채지수가 떠오른다. 채지수를 그냥 혼자 보냈더니 서운한 기색을 역력하게 드러냈다. 최영도 그 놈이 최소한 한 시간이라고 떠벌리지만 않았다면 모텔에 들어가 30분쯤 놀다가 나왔을지도 모르겠다. 채지수는 흘려들은 척했지만 머릿속에 그 말이 박혀 있을 텐데 5분 만에 끝나면 대쪽 아닌가?

이윽고 이동규는 도서관 옆쪽 식당으로 들어섰다. 아직 개강 전이라 이곳이 방학 동안 만남의 광장 역할을 한다. 식당 안을 둘러 본 이동규는 곧 심명하를 찾아내었다. 심명하는 샌드위치를 먹으면서 책을 읽는 중이다.

다가간 이동규가 옆자리에 앉았어도 심명하는 머리를 들지 않았다. 이동규가 심명하가 읽는 책을 보았다.

"뭐야? 공부하는 줄 알았더니 소설이잖아?"

그러자 심명하가 이동규에게로 머리를 돌렸다.

콧등에 주근깨가 이십 개는 되었다. 입술은 세로로 갈라진 줄이 다섯 개는 된다. 머리는 뒤로 모아 고무줄로 묶었고 자선단체 유니폼인 만 원짜리 티셔츠를 입었다. 그러나 눈빛은 강하다. 깜박이지도 않는다.

"나, 휴학계 내고 온다."

이동규가 불쑥 말했더니 심명하가 손에 쥐고 있던 샌드위치를 내려놓았다. 그리고는 이동규를 바라보며 쓴웃음을 짓는다.

"그래서?"

머리를 끄덕이는 심명하를 보면서 이동규는 가슴이 편해지는 느낌을 받는다. 끝장 난 박재희가 이상형이라면 심명하는 현실형이다. 장학생에 검소한 생활, 그리고 차분하고 따뜻한 성품에 주근깨가 좀 많아서 그렇지 이만하면 용모나 몸매가 중상은 된다.

심명하가 다시 묻는다.

"팔자 좋으시니까 몇 년 쉬어도 먹고 사는데 지장이 없겠지만 최소한 휴학계 내기 전에는 나한테 이야기 해줘야 되지 않았을까?"

"너, 참 말 길게 한다."

이동규가 감탄한 표정으로 말했을 때 심명하가 책을 덮고 손등으로 입을 닦았다. 사내 같은 동작이다.

"뭐하려고 휴학계 냈어? 말해."

심명하의 강한 시선을 받은 이동규가 외면했다. 같은 독문과였지만 심명하하고 가깝게 된 것은 올 신학기 때부터였으니 다섯 달쯤 되었다. 독문과에는 여학생이 여덟 명 있었는데 이동규는 무관심했다. 눈에 띄는 상대도 없을 뿐더러 밖에 지천으로 여자들이 깔려 있었기 때문이다.

그러다가 심명하에게 노트를 몇 번 빌린 것이 계기가 되어서 밥 사고 술 마시다가 친해졌다. 그렇지만 심명하하고 손을 잡은 적도 없다. 여자 분위기를 느낀 적도 없는 것 같다.

이동규가 심호흡을 하고나서 말했다.

"미국에 가려고."

"미국?"

되물은 심명하가 곧 머리를 끄덕였다.

"아, 아버지한테 가려고?"

심명하한테 이동규는 집안 사정을 이야기 해 준 것이다. 이동규가 서너 번 눈을 껌벅이다가 대답했다.

"뭐 그런 것도 있고."

"가서 얼마 동안이나 있으려고?"

이동규는 대답 대신 심호흡을 했다. 다른 놈들이 잘난 척하면서 다 군대 빠지는 바람에 왠지 쪽팔려서 미국 간다고 했던 것이다. 괜히 짜증이 난다.

"나, 너한테 할 이야기가 있는데."

하고 먼저 입을 연 것은 심명하다. 둘은 식당을 나와 도서관 아래층

로비의 창가 의자에 나란히 앉아있다. 냉방 장치가 잘 된 로비는 시원하다. 개학 때가 다 되어서 뒤쪽으로 오가는 기척이 많아져 있다.

창밖을 바라보던 심명하가 말을 잇는다.

"네가 2학기 때부터 안 나온다니까 하는 말야. 잘 들어."

마치 선생 같은 말투여서 이동규가 쓴웃음을 지었다. 그러나 입을 열지는 않는다.

"친구로서 말하는데, 너 그러다 지친다."

"지쳐?"

이동규가 눈썹을 찌푸렸다.

"뭐가 지쳐?"

"인생이."

"어쭈."

"맨날 술 먹고 여자 바꾼다고 나아지는 것 있어? 그러다 지치는 거지."

그리고는 심명하가 머리를 돌려 이동규를 보았다.

"내가 다 알아. 니 이야기는 수시로 나한테 전해지거든."

"시발, 언놈이."

"니 바운더리도 다 알아. 니 작업 수단도."

"조까."

"니가 약만 안 할 뿐이지 막장까지 간다는 것도 알아."

"그놈이 언놈이야? 대."

"넌이야."

입을 다문 이동규를 심명하가 똑바로 보았다.

"니가 거쳐 간 년."

"지기미."

"넌 기억도 못할 거야."

"그런 년을 내가 기억할 리가 있나?"

"그래. 미국 가서 뭐 할지 나한테 말해주지 않을래?"

하고 심명하가 말머리를 돌렸으므로 이동규가 눈을 부릅떴다. 그러나 심명하의 시선을 받더니 어깨를 늘어뜨린다.

심명하가 차분한 표정으로 재촉했다.

"말해."

"걍 구경하면서 쉬려고."

"입대 연기는 되는 거야?"

그 순간 이동규가 어깨를 부풀렸다가 내리면서 말했다.

"진단서 만들어서 면제 받을 거야."

말을 뱉고 나니까 다시 가슴이 꺼림칙해서 이동규는 심호흡을 했다. 그때 심명하가 또 묻는다.

"네 어머니가 허락하셨어?"

"허락은 무슨, 내 맘이지."

"아버지는?"

"그 사람 나하고 연락 안한지도 오래되었어."

했다가 아차 했지만 늦었다.

심명하의 시선이 화살처럼 박혀져 있다. 그러나 심명하는 입을 열지 않는다. 바로 이런 것이 심명하의 성품이다. 다른 놈 같았다면 '너, 미국 아버지한테 간다고 했잖아? 근데 연락 안한지 오래 되었다니. 무슨 말야?'하고 대뜸 따졌을 것이다.

마침내 이동규가 다시 말을 잇는다.

"걍 미국 여행 가는 거야. 아버지한테는 안들려."

"오늘 저녁에 나 술 한잔 사줄래?"

불쑥 심명하가 물었으므로 이동규는 시선을 들었다. 그러나 심명하는 똑바로 앉아 유리벽 밖의 정원을 바라보고 있다.

이동규가 머리를 끄덕였다.

"좋지. 한잔 하자. 홍대 근처로 갈까?"

"아무데나."

"소주 마실래?"

"아무거나."

"호텔 아니어도 되지?"

했지만 심명하는 넘어가지 않았다.

정신 똑바로 차리고 있다는 증거였다.

옷을 갈아입으려고 집에 들렀더니 어머니가 돌아와 있었다.

어머니의 바운더리는 일산쪽 같다. 일산에 물 좋은 나이트가 있다던데 어머니가 그 좋은 물중 하나인지 모른다. 내가 거기로 찾아가 연상녀 해달라면 웨이터가 어머니 데꼬 오지 않을까?

그런 생각을 하면서 이층 계단을 오르는데 밑에서 방문 열리는 소리가 들리더니 어머니가 묻는다.

"너, 네 형한테서 연락 받았니?"

"누구?"

걸음을 멈춘 이동규가 다 알아들었으면서도 되묻는다. 그러자 어머니가 계단 밑으로 다가와 이동규를 올려다보았다. 맨 얼굴의 어머니 눈 밑이 푸르다.

"동민이가 국제호텔 1207호실에 있단다."

그러더니 어머니가 입술을 비틀고 웃는다.

"네 숙모한테서 들었다."

"시발놈."

마침내 낮게 욕설을 뱉은 이동규가 다시 발을 떼면서 말을 이었다.

"나 바빠. 그 새끼 생각할 시간도 없다구."

어머니는 더 이상 입을 열지 않았다. 이동규의 형 이동민은 세 살 위였으니 스물다섯. UCLA를 졸업하고 지금 아버지 회사의 기획실장으로 일한다고 들었다. 아버지는 LA에서 대형 슈퍼마켓 세 곳을 소유한 억만장자인 것이다. 사업 수완도 있지만 할아버지한테서 받은 재산을 잘 굴린 덕분이다.

방으로 들어선 이동규가 옷을 다 갈아입고 겨드랑이에 향수를 뿌리고 있을 때 문에서 노크소리가 들렸다. 그리고는 곧 어머니가 들어섰다. 어머니가 이층에 올라온 것은 드문 일이다.

"너 바뻐?"

하면서 어머니가 창가의 의자에 앉았으므로 이동규는 이맛살을 찌푸렸다. 오후 4시 반. 시간은 충분하다. 안 바쁘다.

"응 바뻐."

대답은 그렇게 했더니 어머니가 눈으로 앞쪽 의자를 가리켰다.

"앉아봐. 할 이야기가 있어."

"바쁘다니까."

하면서도 이동규는 앞쪽에 앉아 딴전을 보았다. 어머니 얼굴을 보면 괜히 멋쩍다. 특히 어머니가 외박을 하고 온 다음 날에는 더 어색하다.

그때 어머니가 말했다.

"난 그렇지만 넌 네 형하고 만나는 게 낫지 않을까? 네 숙모도 그런

이야기를 하더라."

"아 시발."

이동규가 이맛살을 찌푸렸다.

핸드폰을 소지한 후부터 이동규는 모르는 전화는 받지 않았다. 문자 메시지는 말할 것도 없다.

그 이유는 'LA 사람들' 때문이다. 'LA 사람들'이란 아버지와 형을 말한다. 원인이야 어떻든 간에 둘씩 편이 갈라진 것에 대한 반발일지도 모른다. 같이 사는 어머니한테 화를 풀 수는 없지 않겠는가? 이번에도 형은 한국에 오는 길에 이동규를 만나려는 것 같다. 그래서 숙모한테 연락을 했을 것이다.

이동규가 어머니를 보았다.

"왜? 그 새끼가 엄마는 안 만난대?"

"그거야 나중에."

하고 어머니가 얼버무렸으므로 이동규가 피식 웃었다.

"죽은 후에?"

"애, 동규야."

"시발놈이 잘난 체 하고 있어. 지가 엄마 안 만나면 나도 'LA 놈들' 안 만나."

'LA 사람들'이 이제 'LA 놈들'이 되었다.

이동규가 말을 잇는다.

"시발놈이 간첩 접선하자는 거야 뭐야? 정정당당하게 여기 찾아와서 엄마랑 날 만나면 되는 것 아냐?"

이동규는 자리에서 일어섰다.

하지만 형은 열다섯 살 때 부모가 이혼했기 때문에 상황을 알지 모른다.

"니가 미국 간다니까 니 애인은 뭐래?"

하고 심명하가 물었으므로 이동규는 머리를 들었다.

이곳은 홍대 근처의 포장마차. 말이 포장마차지 분위기 좋은 카페다. 드럼통을 오려 만든 술상에 싸리나무 울타리 같은 벽, 술상 위의 항아리에는 막걸리가 담겨있고 표주박이 떠있다.

심명하는 정색하고 있다. 박재희하고 모텔 간 이야기도 해주었기 때문에 감출 것도 없다.

"뭐, 그냥. 잘 갔다 오라고…."

이동규가 외면한 채 말을 잇는다.

"그동안 고무신 바꿔 신지 않겠다고."

"웃겨."

"그래서 괜찮다고 했어. 바꿔 신어도."

"서은대학에 다닌다고 했지?"

"야, 화제 돌리자."

막걸리 잔을 든 이동규가 지그시 심명하를 보았다. 눈의 흰 창이 붉다. 지금 막걸리를 세 동이째 마시고 있는 중이다. 세동이면 1리터병으로 여섯 병. 그동안 화장실에 두 번 다녀왔다.

오후 9시 반. 머리를 끄덕인 심명하의 얼굴도 붉다. 심명하도 집에 들어가서 옷을 갈아입고 나와서 다른 분위기다. 연두색 반팔 티셔츠에 흰색 면바지를 입었고 흰 샌들을 신었다. 날씬한 몸매에 잘 어울린다.

그때 심명하가 불쑥 물었다.

"야, 우리가 이렇게 길게 간 건 친구였기 때문이지?"

"그런가?"

이동규의 반응은 시큰둥하다. 벌컥이며 잔을 비운 이동규가 트림을 했다.

"하긴 따먹을 계집애 앞에서 트림 한 적은 없었으니까."

"미친놈."

"니가 여자다운 매력이 없어서 그런게 아냐. 과 안에서 공사를 벌이면 여러 가지로 불편했기 때문에 그런거."

"딴 놈들은 잘만 하더만."

"난 비위가 약해서."

"나도 남자하고 이렇게 오래간 건 처음이야."

"뭐가 처음이란 거야?"

정색한 이동규가 술잔을 내려놓았다.

"오래 그걸 않고 참은 걸 말하는 거냐?"

"미친놈아. 남자 친구로 오래 간 것 말야."

"그게 그거지."

술잔에 술을 채우면서 이동규가 투덜거렸다.

"감사패 하나 맞춰서 줘. 내 생년월일 불러줄게."

그때 주머니에 든 핸드폰이 울렸으므로 이동규가 꺼내보았다. 모르는 번호였으므로 뚜껑을 덮었다. 심명하가 머리를 들고 이동규를 보았다.

"누구야?"

심명하가 물었을 때 이동규는 심호흡을 하고나서 말했다.

"너, 나하고 오늘 밤 같이 있자."

"미친놈."

"인제 친구 끝났잖아? 내가 떠나면 친구고 애인이고 다 좆 치는거 아냐?"

"관두서."

"사정하는데도 안 줄래?"

문득 박재희의 얼굴 없는 모습이 떠올랐지만 이동규는 말을 잇는다.

"소원이다."

박재희한테도 써먹었던 수법이다. 다만 박재희한테는 1백번도 더 사
정했다. 사랑한다는 말은 3백번쯤 했을 것이다.

그때 핸드폰이 다시 울리는 바람에 이동규는 꺼내 보았다. 조금 전의
그 번호다. 어금니를 문 이동규가 자리에서 일어서며 말했다.

"잠깐, 전화 좀 하고 올게."

"애인이면 이리 오라고 해."

심명하가 말했지만 이동규는 대꾸도 않고 몸을 돌렸다. 포장마차 밖
으로 나온 이동규가 아직도 울리고 있는 핸드폰을 귀에 붙였다.

"여보세요."

이동규가 응답했을 때 수화기에서 사내의 목소리가 울린다.

"너, 동규냐?"

순간 이동규의 심장이 덜컥 멈췄다가 뛰었다.

형 이동민이다. 5년쯤 되었지만 목소리는 알아듣겠다. 이동규가 가만
있었더니 이동민의 말이 빨라졌다.

"야, 동규야. 너, 나 좀 만나자. 나 국제호텔 1207호실에….."

"아, 됐어."

말을 자른 이동규의 목소리도 굵어졌다.

"이산가족처럼 흥분 말자구. 때가 되면 만날 테니까 서둘 것도 없어."

88

"야, 아버지가 너한테 하실 말씀이 있다고…."

"울 엄마는 어때서?"

해놓고 이동규가 눈을 치켜떴다.

"엄마 무시하지 마. 지금 엄마가 없는 것처럼 말씀하시는데."

"동규야. 너 왜 이래? 너 변했구나."

"아, 시. 그만두자구."

"너 지금 어디야? 내가 그리로 갈게."

"나, 작업 중이야."

말문이 막힌 이동민이 가만있었으므로 이동규가 말을 잇는다.

"바쁘니까 다음 기회에 보자구."

"그럼 내일 만나자."

"봐서."

그래놓고 핸드폰을 귀에서 떼려는데 이동민의 목소리가 울렸다.

"내일 점심때 국제호텔 로비에서."

핸드폰을 주머니에 넣고 이동규가 다시 포장마차 안으로 들어와 심명하 옆에 앉는다. 이동규의 표정을 본 심명하가 눈을 가늘게 뜨고 물었다.

"일 안됐어?"

"뭐가?"

"작업이 안 된 얼굴 같아서."

"넌 생각하는게 작업뿐이냐?"

"니 수준에 맞추다 보니까 그렇게 되네."

그러더니 심명하가 막걸리 한 잔을 다 마셔버렸다. 술잔을 내려놓은 심명하가 트림을 하고나서 말했다.

"넌 내 주변에 대해선 관심도 없지?"

이동규의 시선을 받은 심명하가 빙긋 웃는다.

"니 여자 친구의 애인에 대해서 말야."

"복잡하네."

"하긴 니가 날 여자로 본 적이 없으니까."

하더니 다시 트림을 하고나서 말을 잇는다.

"자, 물어봐 줄래? 내 남친. 그러니까 내 애인에 대해서."

"어딜 물어줄까?"

이를 드러내고 말했던 이동규가 허리를 펴면서 술잔을 들었다.

"자, 말하고 싶은 모양인데 말해."

"그 친구 군대 갔어."

술잔을 든 채 이동규는 시선만 주었고 심명하의 말이 이어졌다.

"그러니까 작년 겨울에."

"가서 죽었어?"

이동규가 묻자 심명하는 눈을 흘겼다.

"재섭는 소리 마, 짜샤."

"어쨌든 휴가는 나왔을 거 아냐? 군대 갔다고 해도 만날 수 있는 거 아니냐구?"

"끝났어."

"니가 고무신 바꿔 신은 거냐?"

"둘이 합의한 거야. 끝내기로."

그러자 이동규가 입맛을 다셨다.

"니들 참 쿨하구나. 니가 다시 보인다."

"잘했다는 생각이 들더라."

두 손으로 턱을 고인 심명하가 말을 잇는다.

"한 달, 두 달, 석 달 시간이 가니까 점점 희미해지는 거야. 억지로 생각을 해보려고 해도 안 돼. 그러다가 반년이 지나니까 거의 잊게 되더라."

그리고는 심명하가 이동규를 보았다.

"그때 네가 내 앞에 나타났지. 그런데 아무 부담이 없더라니까."

포장마차를 나왔을 때는 밤 12시 반이었다.

막걸리는 배가 불러서 소주를 두병 반 나눠 마시고나니까 심명하가 먼저 취했다. 같은 말을 자꾸 반복하더니 나중에는 화장실 바닥에 주저앉아 있는 것을 끌고 나오기까지 했다.

"야, 나 데꼬 가."

포장마차 앞에 선 심명하가 썩은 내가 풀풀 나는 입냄새를 풍기며 말했다. 눈동자의 초점은 멀고 가만 서 있어도 바람에 흔들리는 나무처럼 건들거렸다.

"아, 시발. 너 갔구만."

맛이 갔다고 하려다가 줄인건 그나마 이쪽이 제정신이라는 증거일 것이다.

"야, 나 어디서 잘 꺼야."

하고 심명하가 다시 말했을 때 이동규는 허리를 감싸 안고 팔 하나를 목에 둘러 잡았다. 전형적인 술 처먹은 놈 부축 방법으로 신입생때 선배들한테 배웠다. 그리고는 선배 몇 놈을 이 방법으로 모셨다.

"오데로 가는 거야?"

발을 떼자 심명하가 물었으므로 이동규가 대답했다.

"모텔 가자."

심명하는 입을 다물었고 이동규가 말을 잇는다.

"오늘 자고 친구 종치고 애인 하자."

"……."

"애인이 별거냐? 그거 한번 하면 다 되는겨, 시발."

비틀거리며 심명하는 걷기만 했고 이동규가 허리를 감은 팔에 힘을
주었다. 심명하가 나 데꼬 가라는 것은 신호를 보낸 것이나 같다. 이제
부터 대학 내에서는 만날 일이 없을 테니 부담 없이 주겠다는 표시였다.

그러나 큰길로 나왔을 때 이동규는 지나는 택시를 잡았다. 뒷좌석에
심명하를 밀어놓고 그 옆에 탔다.

"상계 3동요."

운전사에게 말하자 의자에 기대 누워있던 심명하가 번쩍 눈을 떴다.
눈의 초점도 잡혀져 있다. 상계 3동은 심명하의 집인 것이다. 차가 도심
거리를 속력을 내어 질주하기 시작했다. 그러나 심명하는 눈은 떴지만
입을 열지는 않았다.

그때 이동규가 앞쪽을 향한 채 말했다.

"너하고는 안 할래. 니가 어떻게 생각하든 널 아껴야겠어."

심명하는 숨소리도 내지 않았고 이동규의 말이 이어졌다.

"누가 뭐라건 내가 좋으면 좋은 거야. 난 내 식으로 널 아끼고 싶어."

그리고는 저도 모르게 긴 숨을 뱉는다.

"지기미, 섹스가 뭔데? 그건 자신 없는 놈들이 나대는 수작이었어. 내
가 겪어봐서 알아."

"……."

"그래서 먼저 섹스부터 하려고 허겁지겁 달려들었어. 그러고 나선 뒷
감당도 못하고 쩔쩔 맸지."

92

"……."

"이제부턴 그렇게 안 해."

그때 이동규는 제 손등 위에 덮이는 따뜻한 촉감에 놀라 그쪽을 보았다. 심명하의 손이 덮여져 있다. 그러나 심명하는 여전히 앞쪽을 응시한 채였다.

"넌 바보야."

이윽고 심명하가 불쑥 말하더니 얼굴을 펴고 웃는다. 심명하가 말을 잇는다.

"센스가 둔해. 지금 해도 무르익어 있었을 텐데."

그러더니 손에 힘을 주어 이동규의 손을 감싸 쥐었다.

"그래. 잘 갔다 와. 동규야."

"응?"

했다가 이동규는 그것이 미국행에 대한 심명하의 인사라는 것을 깨달았다. 미국 간다는 말이 거짓말인 터라 감동은 없다.

다음날 오전, 메일을 열어 본 이동규는 병무청에서 입영 통보가 와 있는 것을 보았다.

빠르다. 날짜는 25일 후인 9월 15일. 이동규가 원했던 날이다. 입영 시간과 장소, 준비물들을 꼼꼼하게 읽고 메모하는 이동규의 얼굴은 긴장되어 있었다.

지금까지 유치원 입학 때부터 대학 3학년이 되도록 단 한 번도 자의 (自意)에 의한 선택이 없었던 것이다. 군 입대도 따지고 보면 남들도 다 가는 국민의 의무이긴 했지만 이동규 자신이 선택했다. 최영도처럼 돈 써서 빠질 수도 있었던 일이었다.

이동규가 이층에서 내려왔을 때는 오전 11시쯤 되었다.

"너, 개학 언제야?"

소파에 앉아 신문을 읽고 있던 어머니가 물었다.

어머니는 맨 얼굴에 홈드레스를 입었다. 어젯밤 새벽 2시쯤 들어왔기 때문에 어머니가 집에 있었는지 어쩐지 알 수가 없다.

"아, 다음주."

해놓고 이동규가 이맛살을 찌푸렸다.

개학하면 매일 거짓말을 해야 한단 말인가? 그렇다고 군 입대 날짜까지 받아놓았다고 말하면 난리가 날 것이다. 군에 보내지 않으려는 난리가 아니다. 그냥 대책 없이 당황해서 그러는 것이다.

"밥 줄까?"

하고 주방에 있던 수원 아줌마가 물었다. 이 집에서는 밥 달라고 해야 준다. 괜히 밥 먹으라고 부르는 헛고생을 안 한지 오래 되었다.

"주세요."

소파에 앉은 이동규의 시선이 다시 어머니와 마주쳤다.

맨 얼굴의 어머니는 나이 들어 보인다. 어머니가 스물여섯에 이동규를 낳았으니까 지금 마흔 여덟이다. 어머니 나이를 알려면 제 나이에 26만 더하면 된다. 그런데 지금은 어머니가 50도 훨씬 넘게 보인다. 어머니의 늙은 얼굴을 보았더니 가슴이 갑자기 찡해졌으므로 이동규는 외면했다.

그때 어머니가 말했다.

"니 형은 한국 국적 포기했다더라. 괜히 갖고 있다가 군 입대라도 하라면 골치 아플 테니까."

이동규가 머리만 조금 들었다가 내렸고 어머니의 말이 이어졌다.

"니 형이 머리가 좋고 현실적이지. 네 아버지를 닮았어."

"그럼 머리 나쁘고 비현실적인 나는 엄마 닮은거?"

"아니, 니가 어때서?"

금방 눈을 치켜 뜬 어머니의 목소리가 높아졌다.

"누가 그러디? 니가 머리가 나뻐? 니 형보다 나아."

"아, 그만."

손을 들어 보인 이동규가 무의식중에 벽시계를 보았다. 형 이동민이 오늘 점심때 만나자고 한 것이다.

이동규가 어머니에게 물었다.

"근데 LA 아들이 왜 날 보자고 하는겨?"

이제 형 이동민은 LA 아들이 되었다. 그 식으로 말한다면 이동규는 서울 아들이다.

그러자 어머니가 신문을 내려놓았다. 얼굴이 어느덧 굳어져 있다.

"네 아버지가 전할 이야기가 있는가보더라. 네 문제로 말야."

"글쎄. 이제 와서 뭘 어쩌겠다고."

10년 전, 이동규가 12살 때 아버지는 형을 데리고 떠났다. 곧장 미국으로 떠났다는데 그 후의 내막은 모른다. 5년쯤 전부터는 전화통화도 하지 않았으니까. 그런데 갑자기 무슨 일인가?

이동규가 머리를 들고 어머니를 보았다.

"그 집, 돈 많다던데. 나한테 뭐 좀 나눠줄라는거 아녀? 그렇다면 만날 용의가 있는데."

본심이 아닌 줄 안 어머니는 대답하지 않는다.

시청 앞 국제 호텔은 특급 호텔로 이동규가 찾아갈 기회가 드물었다.

수백 번 앞을 지났을 뿐 커피숍에 들어가 앉은 적도 없다.

12시 반, 커피숍에 앉아있던 이동규는 서둘러 입구로 들어서는 사내를 보았다. 형 이동민이다. 헤어진지 10년이 지났어도 어릴 적 모습은 그대로다. 키는 이동규쯤 되었지만 체격이 컸고 배가 좀 나왔다.

잠깐 멈춰 서서 안을 둘러보던 이동민도 금방 이쪽을 알아보더니 환하게 웃는다. 다가온 이동민이 손을 내밀었으므로 엉거주춤 일어선 이동규가 악수를 했다.

"아아, 반갑다."

이동민이 상기된 얼굴로 말한다. 목소리도 컸고 진심이 드러나 있다.

마주보며 앉았을 때 이동민이 묻는다.

"어머닌 안녕하시지?"

"응."

했지만 시선을 든 이동규의 표정이 굳다.

궁금하면 지가 직접 안부를 물을 수도 있지 않은가? 하는 표정이다. 그래서 이동규는 아버지 안부를 묻지 않기로 한다.

그때 이동민이 지나는 종업원을 불러 마실 것을 시켜 분위기를 바꿨다. 흰 얼굴에 매너가 세련되었고 옷차림도 고급이다. 부잣집 자식 티가 난다.

다시 이동민이 말했다.

"인마, 우리 둘이라도 자주 연락을 하고 지낼 수도 있었잖어? 내가 얼마나 너한테 콘택한지 알아?"

콘택이란 접촉이란 말이렸다. 저도 모르게 쓴웃음을 지은 이동규가 머리를 들었다.

"나한테 연락해서 뭐하게? 우리 둘만 잘 지내자구? 난 엄마를 배신

못해."

"인마, 누가 배신하랬어?"

입맛을 다신 이동민이 말을 잇는다.

"넌 그때 어려서 모른다. 난 사춘기 때라 좀 상처 받았거든."

이동규는 숨을 삼켰다. 이제 10년이 지난 작금에 이르러 이동민이 부모의 헤어진 사연을 털어 놓으려고 한다.

"그때 말이다."

하고 이동민이 시작했을 때 이동규가 손바닥을 펴고 장풍을 쏘는 시늉을 했다.

"그 이야기는 그만하고 용건을 말해."

그러자 이동민이 벌렸던 입을 다물더니 서너 번 입맛을 다셨다. 기분이 상한 듯 이동민은 한동안 딴전을 보았다가 말을 꺼냈다.

"아버지 전갈이다. 너를 미국으로 오라고 하셔. 걍 몸만 오면 미국 대학에 편입시켜 주신단다. 미국은 기부금만 왕창 내면 다 편입이 돼."

이동규가 눈만 껌벅였고 이동민의 말이 이어졌다.

"네가 입대 연기 신청을 했다면서? 미국에서 대학 다니다가 시민권 얻고 나서 군대 빠지는 거야. 미국 국적 받으면 돼. 나처럼 말이다."

"……."

"군대에서 뭐 하러 2년 동안이나 썩는단 말야? 글고 전쟁이나 나봐. 딴 놈들 다 군대 빠지는데 넌 그놈들 지키려고 목숨 내놓는단 말이냐? 걍 맨 몸으로 오면 아버지가 다 알아서 해주실테니까 미국으로 와."

"……."

"어머니도 찬성하실거다. 글고 어머니 재산은 다 네 거니까 물려주실 것이고."

그리고는 이동민이 빙그레 웃는다.

"아버지도 네 몫을 나눠 주실 거야. 너한테는 일거양득이지."

"……."

"이번 아버지 호의를 무시하면 네 몫이 없어질지도 모른단 말이다. 그러니까 잘 생각해."

이동규는 우두커니 이동민을 보았다.

잘생겼다. 그러나 왠지 남 같다.

"웬일이래?"

백화점 안 라운지에서 만난 채지수가 대뜸 그렇게 물었지만 표정은 환했다. 오늘 채지수는 팬티 같은 반바지에 소매 없는 셔츠 차림이었는데 비꼬아 말한다면 떠나는 여름을 향해 매달리는 것처럼 느껴졌다.

오후 6시. 이동규는 형을 만나고 나서 PC방, 영화관을 거쳐 이곳에 왔다. 최영도나 그와 비슷한 부류의 친구를 불러 낼 생각은 들지 않았다. 꿀꿀할 때는 채지수같은 여자가 낫다.

앞에 앉은 채지수가 다리를 꼬아서 발 하나가 이동규 앞쪽으로 내밀어져 있다. 굽 낮은 샌들 밖으로 튀어나온 다섯 발가락이 매끈했다. 발톱도 가지런했고 발목에는 금발고리가 채워졌다. 종업원에게 아이스티를 주문한 이동규가 눈을 가늘게 뜨고 채지수를 보았다.

"그때 그냥 보낸 것이 넘 아쉬워서."

"나, 미쳐."

했지만 채지수는 웃지도 않는다. 그래서 이동규는 한발 더 나갔다.

"그래서 오늘은 여기서 곧장 서해안 고속도로를 달려가고 싶은데 괜찮겠냐?"

채지수가 시선만 주었으므로 이동규가 말을 잇는다.

"여름 다 가고 곧 개학인데 이번 여름의 쫑파티를 하는거. 그래서 오늘은 내가 엄마 차를 갖고 왔어. 벤츠 5백야."

"……."

"난 엄마 차를 오늘 첨 끌고 나왔는데 전부터 그 차 안에서 카섹스를 해보고 싶었어. 그래서 차 안을 정액으로 뒤덮어 버리고 싶었다니까."

"미쳐."

했지만 이동규는 채지수의 두 눈이 습기로 번들거리고 있는 것을 보았다.

잘나간다. 채지수한테 구르몽이나 허세 따위의 노가리를 풀었다면 이런 반응을 결코 얻지 못하리라.

다시 이동규가 말을 잇는다.

"같이 가줄래? 네가 바라는 어느 곳이든 가줄게."

그러자 채지수가 가방에서 핸드폰을 꺼내 들었다.

"집에 전화하고."

핸드폰을 쥔 채지수가 옆쪽 모퉁이로 사라졌을 때 이동규는 길게 숨을 뱉는다. 그 순간 몸이 가벼워지면서 머릿속에 심명하, 그리고 박재희의 얼굴이 차례로 떠오른다. 걔들은 무겁고 어렵다. 이런 때는 채지수가 딱 어울린다.

그로부터 30분쯤이 지났을 때 이동규는 채지수를 옆에 태우고 강북강변로를 달려가고 있다.

"너, 애인 있다면서?"

창을 조금 연 채지수가 담배를 입에 물면서 물었다. 그러나 분위기는 가볍다. 그래서 이동규도 가볍게 대답했다.

"어, 그래. 있지."

"니 애인한테 미안하지 않어?"

"천만에, 걔도 노는 걸 머."

하지만 떠난 박재희도, 아리송한 사이가 되어있는 심명하도 그런 스타일이 아니다. 오직 옆에 앉은 채지수가 그렇다.

"나도 그래."

예상했던 대로 채지수가 웃음 띤 얼굴로 말했다.

"그런건 억지로 시켜서 되는 일이 아니라구. 때가 되어서 임자를 만나면 딱 정리하게 되겠지. 나도, 너도."

하면서 채지수가 손을 뻗어 이동규의 허벅지 위에 올려놓았다. 허벅지를 문지르면서 채지수가 말을 잇는다.

"그리고 내 남자도 니 여자도 말야. 안 그래?"

"맞다."

"거기 만져줘?"

하고 채지수가 물었으므로 이동규는 침부터 삼키고 대답했다.

"놔둬. 생각나면 이따 휴게소에서."

이제 이동규는 다 잊었다.

술을 마셨을 때 이동규는 오래가는 편이다. 무엇이 오래가는고 하면 삽입 후부터 사정 할 때까지의 시간을 말한다. 그러나 과한 것은 안한 것보다 못하다는 말이 있듯이 과음하면 아예 발동이 걸리지 않는다.

그래서 오늘은 적당히 마셨고 충분한 사전 답사를 한 후에 행사를 치렀기 때문에 채지수는 만족해서 늘어졌다. 경험이 적은편도 아니어서 이동규는 꾸민 표정을 읽을 수가 있는 것이다.

이동규는 가쁜 숨을 몰아쉬는 채지수와 나란히 누워 담배 연기를 천
정으로 내뿜고 있다. 안면도의 바닷가 모텔방 안이다. 이곳은 독채여서
침실 두 개에 응접실과 주방까지 갖춰졌다. 그래서 채지수는 마음 놓고
신음을 토해낼 수 있었다.

벽시계의 야광침이 밤 12시 반을 가리키고 있다.

"자기야. 너무 좋았어."

재떨이에 담뱃재를 털면서 채지수가 말했다. 몸을 반쯤 일으켰기 때
문에 젖가슴이 늘어졌다. 채지수의 젖가슴은 큰 편인데 탄력이 부족했
다. 그래서 늘어진다. 아무래도 성형을 잘못 한 것 같다. 채지수가 다시
눕는 바람에 젖꼭지가 이동규의 코를 스치고 지나갔다.

이동규는 섹스를 할 때 젖가슴을 잘 만지지 않는다. 언젠가 어떤 여자
의 성형한 젖가슴을 만졌다가 혼이 난 후부터 그런 버릇이 들었다. 젖가
슴이 터졌다나 어쨌다나 하면서 119를 불렀기 때문이다.

다시 누운 채지수가 물었다.

"미국 가려고 휴학했다고 했지?"

아까 술 마시면서 그렇게 이야기 해 준 것이다.

방 안의 불을 환하게 켜 놓아서 채지수는 눈의 쌍꺼풀 수술 자욱이
뚜렷하게 드러났다. 눈두덩이 두꺼워서 칼로 썰어놓은 것 같다. 그러나
그것만 빼면 미인이다. 몸매도 잘 빠졌고 섹스도 훌륭했다.

이동규의 시선을 잡은 채지수가 말을 잇는다.

"가서 뭐해? 놀 거야?"

"미국 갈까 군대 갈까 지금도 고민중야."

이동규가 불쑥 말했더니 채지수는 쓴웃음을 지었다.

"최영도는 군대 빠졌던데. 자기도 그럴 수 없어? 돈만 쓰면 된다던데."

"그 새끼는 나중에 국회의원이나 공무원 되기 힘들 거야."

"군대 안간 국회의원도 많던데 뭐."

"청문회에서 당하기 싫어."

"나, 미쳐."

그러면서 채지수가 손을 뻗어 이동규의 물건을 쥐었다.

"엄, 벌써 섰네."

감탄한 채지수가 이번에는 두 손으로 물건을 감싸 안았다.

"자기 멋있어. 한 번 더 해줄래?"

"천천히."

두 팔로 팔베개를 만든 이동규가 느긋해졌다.

섹스는 자신감인 것이다. 위축되면 될 것도 안 된다. 치켜 세워주면 더 잘된다. 내가 박재희에게 실패한 이유도 위축감이 들었기 때문이다. 그래서 조급해졌고 그럴수록 위축되었다.

다시 박재희를 만난다면 더 잘할 수 있을 텐데. 몇 초 사이에 그런 생각이 머릿속을 스쳐 지나갔고 그동안 채지수는 이동규의 물건을 주무르느라 여념이 없다.

그때 이동규가 다시 불쑥 묻는다.

"너 같으면 어떻게 하겠니? 미국에 가면 대학 편입도 되고 곧 시민권도 나와. 재산 몇 백만 불도 덤으로 떼어 받을지 몰라."

심호흡을 한 이동규가 말을 잇는다.

"여기 남으면 2년 동안 군에서 썩은 후에 노땅이 되어서 복학해야지. 그때까지 누가 내 옆에 남아 있을까?"

"아, 못 참겠어. 이제 넣어줘."

그때 번쩍 머리를 든 채지수가 말했다.

"너, 네 형한테 생각해보겠다고 말했다면서? 고모한테 들었다."

안면도에서 돌아온 날 저녁때 어머니가 물었다.

이동민이 고모에게, 고모가 어머니에게로 전달이 되는 것이다. 다시 버럭 화가 솟구친 이동규가 어머니를 노려보았다.

"그 시발놈이 거짓말 한겨. 난 생각해보겠다고 한적 없어."

"애, 동규야."

외출 준비를 마친 어머니는 다시 30대 후반쯤의 섹시걸이 되었다. 오늘도 일산 나이트에 갔다가 외박하고 올 것인가?

"네 형이나 아버지는 너 생각해서 그런 거야. 난 상관하지 마."

"엄마는 뭘 상관하지 말라는겨?"

마침 수원댁이 슈퍼로 휴지를 사러갔기 때문에 집 안에는 둘이다. 냉장고 앞에서 얼쩡대던 이동규가 작심한 표정으로 어머니 앞쪽 소파에 앉는다. 이동규의 시선을 외면한 어머니가 대답했다.

"니 형이 나 무시하는거 말이다. 다 이유가 있는 것이니까 넌 상관하지 말란 말야."

"웃기고 자빠졌네."

했다가 자빠진 상대는 어머니가 아니란 것을 알리려고 이동규가 덧붙였다.

"그 LA 놈들 말야. 누굴 무시해? 그렇다면 나도 무시해 줄게."

"내가 잘못해서 헤어진 거야. 그걸 니 형이 안단다. 니 형이 사춘기 때여서 상처 많이 받았어."

어머니가 단숨에 말하는 바람에 이동규는 제지도 못했다. 그래서 눈만 껌벅였는데 어머니의 말이 이어졌다.

"내가 바람을 피웠어. 며칠씩 외박을 했단다. 네 아버지하고 나중에는 열다섯 살짜리 네 형까지 날 말렸어. 그런데 안 되더라."

어머니가 손끝으로 눈물을 닦는다. 어머니도 예상하지 못했던 것 같다. 눈 밑의 마스카라가 눈물에 젖어서 검은 물이 번졌다. 이런 말을 하려고 했다면 마스카라를 안 하고 나왔겠지.

그때 어머니가 흉해진 눈으로 이동규를 보았다.

"네 형이 울면서 하던 말이 지금도 생생해. 엄마, 제발 정신 차려. 왜 이러는 거야? 어린 동규를 봐서라도 정신 차려."

"……."

"그런데 못 참았어. 그래서 헤어졌지. 아버지가 너까지 데려간다는 걸 내가 잡은 건 그냥 외로웠기 때문이지 자식 사랑은 아녔어. 자식을 사랑했다면 네 형 말을 듣고 정신을 차렸겠지."

"……."

"헤어지고 나서 석 달쯤 되어서 정신이 들더라. 하지만 그때는 다 엎질러진 물이었지. 그래서 이렇게 되었단다."

"다 끝났어?"

머리를 든 이동규가 이맛살을 찌푸리며 묻자 어머니는 그냥 말을 이었다.

"넌 아버지한테 가야돼. 나하고 같이 있으면 득 될 것 아무것도 없어."

"재산은 어떻게 할 건데?"

불쑥 이동규가 묻자 어머니는 눈만 크게 떴다. 이동규가 손가락 둘로 동그라미를 만들고 말을 잇는다.

"엄마가 외할아버지한테서 받은 유산 말야. 그건 어떤 놈 자지에다 걸어 줄껴?"

"다 네거야."

어머니가 화도 내지 않고 말을 잇는다.

"서류 다 해놨어. 모두 다 네 앞으로. 나 죽으면 다 네 것이 되도록 변호사 입회하에 공증까지 받았어. 그건 외할아버지도 다 알아."

그 순간 다시 어머니의 눈에서 검은 흙탕물이 흘러내렸다.

"내가 또 너까지 배신할 줄 알았니? 그럼 인간이 아니게? 내가 널 얼마나 믿고 의지하고 있다고, 이놈아."

이동민이 출국하는 날 아침, 이동규는 국제호텔 커피숍으로 들어섰다. 기다리고 있던 이동민이 웃음 띤 얼굴로 이동규를 맞는다.

"내가 대학에 알아보니까 휴학계 벌써 냈더구나."

금방 다가온 종업원에게 커피를 시킨 이동민이 만족한 표정으로 말을 잇는다.

"그럼 날 잡아서 바로 오면 돼. 필요한 서류는 우편으로 보내달라고 하면 되니까 말야."

이동민은 이동규가 군입대 관계로 휴학계를 낸 것을 알 턱이 없다.

손목시계를 본 이동민이 핸드폰을 꺼내들며 말했다.

"고모한테 들었더니 어머니도 널 보내겠다고 했다던데 다 잘 된 거야. 그럼 아버지하고 이야기 좀 해라."

버튼을 누른 이동민이 핸드폰을 귀에 붙인 채로 똑바로 시선을 주었다. 그래서 일어나지도 못하고 우물쭈물 하는 사이에 연결이 되어버렸다.

"예, 아버지."

하더니 이동민 앞에 앉은 이동규에게 손짓을 하면서 수화기에 대고
말했다.

"여기 동규 있습니다. 통화하시지요."

그리고는 핸드폰을 내밀었으므로 이동규는 꼼짝하지 못하고 받았다.

심호흡을 한 이동규가 핸드폰을 귀에 붙이고는 말했다.

"여보세요."

"이놈아, 동규야."

아버지가 커다랗게 소리쳤는데 말끝은 떨렸다. 하긴 아버지 목소리를
들은 지 5년쯤 되었다. 5년간 핸드폰 번호를 세 번이나 바꿨으며 모르는
번호는 받지 않았다. 모두 아버지나 형하고 통화하기 싫었기 때문이다.
헤어진 마당에 목소리로 얽힐 필요는 없는 것이다.

더구나 그쪽과 어머니하고 직통 라인이 없는 마당에 연락책 역할 하
는 것도 싫었다. LA 사람들이 어머니를 무시하는 것은 자신을 무시하는
것이나 같은 것이다.

"예, 안녕하셨습니까?"

어쨌든 인사는 해야되었으므로 우물거리며 말했을 때 아버지가 목소
리를 높였다.

"네 형한테 이야기 들었는데 오겠다니 잘 생각했다. 학교도 휴학계 냈
다면서?"

"예."

"그럼 당장이라도 오너라. 서류는 여기서 연락해도 돼. 사람 시키면
다 된다. 넌 몸만 오면 된다."

"예에."

"대학은 네 적성에 맞는 곳으로 넣어주마. 넌 서울에서 정상적인 대학

을 다니는 애라 기부금만 내면 어디든 간다."

"예에."

"너, 입영 연기를 했다던데 가만있으면 영장 나오는거 아니냐?"

"예에."

"빨리 와야겠다. 군대 갈 필요는 없다."

"……."

"남들 다 빠지는데 내 자식만 집어넣는 놈은 병신이지. 내가 한국에 세금 낸 것만으로도 할만큼은 했다."

"……."

"잘난 놈들은 다 제 자식 빼돌리는데 내가 왜?"

하더니 아버지의 목소리가 높아졌다.

"빨리 오너라. 알았느냐?"

"예에."

"내 재산도 네 앞으로 떼어놓을 작정이야. 동규야."

"……."

"이놈아, 내가 널 얼마나 보고 싶었는지 아느냐? 그런데 네놈은 제 엄마 역성든다고 애비 원망을 하다니."

아버지의 목소리가 떨렸으므로 이동규는 핸드폰을 귀에서 조금 떼었다.

"강릉에는 왜?"

눈이 둥그레진 어머니가 이동규를 보았다.

강릉에는 외할아버지가 있다. 경포대에 대형 콘도 세 동을 소유한데 다 동해시에는 호텔을 짓고 있는 부자. 어머니의 남동생인 외삼촌이 사장이지만 지금도 외할아버지가 벽돌 한 장 값까지 다 계산한다. 외삼촌이 마카오, 라스베이거스를 돌아다니며 도박으로 수십억을 날렸기 때문이다. 그래서 어머니한테 가업을 넘긴다는 소문도 있다.

이동규가 이맛살을 찌푸리며 물었다.

"왜? 외할아버지 보러 가면 안 돼?"

"아니. 너, 그러면."

정색한 어머니가 침부터 삼키고나서 다시 묻는다.

"너, 외할아버지한테 떠나기 전에 인사드리려구?"

"그런 것도 있네."

"어마나, 어마나, 어마나."

고장난 테이프처럼 되풀이 말한 어머니가 와락 상반신을 굽혔다.

오후 7시 반. 오늘은 두 식구가 오랜 만에 집에서 저녁을 함께 먹고나서 소파에 앉아있다.

어머니가 상기된 얼굴로 이동규를 보았다.

"그럼 엄마도 같이 가야겠다. 어때?"

"아, 싫어."

"왜? 친구 데려가려고 그래? 그럼 따로 가든지. 어쨌든 외할아버지만 같이 만나면 되는거 아냐?"

"왜 그렇게 날 쫓아다니려는 거야?"

"내 아들이니까."

그러더니 어머니의 눈에 금방 눈물이 글썽해졌다.

"너, 떠나기 전에 같이 있으면 안돼?"

하고 어머니가 물었으므로 이동규는 입맛을 다셨다. 그것을 어머니는 합의로 인정한 것 같다. 금방 표정이 밝아진 어머니가 묻는다.

108

"언제 갈 거야?"

"내일 오전에."

"네 차로 갈 거지?"

"그래."

"그럼 난 오후에 출발할테니까 저녁때 할아버지 집에서 만나자. 경포대쪽 별장 알지?"

바다가 내려다보이는 궁전 같은 별장이다. TV 드라마도 그곳에서 찍었기 때문에 이동규도 작년에 최영도를 데리고 놀러 갔었다. 물론 할아버지가 안계신 틈을 타서 각각 여자 파트너를 동반했다. 남자끼리라면 그런 곳까지 갈 필요는 없는 것이다.

"그럼 내가 할아버지한테 연락해놓을게."

핸드폰을 집어들면서 어머니가 들뜬 표정으로 말한다.

"네가 미국 가기 전에 인사드리려고 간다면 할아버지가 얼마나 대견하다고 하시겠니?"

버튼을 누르고 난 어머니가 말을 잇는다.

"니 덕분에 나도 아버지를 뵙게 되는구나."

외할머니는 5년쯤 전에 돌아가셨기 때문에 할아버지는 그 넓은 집에서 혼자 산다. 물론 집에는 가정부에 정원사, 경비원에다 운전사까지 10여 명의 고용원이 있어서 왕처럼 지낸다. 고독한 왕이다.

자리에서 일어 선 이동규는 이층 방으로 올라왔다.

할아버지한테 가려는 것은 인사를 하려는 것이 아니다. 올해로 75세인 외할아버지는 지난 10년 동안 이동규에게 가장 믿을 만 한 집안의 어른이었다. 엄격해서 항상 실실 피해 다녔지만 외할아버지의 존재는 이동규의 가슴에 깊게 박혀진 기둥 역할을 했다.

지금 영장을 받아놓은 상태에서 갑자기 미국으로 도망치고 싶은 충동이 일어나고 있다. 박재희의 절교 통보를 받고 즉흥적으로 입대신청을 했던 터라 마음의 준비도 없었던 때문이다. 이제 강릉 외할아버지 옆에 며칠간 있으면 안정이 될라나?

커피 잔을 든 심명하의 옆모습이 신선했다. 이 각도에서 처음 눈여겨 보았기 때문일까?

지금 이동규는 학교 식당의 구석자리에 앉아 비스듬한 앞쪽 위치에 앉아있는 심명하를 바라보고 있다. 오후 12시 반, 식당은 학생들이 절반쯤 차 있다. 개학이 다음 주로 다가와서 실컷 놀고 온 티가 나는 애들도 있고 어떤 애는 햇볕을 쪼이지 못해 누렇다.

심명하는 오늘도 식탁 위에다 책을 펴놓고 있다. 강릉으로 떠나려다가 문득 심명하 생각이 나서 학교로 찾아왔지만 막상 얼굴을 보니 주저하게 된 것이다.

매사가 이렇다. 불쑥 저질러 놓고 수습하면서 망설이거나 후회한다.

오늘도 심명하 데리고 강릉에 가고 싶었지만 전화도 하지 않고 와서 이런다. 그냥 앉아있기가 그래서 우유 한 팩하고 삼각 김밥을 샀지만 둘 다 손도 대지 않았다.

이동규가 길게 숨을 뱉고 나서 다시 심명하를 본 순간이었다. 이쪽을 바라보는 심명하와 시선이 딱 마주쳤다. 몸을 반쯤 비튼 심명하의 눈과 입이 딱 벌어져 있다. 직선거리는 10미터쯤 될까?

그러나 그 사이에 식탁이 다섯 개쯤 놓였고 시선 좌우로 앉은 학생만 스무 명도 넘을 것이다. 그리고 심명하는 몸을 45도쯤이나 비틀어야 이쪽을 발견할 수 있는 위치였다.

"하이."

하면서 이동규가 한 손을 들고 멋쩍은 웃음을 띄워 보였을 때 심명하가 자리에서 일어나 이쪽으로 다가왔다. 이제는 화난 것처럼 눈썹이 치켜 올려져 있다.

"하이."

이동규의 앞쪽에 다가선 심명하에게 다시 아는 척을 했다.

"너, 언제 온 거야?"

털썩 앞쪽에 앉으면서 심명하가 묻자 옆쪽 학생들이 시선을 주었다.

"조금 전에."

"여기서 뭐해?"

"뭐하긴? 밥 먹으려고."

하면서 이동규가 우유팩을 들었을 때 심명하가 삼각김밥을 쥐고 일어섰다.

"나가자."

이동규는 잠자코 심명하를 따라 식당을 나온다. 식당 건너편의 연구동 그늘 밑에는 광장을 향해 벤치가 나란히 놓여 있다. 벤치는 다 비어 있었고 늦여름의 햇살이 환하게 비치는 광장도 텅 비었다.

벤치에 앉았을 때 심명하가 그때까지 들고 있던 삼각김밥을 건네주며 물었다.

"나 보려고 왔니?"

"웃겨."

했다가 이동규가 정색하고 물었다.

"나하고 지금 강릉 안 갈래?"

"강릉은 왜?"

심명하가 놀라지도 않고 묻는 바람에 김이 빠지긴 했지만 말할 용기
는 났다.

"할아버지한테 인사 가는데 그냥."

"근데 내가 왜 가?"

"아니, 걍 같이 놀러가자구."

"할아버지한테 간다면서?"

"응, 내가."

"그럼 난 뭔데?"

"넌 할아버지 안 만나도 돼. 내가 할아버지 잠깐 만나면 되니까."

말하다보니 정리가 안 된 리포트 같아서 이동규가 요점을 말했다.

"너하고 같이 일박이일도 좋고 이박삼일도 좋으니까 여행 가고 싶어
서."

"……"

"외할아버지한테는 잠깐 들리면 돼. 인사나 하려고 가는 것이니까."

"너, 참 웃긴다."

쓴웃음을 지은 심명하가 이동규를 똑바로 보았다.

"니 여자 친구는 어떻게 되었어? 그것부터 까놓고 말해봐."

심명하의 시선을 받은 이동규가 소리죽여 숨을 뱉는다.

"헤어졌어."

삼각김밥을 풀면서 이동규가 말했다.

이놈의 김밥이 잘 안 풀려서 김만 빠져나왔다. 그것을 본 심명하가
김밥을 낚아채더니 금방 깨끗하게 다듬었다.

"그럴 줄 알았어."

김밥을 내밀면서 심명하가 말했다. 시선은 이동규의 목에서 10센티쯤 비껴나 있다.

"어쩐지 수상쩍더라니."

"내가 그만 만나자고 했어."

그렇게 말한 즉시 이동규는 후회했지만 이미 엎질러진 물이다. 하지만 심명하는 누가 선수를 쳤는지 따위는 관심이 없는 것 같다.

정색한 심명하가 입을 열었다.

"네가 미국 가는건 그것 때문이지?"

"그거라니?"

알면서도 되묻은 이동규가 김밥을 베어 물었다. 질끈질끈 씹는 옆쪽 볼이 따갑게 느껴졌다. 심명하의 시선 때문이다. 그래서 마침내 입안의 김밥을 삼키고 나서 광장을 향한 채로 대답했다.

"쫌 영향이 있겠지."

"너, 상처가 컸구나?"

"웃기고 있어."

어깨를 편 이동규가 머리를 돌려 심명하를 보았다. 김밥은 맛이 없었다. 목구멍에 조금 걸려 있는 것 같아서 우유를 마시고 싶었지만 지금은 그럴 분위기가 아니다.

눈을 치켜 뜬 이동규가 말했다.

"내가 그만 만나자고 했다니까 그러네."

"그래, 누가 그랬던 간에."

"나하고 안 맞는 애였어. 뭐랄까 집념이랄까 승부욕, 그런 게 있었을 뿐이야."

"……"

"근데 자고 나니까 허전하고 허무하고 그러더라니까? 내 눈치를 챈 개는 화를 내고."

"……."

"그래서 그만 두자고 했지."

"너, 지금 가야돼?"

불쑥 심명하가 묻는 바람에 이동규가 우유팩을 들었다.

"내가 이제는 네 패턴을 알아."

우유팩을 뜯는 이동규의 손놀림을 보면서 심명하가 말을 잇는다.

"자신감 결여, 충동적 행동, 거기에다 우유부단, 정서불안."

이번에 우유팩은 잘 열렸다. 가시 돋친 심명하의 말이 오히려 가려운 곳을 시원하게 긁어주는 것 같았다.

그때 심명하가 말을 잇는다.

"장점도 있어. 책임감, 지가 저지른 일은 잘했건 못했건 간에 매듭을 짓는."

"나, 누구 임신시킨 적 없어."

하고 이동규가 느물거렸다가 심명하의 차가운 시선을 받고는 입맛을 다셨다.

그때 심명하가 다시 묻는다.

"나, 지금 가야 되냐구 물었다."

"가면 좋고."

"갈아입을 옷도 없는데."

"사줄게."

"너네 집 부자냐?"

"머, 쫌 먹고는 살아."

114

"여기서 기다려."

그러면서 심명하가 자리에서 일어섰으므로 이동규는 시선만 주었다.

심명하가 빠른 걸음으로 식당 옆쪽의 도서관을 향해 걸어가고 있다. 조금 머리를 들고 남자처럼 다리를 쭉쭉 뻗었는데 발은 약간 바깥쪽으로 벌어져서 자연스럽다. 그리고 보니 심명하의 걷는 모습도 처음 보는 것 같다.

"지기미, 쟤도 이십일 남았어."

저도 모르게 혼잣소리로 말한 이동규가 길게 숨을 뱉는다. 자고 일어나면 이제 날짜 세는 버릇이 들었다. 입대 날짜를 세는 것이다.

심명하의 뒷모습에 대고 다시 이동규가 말했다.

"시발, 도장이나 찍고 떠나자."

이동규는 지금까지 차를 학교까지 가져온 적이 없다.

지하철을 타면 각각 5분씩만 걸어서 집과 학교에 닿기 때문에 주차장도 변변치 않는데다 정체가 심해서 세 배나 더 시간이 걸리는 차를 운전하고 오는 것은 미친 짓이다. 그렇지만 오늘은 차를 가져왔다.

미국 포드사의 SUV, 어머니가 작년에 사준 차다. 배기량 4천cc, 마력수가 높고 엔진 음이 크다.

차를 본 심명하가 눈을 둥그렇게 뜨더니 옆자리에 앉아 등을 기대보면서 묻는다.

"니 차야?"

머리만 끄덕이며 시동을 걸었더니 심명하가 차 안을 둘러보며 웃는다.

"넓고 안락해서 침실 같다."

"그래서 내 친구 놈은 자꾸 빌려달라고 그래. 카섹스하겠다고."

"빌려줬어?"

"아니, 아직 나도 안 했는데."

"머릿속에 든 게 그런 거뿐이니?"

"그럼 넌 독문법만 들었냐?"

차 안의 분위기는 밝다. 평일인데다 휴가도 다 끝나가는 시기여서 톨게이트를 빠져나가자 고속도로는 뻥 뚫려 있었다.

"참, 니 애인 군대 갔다고 했잖아?"

하고 이동규가 물었을 때 심명하는 입을 다물었다. 얼굴에 뜬 웃음기도 슬며시 지워지고 있다.

그러나 이동규가 앞쪽을 향한 채로 다시 묻는다.

"그 친구, 군대 빠지려고 안 했어? 요즘은 그런 놈들 많잖아?"

"많다구?"

머리를 돌린 심명하가 이동규의 옆얼굴을 보았다.

"누가 그래? 많다구?"

"내 주변 놈들 대부분."

"그건 니 주변이지."

나무라듯 말한 심명하가 다시 등을 의자에 붙이더니 앞쪽을 보았다.

"대다수 남자들은 건전해. 다 묵묵히 군대 간다구."

"그럼 빠진 놈들은 불건전하냐?"

"당연하지."

했던 심명하가 머리를 돌려 이동규를 보았다.

"넌 그런 놈들 사이에서 놀았기 때문에 아무렇지도 않게 생각해온 거야."

"시발놈들이 괜히 삼팔선을 갈라가지고."

116

"그건 말도 안 되는 소리고."

차갑게 자른 심명하가 말을 잇는다.

"의무야. 국민의 의무. 이런 말을 하는 내가 짜증나려고 한다."

이동규는 잠자코 차에 속력을 낸다.

누가 모르는가? 병역의 의무, 국민의 4대 의무 중 하나. 그렇지만 지금까지 이놈 저놈 다 빠지면서 어둠의 자식들만 군대 간다는 말까지 퍼졌다. 건전이 밥 먹어주냐? 의무는 나만 지키냐? 잘난 인간들이 지 자식 다 군대 안보내면서 나만 왜? 하는 불만이 팽배하면서 가는 놈이 병신이라는 분위기가 되었다.

그때 심명하가 정적을 깨고 말했다.

"너도 미국 가면 빠질지 모르겠네?"

"……."

"너 비난하는거 아니니까 오해 마. 내가 무슨 병무청 사람도 아니고 인정이 있는 보통 여자니까."

그러더니 쓴웃음을 짓는다.

"측근 비리쯤은 눈감아 줄 수가 있는 보통 여자란 말야."

"야, 휴게소 말고 갓길에다 잠깐 차를 세웠다 갈까?"

불쑥 이동규가 묻자 심명하는 머리를 들었다. 눈이 둥그레져 있다. "왜?"

"카섹스 한번 해보려고. 차 산 후에 한 번도 안 했거든."

심명하가 다시 머리를 눕혔다. 화제를 바꾸려는 수작인 줄 아는 것이다.

외할아버지 조만수는 육중한 체격에 둥근 얼굴의 호인형 인상이었지만 깐깐한 성격이었다. 외삼촌 조경문에게 가업을 물려주었다가 5년 만에 다시 경영권을 빼앗고 자금을 동결시켜 꼼짝 못하게 한 것만 봐도 그렇다.

외삼촌은 딸만 둘 낳은 데다 둘 다 제 부모를 닮았는지 공부는 못하고 말썽만 피웠는데 외할아버지의 이동규에 대한 관심은 각별했다. 이동규가 'LA 사람들'과 단절하고 있다는 것을 안 후에는 한 달에 한 번씩은 꼭 들러서 용돈을 주고 갔다.

심명하를 근처에 있는 호텔 커피숍에서 기다리게 한 이동규가 조만수를 만났을 때는 오후 5시 반이다.

"어, 잘 왔다."

어머니한테서 미리 연락을 받은 조만수가 웃는 얼굴로 이동규를 맞는다. 오후 일찍 도착한 어머니는 콘도 찜질방에 가 있다고 했다.

소파에 앉은 채로 이동규의 큰 절을 받은 조만수가 이를 드러내고 웃는다.

"어, 그래. 너한테서 절 한번 잘 받는다."

이동규는 외할아버지한테서 풍기는 따뜻한 기운에 금방 젖는다. 열두 살 때부터 아버지 없이 자라온 이동규다. 물질적으로는 부족한 것이 없었지만 항상 뭔가 허전한 느낌이 들면서 안정이 되지 않았다.

어머니는 자주 집을 비웠는데 집안 살림은 가정부가 맡았고 가정교사가 이동규의 학습 스케줄에다 진로 상담까지 맡아주었다. 돈만 있으면 다 되는 세상이다.

가정부가 다가와 둘 앞에 마실 것을 내려놓고 소리 없이 돌아갔다.

조만수의 바닷가 대저택 응접실 안이다. 응접실도 세 곳이나 있어서 이곳은 3층의 가족용 응접실이다. 유리벽 밖으로 동해 바다가 수평선까

118

지 드러나 있다.

조만수가 인삼차잔을 들면서 물었다.

"그래, 너, 미국 간다면서?"

이동규의 시선을 잡은 조만수가 천천히 머리를 끄덕였다.

"그래. 네 애비하고도 화해를 해야지. 고집부릴 필요는 없는 거다."

이동규는 심호흡을 했다. 그러나 입을 열기도 전에 조만수가 말을 잇는다.

"더구나 네 애비가 재산을 떼어준다고 하지 않느냐? 받을 건 받아야 한다. 넌 그럴 권리도 있고."

"……."

"네 형이 다 받을 수는 없다. 그러니까 미국에 가서 잘 처리를 해라."

"저기, 할아버지."

이동규가 부르자 조만수가 눈을 가늘게 떴다. 어서 말하라는 표정 같다. 그러나 막상 시선을 받고나니 이동규는 가슴이 뛰는 바람에 침부터 삼켰다.

그때 조만수가 물었다.

"그래, 언제 떠날 예정이냐?"

"다음 달 12일요."

"음, 그럼 보름 남았구나."

"예에."

"그럼 언제 돌아올 거냐?"

"이. 이년."

"이년 후에?"

했다가 조만수가 이맛살을 찌푸렸다.

"그럼 스물넷에 돌아오겠구나."

이년이라고 말한 것은 군복무 기간을 엉겁결에 말했던 것이다.

다음 달 12일은 바로 입영 날짜다. 여기서 털어놓지 않으면 홍수에 휩쓸리듯이 미국행 비행기를 타게 될 것이라는 조바심이 일어나고 있다.

그렇지만 반대로 털어 놓는다면? 그때는 미국행이 좌절될 가능성이 많다. 입영날짜까지 받아놓고 도망치면 범법자가 된다. 할아버지는 그것을 바라지는 않을 것이다.

그때 이동규가 헛기침을 했다.

"할아버지. 저, 군 입대를 지원해서 입영 날짜가 나왔어요."

이동규의 목소리가 떨렸다.

"그게 무슨 말이냐?"

조만수는 이해가 안 되는지 머리를 기울이며 물었다.

"입영 날짜를 받아 놓았다니?"

"저기, 군대가려구요."

"그럼 미국은?"

"할아버지. 저, 미국 안 갈래요."

시선을 내린 이동규의 가슴이 미어졌다.

군대와 미국. 지금까지 결정하지 못하고 있었다. 군대에 꼭 가야만 하겠다는 의욕도 일어나지 않았으며 그렇다고 미국에 가고 싶지도 않다.

그때 조만수가 한마디씩 또박또박 물었다.

"네가 군대를 지원했다고?"

"예, 할아버지."

"왜?"

"군대가려구요."

"그러니까 왜?"

하고 조만수가 다그치듯 물었으므로 이동규는 머리를 들었다.

"남들 다 가니까요."

그것이 충동적으로 저지른 일이라고 말할 수 없는 것이다. 그러나 뱉고 나니까 목구멍에 걸린 가시가 내려간 것처럼 시원했다.

조만수는 이제 시선만 준 채 입을 꾹 다물고 있다. 충격을 받은 것 같다.

이동규가 다시 입을 열었다.

"지원을 한 후에 아버지한테서 연락이 왔어요. 미국으로 오라구요. 군대 갈 필요가 없다구 하데요. 제 친구 하나는 어깨를 탈골시켜서 군대 빠졌어요. 저한테도 5천만 원만 쓰면 군대 빠질 수가 있다고 했어요."

"......."

"근데요, 할아버지."

이동규가 이제는 조만수의 눈을 똑바로 보았다.

"할아버지한테 인사하려고 온 것이 아니에요. 어떻게 할까 상의를 드리려고 온 것이란 말입니다. 할아버지 만나기 전까지도 결정을 못하고 있었거든요."

"......."

"그러다가 지금 결심을 한 거란 말입니다. 왜 그랬는지 그 이유는 모르겠어요. 어쨌든 전 미국 안가고 군대 갈 겁니다."

"얘, 동규야."

조만수가 물기 없는 목소리로 부르더니 헛기침을 했다. 그리고는 물끄러미 이동규를 보았다.

"할아버지한테 상의하려고 여기 왔다고 했지?"

"꼭 상의를 한다는 것보다 할아버지를 만나면 결정하는데 뭔가 도움이 될 것 같다는 생각이 들었거든요."

"할애비한테 칭찬 받고 싶었냐?"

"그런 것도 있었던 것 같네요. 말해놓고 나니 가슴이 시원한걸 보면요."

"다음 달 12일이 네 입영 날짜구나?"

"예."

"넌 착한 놈이다."

머리를 끄덕인 조만수가 얼굴을 펴고 웃었다.

"정직한 놈이기도 하고."

"할아버지, 제가 겉으로는 미국 간다고 했지만 속으로는 안 그랬던 것 같습니다."

"잘 생각했다."

어깨를 부풀렸다가 내린 조만수가 이동규를 똑바로 보았다.

"할애비는 네가 자랑스럽다."

"할아버지가 안계셨다면 저는 미국으로 도망 갔을지도 모릅니다."

그리고는 이동규가 자리에서 일어섰다. 호텔 커피숍에서 기다리고 있을 심명하가 떠오른 것이다.

"할아버지, 친구를 만나기로 해서요."

"데리고 오너라."

조만수가 말하자 이동규는 쓴웃음을 지었다.

그러면 어머니부터 난리가 날 것이다. 어머니는 여자 친구라면 다 결혼상대로 생각하는 버릇이 있다.

그리고 보면 내 주변에서 진지하게 상의할 사람이 없었다.

122

할아버지의 저택을 나오면서 이동규의 머릿속에 떠오른 생각이다. 주변 친구들 분위기가 대부분 수단껏 군대에 안 가는 것이 잘난놈 취급을 받았기 때문일 것이다.

만일 누가 병역의무 이야기를 꺼낸다면 좀 과장된 표현으로 웃기는 놈 취급을 받았다. 중·고등학교 때 선생님한테서 국가에 대한 자부심, 의무를 교육받은 기억이 없는 대신 비판과 불만을 많이 들은 것이 지금 생각해 보면 이렇게 된 원인 중에 하나다.

그러다 성년이 되자마자 난데없는 국방 의무, 2년간의 결별이라니. 혼란이 오는 것은 당연하다. 남들 다 가니까 간다는 것으로 2년을 때우기에는 왠지 화가 나고 아쉬운 것이다. 그러나 어쨌든 결정을 하고 나니까 개운하긴 했다. 당연한 일을 했다는 기분보다 어깨의 짐을 내려놓은 느낌. 체한 것이 뚫린 것 같다.

호텔 커피숍으로 들어섰더니 두 시간이 지났는데도 심명하는 얌전하게 기다리고 있었다. 이동규와 시선이 마주치자 웃기까지 한다.

"야, 나가서 밥부터 먹자."

저녁 8시가 되어가고 있었으므로 이동규가 앉지도 않고 심명하에게 말했다.

"이젠 일 다 끝났어. 이 밤을 너하고 둘이 지낼 수 있는 거야."

"기대되네."

일어선 심명하가 쓴웃음을 지었다. 둘은 호텔 옆의 식당에 들어가 회를 시켰다. 엊그제 해수욕장이 폐장 되었지만 식당에는 손님이 많았고 바닷가도 활기에 차있다.

심명하가 유리벽 밖의 백사장을 바라보며 혼잣소리처럼 말했다.

"요즘은 철이 지나도 바닷가에 사람이 많아. 사람이 많아서 그런지 시간에 구애받지 않아서 그런지 모르겠어."

"차가 많아져서 그래."

이동규가 회가 나오기도 전에 가져온 소주병 마개를 뜯으면서 말했다.

"그래서 닥치는 대로 산골짜기 안까지도 밀고 들어온다구."

"길이 잘 만들어졌기 때문이라고 하는게 맞겠다."

"그렇구나."

건성으로 대답한 이동규가 심명하의 잔에 소주를 채웠다.

"군대 안간 놈들이 많아졌기 때문인지도 모르지."

이번에는 이동규가 혼잣소리처럼 말했더니 심명하의 시선이 부딪쳐왔다. 그러나 이동규가 모른 척 술잔을 들고 말했다.

"자, 건배. 또 하나의 만남과 이별을 위하여."

"너, 이상해졌다."

술잔을 든 심명하가 머리를 기울였지만 이동규를 따라 한 모금 삼켰다. 그러자 이동규가 웃음 띤 얼굴로 심명하를 보았다.

"머, 바닷가에 여자하고 오면 시상이 떠오르는 법이지."

"시상 같은 소리 하네."

"남자들은 그래. 여자하고 처음 자기 전에는 들뜬다구."

"너, 진짜 이상해졌다."

쓴웃음을 지은 심명하가 제 손으로 술을 따르면서 말을 잇는다.

"니가 진즉 이랬다면 나, 너 안 만났을 거야. 니 이미지하고 전혀 안 맞거든."

"이미지 좋아허네."

다시 술을 삼킨 이동규가 심명하를 똑바로 보았다.

"니 애인이 작년 겨울에 군대 갔다고 했지? 그러니까 8개월쯤 되었구나."

심명하는 시선만 주었고 이동규의 말이 이어졌다.

"앞으로 1년 4개월, 그러니까 16개월이 남았네. 안 그래?"

"……."

"시간이 금방 가는 것 같지 않아?"

그때 회가 날라져 왔으므로 이동규는 입을 다물었다. 회와 안주 접시를 벌려놓은 종업원이 사라지자 심명하가 입을 열었다.

"너, 이야기 요점이 뭔데?"

"니들이 합의하에 이혼 아니, 헤어졌다지만 니 남친이 갑자기 안쓰럽게 느껴져서 그러는 거야."

그리고는 이동규가 웃어 보였다.

심명하는 잠자코 회를 먹고 술을 마셨다. 담담한 표정이어서 기분이 상한 것 같지 않았다.

그때 핸드폰이 진동으로 떨었으므로 이동규가 바지에서 꺼내 보았다. 어머니다. 분위기를 짐작한 이동규가 자리에서 일어서며 심명하에게 말했다.

"미안, 엄마야."

이동규는 서둘러 식당 밖으로 나와 핸드폰을 귀에 붙였다. 바깥 바람이 서늘하게 피부에 닿는다.

"왜?"

"너, 너, 군대 간다고?"

송화구에서 어머니의 비명같은 말이 들렸을 때 이동규의 가슴이 왠지 차분해졌다.

가만있었더니 어머니가 다시 외친다.

"왜? 왜? 왜!"

"아유 시끄러."

해놓고 이동규가 검은 밤바다를 보았다. 파도가 껍질이 벗겨지는 것처럼 다가오고 있다.

"미국 가는 것보다 나아."

이동규가 소리치듯 말했더니 어머니는 놀란 것 같다.

삼 초쯤 가만있다가 이제는 가라앉은 목소리로 물었다.

"미국에서도 알아?"

"아니."

"그럼 너 어쩌려고 그래?"

"군대 간다는데 누가 뭐래? 남자라면 당연히 가야할텐데. 난 LA 사람들하곤 다른 인간야."

"……."

"그래도 우리 집안에선 내가 혼자라도 대표로 가야되지 않겠어? 나까지 안가면 휴전선은 누가 지키라는 거야?"

"아이구, 기가 막혀."

"돈을 철조망에다 대신 걸어놓을 순 없지 않겠어?"

"너, 지금 어디야?"

어머니가 물었으므로 이동규가 힐끗 식당 안을 보았다. 심명하는 이쪽에 옆모습을 보인 채 회접시를 내려다보고 있다. 뭔가 생각하는 것 같다.

"나, 친구하고 같이 있어. 내일 아침에 다시 연락할게."

이동규가 말했더니 어머니 목소리가 다급해졌다.

"너, 입영날짜가 다음 달 12일이야?"

"그래."

"나 못살아."

어머니의 말이 더 이어지기 전에 이동규는 핸드폰을 귀에서 떼었다. 할아버지한테서 내막을 들은 어머니는 그야말로 기절초풍을 한 것 같다. 미국 대신 군대에 갈 줄은 상상도 못했을 것이었다.

다시 앞자리에 앉았을 때 심명하가 머리를 들고 이동규를 보았다.

"아까 니가 한 말을 좀 생각해 봤는데 말야."

심명하의 눈이 가늘어졌다. 저 얼굴은 자주 보았다. 수업 빼먹고 나서 심명하한테 강의 내용 설명 들을 때의 표정이다.

"너하고 그 사람하고는 생각이나 살아가는 방식이 다르니까 안쓰러울 것 없어."

이동규의 시선을 잡은 심명하가 한마디씩 말을 잇는다.

"그 사람은 오히려 네가 안쓰럽다고 생각할거야. 그러니까 서로 상관 안 하면 돼."

"야, 그럴 수가 있니?"

다시 술잔을 집으면서 이동규가 쓴웃음을 짓는다.

"같은 민족, 같은 청춘, 같은 의무를 진 처지에 말야."

"넌 암말 말고 미국이나 가."

이맛살을 찌푸린 심명하가 술잔을 들더니 한 모금에 삼켰다. 그러더니 손목시계를 보는 시늉을 했다.

"피곤해. 씻고 자자."

"어휴. 네 입에서 자자는 소리가 나오다니."

반색을 한 이동규가 엉거주춤 엉덩이부터 들면서 말했다.

"세상에. 이런 때도 있구나. 야."

호텔에는 빈 방이 많아서 이동규는 바다가 내려다보이는 스위트룸을
골랐다. 일반실의 세 배나 되었으므로 방값을 들은 심명하가 눈을 크게
떴지만 말리지는 않았다.

"야, 신혼여행 방으로는 딱이다."

방으로 들어선 이동규가 탄성을 뱉는다.

방은 넓었고 응접실에다 베란다에는 원탁에 흔들의자까지 놓여졌다.
침실의 침대에 누워서도 바다가 보인다.

침대에 다이빙하듯 누운 이동규가 말했다.

"바로 이런데서 임신 하는 거야."

응접실을 둘러보던 심명하가 그 말을 듣더니 소파의 방석을 집어 던
졌지만 침대 끝에 맞고 떨어졌다. 밤 11시밖에 되지 않았다. 응접실로
나온 이동규가 심명하를 보았다.

"술 한 잔 더 할래?"

"아니, 싫어."

"그럼 씻고 자자."

이동규는 셔츠를 벗어 던지면서 욕실로 다가갔다. 다소 과장된 행동
이었지만 어색하지는 않다.

이동규가 씻고 나왔을 때 심명하는 베란다에 나가 바다를 내려다보고
서 있었다.

"야! 나, 씻었어!"

하고 소리쳐 불렀더니 심명하는 머리만 돌려 이쪽을 보았다.

이동규가 가운 차림으로 침실로 들어섰을 때 바깥 응접실의 불이 꺼

졌다. 심명하가 끈 것이다. 침대에 누운 이동규도 리모컨을 집어들고 침실의 불을 껐다. 그러나 TV만은 켜서 심명하가 길을 찾도록 배려했다.

TV의 볼륨을 줄이고는 그림만 보면서 20분은 기다렸던 것 같다. 흰 가운 차림의 심명하가 침실 입구로 나타나더니 다가왔다. 침대 옆으로 온 심명하가 시트를 들치고 들어설 때 비누 향내가 맡아졌다.

이동규는 옆에 눕는 심명하의 허리를 감아 안았다. 그때 가운이 젖혀지면서 심명하의 알몸이 드러났다. 심명하는 이동규의 입술을 피하지 않았다. 오히려 두 팔로 목을 감아 안고 익숙하게 받아들인다.

이제 방안은 가쁜 숨소리에 덮여졌다. 뜨거운 열기가 덮여지면서 탄성같은 신음이 흘러나온다. 이윽고 이동규가 심명하의 몸 안으로 헤치고 들어섰다. 이제는 심명하가 거침없는 탄성을 뱉으며 이동규를 맞는다.

얼마나 시간이 지났는지 모른다. 둘이 떼어졌을 때 이동규는 파도소리를 듣는다. 열려진 베란다 문을 통해 들려오는 것이다.

아직도 가쁜 숨을 뱉으며 이동규가 팔을 뻗어 심명하의 어깨를 감싸 안았다. 심명하가 더운 입김을 이동규의 가슴에 대고 품는다.

"너, 미국에 언제가?"

심명하가 물었으므로 이동규는 저도 모르게 심호흡을 했다.

"다음 달 12일."

"며칠 안 남았네."

머리를 든 심명하가 턱을 이동규의 가슴에 붙이고는 다시 묻는다.

"거기서 쭉 있을 거야?"

"아아니."

"언제 돌아올 건데?"

"글쎄, 이년쯤 있다가."

"그럼 와서 군대 마쳐야겠다?"

"그렇게 되나?"

그리고는 이동규가 심명하의 어깨를 잡아당겨 침대위로 눕혔다. 다시 두 알몸이 엉켰다.

"그놈의 군대 이야기 좀 말자."

심명하의 몸 위로 오르면서 이동규가 말했다.

"이건 제가 암말 말고 미국이나 가라고 해놓고선 다시 군대 이야길 꺼내?"

심명하가 입을 벌렸다가 대신 이동규의 몸을 감싸 안았다. 다시 몸이 합쳐졌기 때문이다.

그렇게 늦여름의 밤이 깊어지고 있다.

9월 12일 아침, 이동규가 소파에 앉아있는 외할아버지 조만수를 향해 큰 절을 했다.

"오냐, 오냐."

조만수가 연신 머리를 끄덕이며 절을 받았는데 둥근 얼굴이 붉게 상기되었다. 오늘은 이동규가 논산 훈련소로 입대하는 날이어서 어제 저녁에 서울 딸집으로 와서 묵은 것이다.

절을 마친 이동규가 현관을 나설 때 조만수가 말했다.

"이놈아, 잘했다."

외할아버지의 표정을 본 이동규는 어깨를 부풀리며 숨을 들이켰다. 처음으로 어른 대접을 받는 느낌이 든 것이다. 마당에는 어머니가 차를 대놓고 기다리는 중이다. 어머니가 논산까지 데려다 준다고 고집을 부린 것이다. 오후 3시에 소집이어서 시간은 충분하다.

다시 조만수에게 허리를 굽혀 절을 한 이동규는 어머니 옆자리에 앉아 집을 빠져 나온다.

수원 아줌마가 열심히 손을 흔들고 있다. 도로에 들어선 차가 속력을 내었을 때 이동규가 어머니에게로 머리를 돌렸다.

"엄마, 나이트 같은데 자주 가지마. 거기 질 나쁜 놈들이 많아."

놀란 어머니는 얼굴만 하얗게 굳어졌고 이동규가 말을 잇는다.

"저기, 홍대 앞쪽에 쉘브르란 록 음악 하는 데가 있어. 거기 쥔한테 말하면 음악 하는 괜찮은 아저씨들 소개시켜 줄 거야. 거기 가봐."

"시끄러."

어머니가 낮게 말했는데 하마터면 앞에 가는 택시를 받을 뻔 했다. 이제 어머니 얼굴은 붉어져 있다. 그러자 이동규가 얼굴을 펴고 웃는다.

"뭐, 선수끼리 그러지 말자구. 엄마."

"이 자식아, 시끄러."

"술 많이 마시지 말고."

"그만해."

"나, 엄마 사랑해."

"……."

"엄마는 모를 꺼야. 내가 얼마나 엄마를 사랑하는지. 엄마의 모든 결점까지 다 사랑해."

"……."

"나 걱정 시키지마. 그러니까 쉘브르…"

그때 머리를 돌렸던 이동규는 어머니의 눈에서 흘러내리는 눈물을 보았다. 그래서 입을 다물었다.

평일이었고 또 길도 잘 뚫려서 차는 곧 논산톨게이트로 들어섰다. 아직 오전 11시 반밖에 되지 않았다. 어머니가 너무 일찍 서둔 것 같다.

톨게이트를 나온 차가 국도를 달리더니 길가의 커다란 음식점 주차장으로 들어섰다. 차가 멈추자 이동규가 어머니에게 묻는다.

"벌써 점심 먹자는 거야?"

어머니가 말없이 내렸으므로 따라 내리던 이동규는 문득 눈을 크게 떴다. 다가오는 사내가 낯이 익었기 때문이다. 많이 본 사람이었다.

다음 순간 이동규의 심장이 뚝 멈췄다.

아버지다. 10년 전에 떠난 아버지, 'LA 사람'이 된 아버지, 'LA 놈들'도 되었지. 다가선 아버지가 이동규에게 손을 내밀었다.

"동규야."

이동규는 아버지가 내민 손을 잡았다. 따뜻했다.

그때 아버지가 말했다.

"난 네가 자랑스럽다."

이동규가 그때서야 머리를 돌려 어머니를 보았다. 어머니는 옆모습을 보인 채 식당 현관을 향해 서있다. 어쨌든 둘이 연락을 하고나서 이렇게 무대를 만들었을 것이다.

아버지가 이제는 한손으로 이동규의 어깨를 두드리며 말을 잇는다.

"그래. 아버지가 생각 잘못 한거야. 난 너한테 부끄럽다."

아버지 어깨 너머로 담장 밑에 코스모스가 피어 있었다.

그때 심명하의 얼굴이 떠올랐다. 하긴 걘 고무신을 두 번 바꿔 신을 순 없지. 놔둬라. 걍 미국 갔다가 군복 입고 돌아온 것으로 하지 뭐.

〈두 번째 스토리 끝〉

132

귀향

"주인집 아들이 군대 갔어."

문득 김선옥이 말했으므로 정기철이 머리를 들었다.

오후 2시 반, 정기철은 고속버스터미널 안의 식당에서 김선옥과 마주 보고 앉아있다. 식당 안에는 손님이 그들 포함해서 두 테이블뿐이다.

김선옥이 말을 잇는다.

"그, 말썽쟁이라는 애 있잖니? 너하고 동갑이라는…."

"들은 거 같은데."

정기철이 시큰둥한 표정으로 김선옥을 보았다.

"그게 무슨 이야기꺼리라고 말해? 엄마도 참."

"신통하잖니? 언젠가 나한테 아줌마 아들 해병대 갔다면서요? 하고 묻더라."

"난 관심 없어."

해놓고 정기철이 정색한 표정으로 말을 잇는다.

"난 엄마가 주인집 아들이라고 한 말이 기분 나빠. 누가 주인야? 그럼 엄마는 종이야?"

"얘 좀 봐."

김선옥이 이를 드러내며 웃었다. 그 웃음이 의외로 환해서 정기철은 얼떨떨해진다.

김선옥이 손가락 끝으로 정기철의 코를 눌렀다가 떼었다.

"이봐, 해병. 엄마는 종이 아냐. 그냥 주인집 아들이니까 아들이라고 한거다."

"아, 시꺼."

"해병답게 그런거 신경 끄고 대범해져."

그리고는 김선옥이 눈을 가늘게 뜨고 앞에 앉은 정기철의 상반신을 훑어본다. 정기철에게 해병대 제복이 잘 어울렸다. 붉은색 명찰에 쓴 노란 색 이름이 선명하다.

"나, 갈게."

멋쩍은 표정이 된 정기철이 엉덩이를 민적거렸을 때 김선옥이 가방에서 봉투 하나를 꺼내 내밀었다.

"이거 10만 원이야. 적지만 용돈 써."

"왜 이래?"

눈을 치켜 뜬 정기철이 김선옥의 손목을 잡아 밀었다.

"날 뭘로 보고?"

"내 아들로 본다."

"엄마, 이러지 마."

"안 받으면 나 안 간다."

정색한 김선옥이 머리까지 저었다.

"자식이 첫 휴가를 나왔는데 용돈도 못주는 에미는 목을 매고 싶을 거

134

다. 그게 엄마 맘이다."

"주인집에서 일해 돈 받는 엄마한테 용돈 받아쓰는 아들도 목을 매고 싶을 거야."

"말장난 말고 받아. 이놈아."

하는 김선옥의 두 눈이 번들거렸으므로 정기철이 봉투를 낚아챘다.

"좋아. 받지."

"걱정 말고 잘 놀아."

"나아 참. 잘 놀라니."

쓴웃음을 지은 정기철이 자리에서 일어섰다. 그리고는 문득 생각이 났다는 표정을 짓고 김선옥을 돌아보았다.

"아버지는 별일 없지?"

그 순간 김선옥의 눈동자가 잠깐 흔들렸다가 고정되었다.

"응, 그냥 그래."

"엄마한테는 뭐."

"난 괜찮아."

그러자 정기철이 어깨를 부풀렸다가 내리고는 가방을 쥐었다.

"뭐, 집에 가보면 알겠지."

"싸우지 마."

이제는 김선옥의 얼굴에 그늘이 덮여져 있었으므로 정기철이 머리를 끄덕였다.

"싸우긴. 아버지가 나한테 겜이 되나?"

식당을 나온 정기철이 부동자세로 서더니 김선옥에게 절도있게 경례를 했다.

"엄마한테 이렇게 경례하고 싶었어."

터미널에서 전철을 바꿔 타고 수원역 근처 커피숍에 도착했을 때는 오후 4시쯤 되었다.

"오빠."

출입구쪽을 바라보며 앉아있던 여동생 정민화가 활짝 웃는 얼굴로 정기철을 맞는다.

정민화는 작년에 여상을 졸업하고 슈퍼마켓의 경리로 취직해 있다. 정기철이 웃음 띤 얼굴로 다가가 앞에 앉는다. 정기철이 조금 무뚝뚝한 오빠지만 사이는 좋다. 작년 2학기 등록금이 모자랐을 때 정민화가 적금을 깨어 보태준 적이 있었는데 정기철이 겨울에 알바를 해서 갚았다.

"너, 일하다 말고 왔겠다?"

정기철이 묻자 정민화는 그냥 웃기만 하고 되묻는다.

"엄마 만났더니 뭐래?"

"잘 놀라면서 나한테 이걸 주던데."

주머니에서 접혀진 봉투를 꺼낸 정기철이 정민화에게 내밀었다.

"이거 너 써. 난 필요 없어."

"미쳤어?"

정색한 정민화가 몸까지 뒤로 젖히면서 눈을 흘겼다. 입맛을 다신 정기철이 다시 봉투를 주머니에 넣고는 정민화를 보았다.

"엄마는 아버지가 별 일 없다고 하던데, 어때?"

그것을 물으려고 집에 들어가기 전에 정민화를 불러 낸 것이다.

정민화도 예상하고 있었던지 똑바로 정기철을 보았다.

"안 좋아."

"어떻게?"

"맨날 술이야. 그래서…."

정기철은 잠자코 시선만 주었고 정민화의 말이 이어졌다.

"엄마한테는 아직 말 안 했는데 난 집나온지 열흘쯤 되었어."

"……."

"지금 친구하고 같이 자취하고 있어."

"……."

"오빠도 알지? 연옥이."

"……."

"그동안 아빠가 회사에 두 번이나 찾아왔는데 두 번째는 점심때인데 술에 취해서 왔어. 매장 앞에서 소리 지르다가 경비한테 끌려갔어."

그 순간 하얗게 굳어져있던 정민화의 얼굴이 일그러지더니 눈물이 주르르 볼을 타고 흘러내렸다.

"창피해서 죽고 싶었어."

"……."

"오빠, 미안해."

"네가 왜 미안해?"

억양 없는 목소리로 물은 정기철이 커다랗게 심호흡을 했다.

아버지 정수용은 3년 전만 해도 중견 전자 업체의 공장 총무부장이었다. 그러나 회사가 부도를 맞자 회사에 담보로 넣었던 아파트까지 은행에 압류 되고나서 세 식구에게 남은 것은 수원 교외의 얻은 방 두 개짜리 임대주택 전세금 2천뿐이었다.

그 후부터 정수용은 매일 술병을 끼고 살았다. 어머니 김선옥이 온갖 궂은일을 다 하면서 정기철을 대학에 보내고 정민화를 졸업시켜 직장에 넣은 것이다.

"오빠, 나 집에 들어갈까?"

하고 조심스럽게 정민화가 물었으므로 정기철은 머리를 저었다.

"아냐. 그대로 있어. 내가 봐서 알려줄테니까."

"오빠 휴가 왔는데도 가족이 뿔뿔이 흩어져 있어서 미안해."

머리를 숙인 정민화가 테이블 위의 물잔을 내려다보며 말을 잇는다.

"어제 엄마 연락을 받고 오빠가 불쌍해서 울었어."

"나, 미치겠네."

쓴웃음을 지은 정기철이 눈을 가늘게 뜨고 정민화를 노려보았다.

"그동안 이게 대갈통이 커진 시늉을 하네."

정민화한테서 받은 열쇠로 문을 연 순간 정기철은 악취로 이맛살을 찌푸렸다. 현관에는 소주병이 어지럽게 놓여있었는데 주방에는 개수대에 그릇과 음식 찌꺼기가 잔뜩 쌓여졌다.

"아빠."

가방을 내려놓은 정기철이 불렀지만 집안은 조용했다.

안쪽 방문을 연 정기철은 방바닥에 널브러진 정수용을 보았다. 반바지에 더러운 셔츠 차림으로 정수용은 온몸이 내팽개쳐진 자세로 쓰러져 잔다. 뱃살이 희미하게 움직이는 것을 확인 한 정기철이 몸을 돌렸다.

3년 전, 부도가 나기 전에도 아버지는 회사 일에만 매달려 얼굴 보기가 힘들었다. 공장에서 일주일에 한두 번은 야근을 한데다 새벽에 나갔다가 늦은 밤에 퇴근해서 얼굴 마주치는 날이 드물었다.

회사일 밖에 모르던 정수용이 20년을 재직했던 회사가 분해되자 공황 상태가 된 것은 당연한 결과인지 모른다.

제복을 벗은 정기철이 추리닝으로 갈아입고는 집안 청소를 시작했다. 먼저 술병과 쓰레기들을 모아 세 번에 걸쳐 쓰레기장에 갖다 버린 다음 설거지를 했다.

어머니는 주인집 일이 바빠서 두 달 동안 집에 오지 못했다고 했다. 아버지한테 생활비로 한 달에 50만 원씩을 보냈고 동생 정민화도 20만 원씩을 보내왔으니 칠십만 원이면 호강은 못해도 그럭저럭 산다.

그릇을 다 씻고 냉장고 안까지 청소하고 나서 걸레를 빨아 거실과 주방을 닦고 있는데 뒤에서 인기척이 났다. 일을 시작한 지 두 시간은 되었다.

"너, 기철이 아니냐?"

머리를 돌린 정기철은 휘청거리며 서있는 아버지를 보았다. 텁수룩하게 수염이 자란 얼굴에 두 눈이 퀭했다. 그러나 눈이 번들거리고 있다.

"아빠."

몸을 일으킨 정기철이 바지를 걷어 올린 츄리닝 차림이었지만 절도있게 경례를 했다.

"충성!"

"언제 왔냐?"

경례는 본 척도 않고 아버지가 묻더니 건들거리면서 거실의 낡은 소파로 다가가 앉는다.

"휴가 온 거냐?"

"응, 아빠. 지금도 술 많이 마셔?"

다시 엎드린 정기철이 주방을 닦으면서 물었다.

정수용이 다정하지는 않았지만 시간이 나면 같이 있으려고 노력해 주었다. 중학교 때는 원격조정 로봇을 다섯 시간 동안 같이 조립한 적도 있다.

정수용은 대답하지 않았다. 걸레질을 마친 정기철이 소파를 보았더니 정수용은 다시 늘어져 잠이 들었다. 그래서 정기철은 저녁 준비를 했다. 냉장고가 텅 비어져 있었으므로 슈퍼에 가서 찬거리를 샀고 잠깐 망설이다가 소주도 세병 넣었다. 그래서 정기철이 저녁 준비를 다 마쳤을 때는 오후 8시 반이 되어 있었다.

"아빠, 식사."

정기철이 부르자 그때까지 죽은 듯 누워있던 정수용이 상반신을 일으켰다. 그러더니 갑자기 화장실로 달려가 토하기 시작했다. 먹은 것이 없었기 때문인지 헛구역질 소리만 여러 번 뱉던 정수용이 누렇게 굳어진 얼굴로 나왔다.

"술 있냐?"

하고 정수용이 물었으므로 정기철이 다부지게 대답했다.

"밥 먹고 마셔."

"술 내놔라."

"안 돼."

뱉듯이 말한 정기철이 정수용을 똑바로 보았다.

"시발, 어지간히 엄살떨어. 내 아빠처럼 굴란 말야."

"이 자식이."

머리를 든 정수용이 말했지만 곧 시선이 돌려졌다.

그때 다가간 정기철이 정수용의 팔을 잡아 일으켰다.

"아빠, 밥부터."

이제는 허리를 당겨 걸으면서 정기철이 말을 잇는다.

"술 사왔으니까 밥 먹고 나하고 같이 한잔 해."

140

정수용의 몸은 가벼웠다. 60킬로그램도 안 되는 것 같았으므로 정기철은 가슴이 찡해졌다.

식탁에 앉은 정수용은 처음 몇 술은 깨작거리는 것 같더니 입맛이 돌아왔는지 퍽퍽 떠먹는다. 그리고는 밥을 삼분지이쯤 먹고 나서 수저를 내려놓았다.

"잘 먹었다."

"내 찌개 솜씨 어때?"

정기철이 묻자 정수용은 표정 없는 얼굴로 머리를 끄덕였다.

"맛있다."

"상 치우고 술상 봐올게."

그러자 정수용이 일어나 다시 소파로 다가간다. 허리는 굽었지만 이제 걸음이 휘청거리지는 않았다. 정수용의 나이는 올해로 52세. 아직 중년의 초반인데도 10년은 더 나이들어 보인다.

대충 식탁을 치운 정기철이 쟁반에 소주와 안주를 담아들고 다가갔을 때 소파에 누웠있던 정수용이 몸을 일으켰다.

"너, 엄마 만났냐?"

먼저 술병부터 쥔 정수용이 물었으므로 정기철은 머리만 끄덕였다.

"민화는?"

정수용이 술병 마개를 뜯더니 서둘러 잔에 술을 따르면서 묻는다. 손이 떨려서 술잔 밖으로 술이 흘렀다.

잠자코 그것을 보면서 정기철이 대답했다.

"만났어."

"그놈, 집 나간 것 알지?"

"들었어."

해놓고 정기철이 술병을 들어 제 잔에 술을 채우면서 묻는다.

"민화 회사에는 왜 찾아간 거야? 술 마시고 찾아가 행패를 부렸다면서?"

그때 한 모금에 소주를 삼킨 정수용이 갑자기 빈손을 휘둘러 정기철의 뺨을 쳤다. 정통으로 뺨을 맞았기 때문에 철석 소리가 났다. 충격에 머리가 한쪽으로 돌아갔지만 정기철이 똑바로 정수용을 보았다. 정수용과 눈이 마주쳤다.

"아빠, 내가 잘못하면 때려. 다 맞을게."

술잔을 든 정기철이 한 모금에 소주를 삼키고 나서 정수용을 다시 보았다.

"지금은 내가 건방지게 굴었기 때문에 때렸겠지. 다 이해해."

그때 정수용이 다시 잔에 술을 채우더니 훌쩍 마신다. 안주는 손도 대지 않았다.

정기철이 가만있었더니 정수용은 연거푸 술을 마셨다. 두 잔이나 더.

정기철이 말을 잇는다.

"민화한테 찾아가지 마. 엄마한테도. 둘 다 열심히 살고 있어. 아빠 원망은 단 한마디도 하지 않고 말야. 나도 그래. 아빠를 좋아했고 지금도 그래."

잠깐 말을 멈췄던 정기철이 외면했다. 갑자기 가슴이 미어졌기 때문이다. 그 사이에 정수용은 소주를 두잔 더 마셨다. 한 병을 순식간에 다 비우더니 술병을 찾는 듯 두리번거렸다.

정기철은 심호흡을 하고나서 정수용을 보았다.

"내가 초등학교때 아빠가 날 데리고 낚시간 적이 있어. 그때 기다리는 것에 짜증을 내는 나한테 아빠가 뭐라고 그랬는줄 알아? 욕심 부리지 마

라. 차분하게 기다리면 꼭 온다. 그랬어."

정수용이 술병을 찾으려는 듯이 벌떡 일어나 주방으로 갔다.

그 뒤에 대고 정기철이 말했다. 한쪽 뺨이 벌겋다.

"우리가 아빠를 얼마나 좋아하고 존경했는줄 알아? 아빠는 모르고 있어."

정수용은 술병을 찾아내어 기어이 소주 세 병을 다 마시고 쓰러졌다.

안방 침대에 정수용을 눕힌 정기철이 제 방에 돌아왔을 때는 밤 10시 반이 되어 있었다. 군에서는 이시간이면 취침해야 되겠지만 휴가 첫날밤이다. 욕실에 들어가 씻고 왔어도 정신이 말똥말똥했다.

침대에 기대앉은 정기철이 문득 자신이 아버지를 존경하고 있는가를 돌이켜 보았다.

아까 뱉었던 말은 의식하기도 전에 입 밖으로 튀어나왔다. 그런데 전혀 어색하지 않았던 것을 보면 그것이 머릿속에 배어있었기 때문인 것 같다.

그렇다. 아버지로써 존경했다. 성실한 회사원이었고 나름대로 가정에 충실했다. 회사가 부도가 나 아버지가 폭풍에 날려 떨어지기 전까지 그렇다.

그 후로는 엉망이다.

그 후의 아버지 행태를 보면 무능했고 무책임했다. 공황 상태에 빠지더니 헤어나오지 못하고 있다.

그때 핸드폰이 울렸으므로 정기철은 깜짝 놀란다. 군에 입대하고 나서 핸드폰을 정지시켜 놓았다가 집에 와서 개통시킨 것이다. 그래서 입대 후 첫 전화를 받는다. 핸드폰을 든 정기철이 발신자 번호를 보았더니 어머니다. 정기철이 핸드폰을 귀에 붙였다.

"엄마."

"밥 먹었니?"

김선옥의 목소리는 밝았지만 꾸민 것처럼 느껴졌다. 걱정이 되었을 것이다.

"응 아빠하고 같이 먹었어."

정기철도 밝게 대답하고는 덧붙였다.

"내가 김치찌개를 끓였더니 아빠가 한 그릇 다 먹데."

"잘했구나."

"같이 술도 한잔 했어."

"잘했다. 그런데."

조금 뜸을 들인 김선옥이 말을 이었다.

"방금 민화한테서 전화가 왔어."

"……."

"내가 너한테는 말 안 했어. 네가 먼저 민화를 만난다고 하길래 걔가 너한테 말하게 두려고."

"……."

"난 걔가 집 나온지 알고 있었어. 좀 이상해서 친구한테 전화했더니 같이 살고 있다더구나. 그래서 모른척하라고 했다."

"……."

"민화가 오늘에야 털어놓더라."

김선옥의 목소리가 더 가라앉아지고 있다.

"네 아빠는 그 말을 나한테 안 하더라. 민화가 집 나갔다고 말야. 하긴 한 달에 한번쯤이나 나한테 전화를 하니…."

"엄마, 괜찮아?"

"응, 일 다 끝나고 내 방에 있어."

"아빠도 자."

"내가 희망을 잃지 않고 있는 이유 중의 하나가 그거야. 네 아빠가 나한테 전화 안 하는거. 그리고 민화가 집 나갔다는 말을 안 하는 것도…."

"……."

"그거, 자존심 아니겠니? 네 말대로 남의 집살이 하는 마누라에게 전화하기가 챙피한 자존심. 당신 싫어서 집 나간 딸 이야기를 할 수 없는 자존심."

"자존심 좋아하네."

마침내 얼굴을 일그러뜨린 정기철이 씹어뱉듯 말했다.

"그래서 3년 동안 방구석에 처박혀서 처자식 등골을 파먹고 있단 말이지? 좆까라고 해."

"맘에도 없는말 마. 기철아."

"시발, 한번만 더 민화 괴롭혔다간 내가 병신 만들 거야."

"아니 왜? 뭘 괴롭혀?"

놀란 김선옥이 물었으므로 정기철은 아차 했다.

그러나 내친김이다.

"아빠가 민화 회사에 술먹고 찾아가서 행패부렸대. 그래서 내가 경고를 했어."

그랬다가 뺨을 맞았다는 말은 못한다.

다음날 아침, 정기철은 사복으로 갈아입고 배낭을 맨 차림으로 정수용 앞에 섰다. 아침 식사를 마치고 설거지까지 끝낸 후다.

"아빠, 나 열흘쯤 나가 있을 거야."

"응? 어디로?"

소파에 비스듬히 누워있던 정수용이 시선만 준채 묻는다.

"대전에 일이 있어서."

그렇게만 말했더니 정수용은 시선을 돌리고는 입을 다물었다.

정기철이 어제 김선옥한테서 받은 봉투를 탁자 위에 놓았다.

"아빠, 여기 10만 원. 술 많이 마시지마. 밥은 꼭 챙겨먹고."

몸을 돌리면서 정기철이 한마디 붙였다.

"내 핸폰 개통시켰으니까 일 있으면 연락해."

정기철이 아파트 밖으로 나왔을 때까지 뒤에서는 아무 소리도 들리지 않았다.

그로부터 두 시간쯤 후인 오전 11시경에 정기철은 유성의 아파트 단지 안에 들어와 있었다. 이곳은 신축 아파트 현장으로 지금 마감 공사중이다. 정기철의 앞에 서있는 사내는 공사 하청업체 사장인 임명호. 임명호 회사는 벽지 전문이다. 아파트 내부 공사중에서 벽지만 바르는 전문업체인 것이다.

"짜식. 휴가중에도 돈 벌러 나오다니 신통방통하다."

임명호가 넓은 얼굴을 펴고 웃는다.

정기철은 입대 전에 임명호와 서너 번 같이 일해 본 경험이 있다. 벽지 바르는 것도 기술이어서 정기철은 석 달 동안이나 교육을 받고 이제는 기능공 축에 낀다. 그래서 일당 8만 원은 받는 것이다.

임명호가 장부를 접고 나서 말을 이었다.

"어쨌든 손이 부족한 참인데 잘 왔어. 그럼 오후부터 시작하자."

휴가로 백령도에서 출발하기 전에 이미 임명호에게 연락을 해놓았던 참이다. 휴가 동안에 한가하게 놀 여유도 없을 뿐만 아니라 상대도 없다. 일하고 돈 버는 것이 적성에도 맞는다.

아파트 안으로 들어서면서 임명호가 뒤를 따르는 정기철에게 웃음 띤 얼굴로 말했다.

"야간 작업도 하고 있으니까 생각 있으면 끼어. 50% 할증 붙는다."

"하죠."

금방 대답한 정기철이 따라 웃었다.

일감은 얼마든지 있다. 다만 힘들고 더럽고 어려운 차이 뿐이다.

그 시간에 이유미는 정민화의 전화를 받는다.

"어머, 민화가 웬일이니?"

대뜸 그렇게 물었던 이유미의 목소리가 낮아졌다.

"무슨 일 있어?"

"오빠가 왔어. 언니."

정민화가 조금 뜸을 들였다가 말을 이었다.

"언니가 전해달라고 해서."

"고맙다 민화야."

"언니, 별일 없지?"

"응, 그럼. 맨날 그렇지 뭐."

"그럼 끊을게."

"언제 한번 만나."

"으응."

전화가 끊겼을 때 이유미는 귀에서 뗀 핸드폰을 한동안 바라보았다. 정기철과는 대학 축제 때 알게 되었는데 먼저 접근한 쪽은 이유미였다.

일부러 무관심을 가장한 상대를 여러 번 겪은 터라 이유미는 정기철도 그중 하나인 줄 알았다가 그것이 진짜인줄 알고 나서 다가간 케이스가 되겠다. 그런데 갑자기 정기철이 결별을 선언하더니 군데 자원입대를 했던 것이다. 사귄지 석 달 만이어서 겨우 팔짱만 끼는 사이가 되어있었는데 진도도 더딘 편이었다.

황당해진 이유미가 정민화에게 전화를 해서 오빠가 휴가라도 나오면 연락해달라고 부탁했던 것이다.

"어, 웬일이냐?"

하고 정기철의 목소리가 울렸을 때 이유미는 먼저 소리죽여 숨을 뱉는다. 반갑다기보다 두렵다. 이런 분위기를 만드는 남자는 지금까지 정기철 한 사람 뿐이다.

"응. 휴가 나왔다면서? 민화한테서 들었어."

그래놓고 덧붙였다.

"내가 민화한테 부탁했거든."

"그렇구나."

정기철의 목소리가 담담했기 때문에 이유미도 차분해졌다.

"지금 어디야?"

"대전."

"거긴 뭐하러?"

"일 때문에."

"언제 서울 오는데?"

"글쎄. 열흘쯤. 더 걸릴지도."

이유미가 시선을 들고 앞쪽 잔디밭을 보았다. 이곳은 도서관 앞 벤치여서 앞쪽에 낙엽이 지기 시작하는 나무와 시들어가는 잔디밭이 펼쳐졌

148

다. 이미 끝난 사이라는 것이 실감되었으므로 이유미의 가슴은 더 가라앉았다.

남자가 군대 가면 대부분 갈라선다니 정기철이 먼저 선수를 쳤다고 생각했었다. 특별한 이유가 없었으니까 그렇게 생각하고 잊었다. 그런데 이제 넉 달 만인가? 다시 목소리를 들으니 정답다. 그동안 시간이 지나면서 점점 희미해졌던 추억들이 한꺼번에 살아났다. 이유도 알고 싶어졌다.

"그러면 내가 그쪽으로 갈까?"

불쑥 그렇게 물은 이유미가 손바닥으로 볼을 쓸었다. 얼굴이 화끈대는 느낌이 들었기 때문이다. 이렇게 저자세로 나간적 또한 처음이다. 나쁜 놈.

그때 정기철이 짧게 웃었다.

"야. 이유미답지 않게 왜이래?"

"이 나쁜 놈아. 뻐기지마."

이유미의 목소리에도 웃음기가 섞여졌다.

그러나 여전히 볼을 쓸면서 이유미가 말을 잇는다.

"어차피 또 헤어질 놈한테 내가 밥 한번 사면 안 되니?"

"내가 밤에도 일을 해서 그래."

"무슨 일?"

"벽지 바르는 일."

입을 다문 이유미의 귀에 정기철의 목소리가 이어 들렸다.

"아파트 공사 현장이야. 오전 9시부터 다음날 새벽 4시까지 일하거든."

"……"

"내가 벽지 기술자라 하루에 20만 원 받는다. 물론 야간 수당까지 합쳐서."

"어딘데?"

하고 이유미가 말을 끊듯이 물었더니 정기철은 잠깐 입을 다물었다. 이유미가 그 사이에 소리죽여 숨을 뱉는다.

정기철은 집안 이야기를 하지 않았다. 아버지가 회사에 다닌다는 것만을 말해주었을 뿐이다. 휴가 나와서 새벽까지 공사 현장에서 일을 할 만큼 절박한 이유가 있단 말인가?

"말 안 할꺼야? 내가 점심때라도 그 잘난 낯짝 한번 볼 수는 있지 않겠어?"

다시 이유미가 추궁하듯 말했더니 수화기에서 입맛 다시는 소리가 났다.

"야, 끝난 사이에 이러지 말자. 걍 이렇게 좋게 끝내자."

"우리가 뭐했니? 끝나게?"

"그런건 없지만 네가 이곳까지 와서 날 만날 필요는 없다는 거지."

"아유. 알았어."

마침내 쓴웃음을 지은 이유미가 눈을 치켜뜨고 잔디밭을 보았다. 색이 바랜 잔디는 살풍경하다.

"그럼 열심히 일해."

열심히 벽지 붙이라고 말해주고 싶었는데 마지막 순간에 말을 돌렸다. 그만큼 평정을 잃지 않았다는 증거도 될 것이다.

공사판에는 온갖 부류의 인간이 모인다. 전과자는 흔해서 명함도 못 내밀고 전직 교수, 은행원, 사장, 금광 개발업자까지 있다.

150

지금 정기철 옆에 앉아 자장면을 먹고 있는 오윤수가 바로 금광업자다. 작년까지 인도네시아의 칼라만탄 섬에 들어가 금광을 찾다가 왔다는 것이다. 그런데 어떻게 해서 갑자기 벽지를 바르게 되었는지는 말해주지 않았다.

　"저기. 정일병. 자네 언제 귀대 한다고 했지?"

　나무젓가락을 내려놓은 오윤수가 손등으로 입을 닦으면서 묻는다.

　아파트 거실 안이었다. 오후 6시 반쯤이었는데 그들은 지금 저녁을 시켜먹고 쉬는 중이다.

　"예. 20일 휴가 받았으니까 앞으로 일주일 남았네요."

　날짜를 꼽아 본 정기철이 대답했다.

　문을 활짝 열어놓은 아파트 복도에는 최씨 부부가 벽에 기대앉아 있다. 오늘은 그들까지 넷이 한 팀이다. 오늘 50평형 한 채 벽지 공사를 끝내고 지금부터 38평형을 내일 새벽까지 마칠 작정인 것이다.

　담배를 입에 문 오윤수가 눈을 가늘게 뜨고 물었다.

　"자네, 여자 친구 있나?"

　"없습니다."

　"정말야?"

　담배 연기를 길게 품은 오윤수가 말을 잇는다.

　"정말이라면 내가 하나 소개시켜줄까?"

　"아뇨, 괜찮습니다."

　"허, 별종이네. 여자 소개시켜 준대도 싫다니."

　쓴웃음을 지은 오윤수가 거실 벽에 등을 붙이고 앉았더니 두 다리를 뻗었다.

　"난 작년에 금광 찾다가 다섯 번째 망했어. 가족이 뿔뿔이 흩어졌고

151

마누라가 더 이상 못 견디겠다고 해서 이혼 서류에다 도장 꽝 찍고 나왔네."

같이 일한지 열이틀 만에 오윤수가 내력을 털어놓은 것이다. 정기철은 자신이 해병이고 첫 휴가 나왔다는 것밖에 말하지 않았다. 오윤수가 밝은 표정으로 말을 이었는데 마치 남 이야기를 하는 것 같다.

"자식이 셋 있는데 큰딸은 2년 전에 결혼을 했고 둘째인 아들놈은 강도 상해죄로 지금 교도소에 있어. 그리고 막내딸은 대학 중퇴하고 직장에 다니지."

그리고는 오윤수가 정기철에게 물었다.

"정일병, 자네 몇 살이야?"

"스물둘입니다."

"그럼 내 막내딸이 한 살 위구나."

"……"

"애비가 그놈들 자라는걸 못보고 맨날 금 캔다고 돌아다녔어. 그러다 때려치우고 올해 초에 벽지 기술을 배워갖고 이렇게 사는 거야."

문득 아버지 정수용의 얼굴이 떠오른 정기철이 외면했다. 정수용에 비교하면 오윤수는 적극적이며 긍정적인 성품이다. 제 아들이 강도상해로 교도소에 가 있다는데도 남의 일처럼 말한다. 무책임한 성품은 아닌 것 같다.

그때 오윤수가 말을 잇는다.

"그거 아나? 사람 운명은 갑자기 바뀌는 것 같지만 절대 아냐. 그 전에 신호가 온다네."

정색한 오윤수가 손가락을 권총처럼 만들더니 앞쪽을 겨눴다.

"그것을 느끼지 못하고 있을 뿐이야. 그것은 무슨 말인고 하니,"

오윤수의 눈동자 초점이 정기철에게 맞춰졌다.

"자신도 모르게 그 업보가 쌓여간다는 말이야. 내가 지금 이렇게 벽지 바르는 일을 하는 것도 그 업보라니까."

인과응보 또는 새옹지마라는 말 같다.

정기철은 성실한 학생 같은 표정을 짓고 머리를 끄덕였다.

"아버지."

뒤에서 부르는 소리에 정기철은 몸을 돌렸다. 옆에서 걷던 오윤수가 조금 늦게 돌아섰다.

새벽 4시 반, 아파트 공사 현장 입구였다. 아직 어둠에 덮인 마당에 여자 하나가 서있다.

"어, 연희냐?"

오윤수가 놀란 표정을 짓고 여자에게 말했다.

"아니, 이 시간에 여긴 웬일이냐?"

"왜요? 아버지 찾아오면 안 돼요?"

하면서 다가온 여자의 얼굴은 맑다.

화장기 없는 얼굴이었지만 매끈했고 희다. 쌍꺼풀 없는 눈, 눈초리가 조금 치솟아서 얼굴에 탱탱한 긴장감이 가미되었다. 얇지만 다부지게 다물려진 입술, 단정한 콧날까지 모여져 선명한 인상이 되었다. 여자의 시선이 힐끗 정기철을 스치고 지나갔다.

"어, 그래. 가자."

여자의 어깨를 손바닥으로 두드렸던 오윤수가 정기철에게 말했다.

"어, 정일병. 내 막내딸이야."

그리고는 여자를 정기철 정면으로 돌려 세웠다.

"여긴 동양대학 경제학과 3학년 다니다가 해병대에 입대한 정기철이. 지금은 아빠하고 벽지 작전의 한 팀이다."

"안녕하세요."

하고 정기철이 머리를 숙여 인사를 했지만 여자는 눈만 한번 내려깔 았다 올리더니 그것도 눈동자 초점이 오윤수에게로 옮겨져 있었다. 그것 을 본 오윤수가 이맛살을 찌푸렸다.

"얘 이름은 오연희야. 강서대학 2학년 휴학하고는 올해 초부터 FT 에 다녀."

FT라면 벤처신화를 이룬 전자업체다.

그때 오연희가 들고 있던 헝겊가방을 오윤수에게 내밀었다.

"아버지, 이거."

"뭐냐? 돈이냐?"

꽤 묵직해 보이는 가방이다. 오윤수가 웃지도 않고 묻자 오연희가 힐 끗 시선을 주었다.

이제 셋은 나란히 서서 아파트 공사 현장을 나오고 있다. 어둠에 덮인 빈 광장에는 드문드문 경비등이 켜져 있었는데 그것이 더 을씨년스럽다.

이윽고 오연희가 대답했다.

"밑반찬이야. 내가 만들었어."

이제 오윤수는 묵묵히 발만 떼었고 오연희의 말이 마당 위에 울렸다.

"우리 걱정은 마. 엄마도 지난달부터 가게에 다녀. 엄마 친구 정옥이 아줌마 알지? 거기서 일하고 있어."

"어, 잘됐다. 넌 수습 딱지 떼었냐?"

"뗀 지가 언젠데."

"월급 올랐겠구나."

"돈 필요해?"

"내가 무슨 돈이 필요하겠냐? 이렇게 야근 뛰면 하루 일당이 20만 원이다."

"무리하지 마."

"너 마침 잘 왔다. 내가 3백쯤 모아놓은게 있으니까 가져가."

"왜 그래!"

깜짝 놀랄 만큼 소리친 오연희가 우뚝 걸음을 멈췄으므로 정기철까지 따라 섰다.

오연희가 오윤수를 쏘아보았다.

"너무 자책하지마, 아버지. 난 아버지를 존경하고 있어. 글고 오빠도, 언니도."

오연희의 말끝이 떨렸으므로 정기철은 외면했다.

그때 오연희가 말을 잇는다.

"엄마도 후회하고 있다구!"

"어어, 알았으니까 그만."

손바닥을 흔들어 보인 오윤수가 헛기침을 했다. 그러더니 오연희의 어깨를 한 팔로 감싸 안더니 정기철에게 말했다.

"난 내 딸 역까지 데려다 줄 테니까 이따 기숙사에서 만나자구."

그러더니 한쪽 눈을 감았다가 떴다.

"내가 전화번호 따올게 기다려."

사흘 후에 벽지 작전이 끝났을 때 정기철은 15일 일해서 숙식비 빼고 220만 원을 모았다. 열이틀간이나 철야 작업을 한 결과였다.

"정일병, 오늘 서울 올라갈 거야?"

기숙사로 사용되었던 아파트로 오윤수가 찾아와 물었다.

"괜찮다면 오늘 저녁에 나하고 한잔 마시고 내일 올라가지 그래?"

오윤수는 사람들하고 부대끼기 싫다면서 고시텔에서 출퇴근을 했다.

"예, 아저씨."

아버지보다 오윤수가 다섯 살이나 더 많은 57세였는데 더 젊은 것 같다.

그날 저녁, 정기철과 오윤수는 유성의 돼지갈비식당에서 막걸리를 마셨다.

"자, 취하기 전에 먼저 이것 받고."

하면서 오윤수가 정기철에게 접혀진 쪽지를 내밀었다.

"연희 전번 따온 거야. 받아."

"아유, 아저씨."

"돈 받고 파는거 아니니까 받으라니까."

오윤수가 눈까지 치켜떴으므로 정기철은 쪽지를 받아 주머니에 넣었다.

"내가 금맥은 보지 못했지만 사람 볼 줄은 알아."

잔에 막걸리를 따르면서 오윤수가 말을 잇는다.

"자네 몸에 금맥이 줄줄이 있어. 좋은 업을 받을 인연이 줄줄이 뻗쳐 있다구."

알 듯 모를 듯한 소리를 늘어놓던 오윤수가 머리를 들고 정기철을 보았다.

"그날 새벽에 듣고 짐작했겠지만 내가 쫄딱 망해서 이혼 당한게 아냐. 마누라가 내가 금 캔다고 돌아다니는 사이에 바람을 피웠다네. 내가 번

156

돈은 사내놈한테 다 날리고 말이지."

"……."

"아들놈은 제 어미한테서 돈을 사기쳐간 사내놈을 찾아가 칼로 찌르고 집안을 뒤져 값나가는 물건을 가져왔지. 사기당한 돈의 100분의 1도 안되었지만 말야."

그리고는 오윤수가 벌컥이며 막걸리 잔을 비우더니 긴 숨을 뱉는다.

"정상이 참작되었지만 찔린 놈이 중상이라 1년형을 받았어. 그러자 집안이 개판이 되었지."

"……."

"그래서 내가 집을 나온 거야. 아들놈이 대전 교도소에 있어서 내가 이 근처에서 벽지 작업을 하는 거라네. 면회를 가기 쉽게 말야."

"아저씬 훌륭하세요."

겨우 그렇게 말한 정기철이 막걸리 잔을 들고 한숨에 마셨다.

그러자 지그시 정기철을 보던 오윤수가 묻는다.

"내 딸 어때?"

"미인입니다."

"똑똑해."

바로 말을 붙인 오윤수가 길게 숨을 뱉고나서 묻는다.

"내가 지난번에 업보 이야기를 했지?"

"예, 아저씨."

"자네하고는 얽혀져 있는 느낌이 들어."

그러더니 턱으로 정기철의 저고리 주머니를 가리켰다.

"잘 간직해. 억지로 만들어서 되는 건 아니지만 말야."

"예, 아저씨."

해놓고 정기철이 오윤수를 똑바로 보았다.

"제 아버지는 3년 전에 회사 부도를 맞고 매일 술로 사세요."

오윤수의 시선을 받은 정기철이 얼굴을 찌푸리며 웃는다.

"아저씨하고 많이 비교가 돼요. 글고…."

어깨를 편 정기철이 말을 이었다.

"아저씨를 만난 것이 아저씨 말씀처럼 그냥 우연히 일어난 일 같지가 않아요. 아버지하고 너무 비교가 되거든요."

그렇다. 오윤수와 매일 만나면서 자꾸 아버지가 떠올랐던 것이다.

"이혼 하잰다."

불쑥 어머니의 목소리가 귀를 울렸을 때 고속버스는 천안 휴게소를 지나는 중이었다. 옆자리는 비어 있었으므로 정기철이 거침없이 묻는다.

"왜?"

정기철은 자신이 전혀 놀라지 않는다는 사실을 깨닫는다.

아버지가 어머니에게 이혼 하자는 전화를 했다는 것이다.

어머니가 말을 이었다.

"가족에게 짐이 되기 싫다는구나. 기철아, 어쩌면 좋니?"

"나, 지금 집에 가는 길이야."

"잘됐다."

어머니는 정기철이 친구 집에서 휴가를 보내는 줄로 안다.

어머니가 다시 서두는 분위기로 말했다.

"네가 달래봐. 그렇지 않다고 말야. 가족이 왜 짐이 되는 거니? 그럼 가족이 아니지. 아버지는 자격지심에 빠져 있는 거야. 내가 달랬지만 안 듣는구나."

"알았어. 너무 걱정마."

버스 앞자리. 통로 옆쪽도 비어 있었지만 정기철은 목소리를 낮췄다.

"글고 엄마. 끝까지 고집을 부린다면 놔주자구. 풀어주잔 말야."

"풀어주다니?"

"족쇄에서. 아니, 감옥에서."

"아니, 그게 무슨 말야?"

주위를 둘러본 정기철이 목소리를 더 낮췄다.

"아빠는 가족이 간수 같고 가정이 감옥처럼 느껴지는 것 같아서 그래."

"얘, 기철아."

"그렇다면 내 보내는게 나아."

"……."

"우리가 어리광 받아들일 여유가 없단 말야. 엄마."

그리고는 정기철이 길게 숨을 뱉었다.

"집에 가서 아빠 만나고 다시 전화 할테니까 주인집 일이나 신경써."

핸드폰 덮개를 닫은 정기철이 어금니를 물고는 의자에 등을 붙였다.

10월 초의 화창한 날씨였다. 고속도로변의 숲은 오색으로 물들었고 하늘은 구름 한 점 보이지 않은 채 푸르다.

그때 다시 핸드폰이 진동으로 떨었으므로 정기철은 발신자 번호를 보았다. 이유미다. 위쪽에 오후 1시 반이라고 시간이 찍혀져 있다. 오후 수업이 없는 모양이다.

"응, 그래."

이번에는 지난번보다 부드럽게 응답했다. 이유미는 열흘 만에 다시 전화를 했다.

"이제 올라올 때 되었지?"

하고 이유미가 가볍게 물었지만 긴장한 것 같다.

핸드폰을 고쳐 쥔 정기철이 대답했다.

"나, 지금 상경중."

"대단해. 국군이 북진하는 것 같어."

"고지에 태극기 꽂을 의사는 없음."

"누가 찍도록 놔둔대?"

"그럼 왜 전화한거냐?"

"개 눈에는 똥만 뵌다더니. 너, 군대 가서 야해졌다?"

"끝난 사이에 이러는 이유가 뭔데?"

"누가 끝났다고 그래?"

갑자기 이유미의 목소리가 굳어졌다.

저절로 긴장한 정기철이 숨을 삼켰을 때 이유미의 말이 이어졌다.

"내가 끝났다고 말하기 전까진 끝난게 아냐. 이 망할 자식아."

"얼씨구."

"글고 뭘 맹글었다고 자꾸 끝났다고 지랄해? 어쨌든 너, 나 만나."

"오늘은 바뻐. 해결 할 일이 있거든."

"그럼 내일."

자르듯 말한 이유미가 서둘러 말을 잇는다.

"오후 8시. 홍대 앞 벤슨 클럽에서. 너, 잊어먹지 않았지?"

그럴 리가 있는가? 맨날 만나던 곳이다.

오후 네 시밖에 되지 않았는데도 정수용은 술에 취해 있었다.

"어, 너 왔냐?"

집 안으로 들어선 정기철에게 몽롱한 표정으로 묻더니 곧 머리를 떨구고는 졸기 시작했다. 거실의 TV는 광고 방송을 하는 중이었는데 음소거를 시켜서 사람들이 물고기처럼 입만 쩍쩍 벌리고 있다.

정기철이 소파에 앉아 정수용을 바라보았다.

정수용은 옆쪽 벽에 등을 붙이고는 두 다리를 쭈욱 뻗었다.

물론 방바닥에는 빈 소주병 두 개, 세워진 소주병이 한 개 놓여졌다. 안주는 김치보시기가 하나, 환기가 안 된 집안에서 썩는 냄새가 진동을 했다.

정수용은 정기철이 일하러 나간 15일 동안 청소 한번 안 했을 것이다.

이윽고 정기철이 입을 열었다.

"아빠, 엄마한테 헤어지자고 했다면서?"

정수용이 머리를 조금 들었다가 내렸다. 그러나 감은 눈은 뜨지 않는다.

정기철이 다시 물었다.

"이혼하고 집 나가려고 그랬어? 설마 어머니하고 민화를 내보내고 아빠 혼자 여기서 살려는 건 아니지?"

"……."

"꼭 그렇게 엄마 가슴에 칼을 꽂는 말을 해야겠어? 이혼 하는게 뭔데? 헤어지는 거 아냐? 헤어지려고 마음먹었다면 그냥 떠나면 되는 거 아냐?"

"……."

"이 집 보증금 2천 빼내서 술 마시려고 한거야? 그렇다면 안 되겠어. 내가 못하게 말릴 테니까."

"……."

"아빠, 여기."

하고 정기철이 가방에서 서류 봉투를 꺼내 정수용 앞으로 다가가 술잔 옆에다 놓고 돌아왔다.

"내가 15일 동안 아파트 공사장에서 벽지 공사를 해서 번 돈이야. 220만 원 벌었는데 2백 넣었어. 그것 갖고 나가. 이 집은 엄마하고 민화한테 넘겨주고."

"……."

"아빠, 나 나갈게. 휴가가 사흘 남았는데 딴 데서 쉬고 귀대할 거야. 그동안 아빠도 이 집을 떠나줘."

"……."

"그게 엄마나 민화한테 도움이 될 거야. 더 이상 엄마 괴롭히지 마. 이혼하자고 할 필요도 없는 일야. 떠나면 되는 건데 끝까지 어리광 부리려고 그래?"

정수용이 가만있었으므로 정기철은 자리에서 일어섰다.

그리고는 현관으로 다가가 신발을 신고 나서 허리를 폈다. 정수용은 그 자세 그대로 움직이지 않는다. 두 다리를 길게 뻗고 등은 벽에 붙인 채 머리는 숙여졌다. 두 팔은 늘어져서 잠이 든 것 같기도 했다.

그러나 정기철이 다시 말했다.

"아빠가 가만있겠다면 우리가 아빠 돌봐줄게. 내가 제대하고 나서 아빠 돌아가실 때까지 돌봐줄 자신이 있어. 잘 생각해."

그리고는 정기철이 밖으로 나왔다. 아직 햇살이 퍼져있는 오후였다.

당장 갈 곳이 없었지만 발을 뗀 정기철은 아파트를 나왔다.

아버지한테 할 말은 다 했어도 가슴은 더 답답해졌으므로 정기철은 어금니를 물었다.

162

그 순간 정기철은 문득 걸음을 멈추고는 주머니에서 접혀진 쪽지를 꺼내었다. 그리고는 핸드폰을 들고 쪽지에 적힌 전화번호를 누른다. 핸드폰을 귀에 붙인 정기철은 신호음을 듣는다. 신호음이 세 번 울리고 나서 여자가 응답했다.

"여보세요."

"저, 아파트 공사장에서 만났던 정기철입니다."

오윤수씨의 딸 오연희에게 전화를 했다.

커피숍 안으로 들어서는 오연희를 본 순간 정기철은 숨이 막히는 것 같은 느낌을 받는다.

오후 6시 반, 논현동의 오피스텔 빌딩에서 쏟아져 나온 남녀 손님들이 커피숍 안을 가득 메우고 있다. 오연희가 정기철을 보더니 입 끝에 희미한 웃음기를 떠올리며 다가왔다. 당당한 걸음, 시선도 똑바로 이쪽에 향해져 있다.

앞쪽 자리에 앉으면서 오연희가 물었다.

"귀대 며칠 남았어요?"

"사흘요."

"바쁘겠네."

"그러네요."

여기까지 주고받는 말이 거침없이 나왔지만 그 다음부터는 뚝 끊겼다. 그래서 둘은 서로 쳐다만 보다가 거의 동시에 배시시 웃는다.

"거기 몇 살이죠?"

하고 오연희가 물었으므로 정기철이 웃음 띤 얼굴로 대답한다.

"스물둘요."

"난 스물셋. 내가 누나네."

"걸려요?"

"아니. 난 상관없어요."

"누나라고 불러줄까요?"

"싫어."

"내가 말 내리면 싫을 텐데."

"하긴 그러네."

"그럼 누나 붙이고 내릴게."

"당분간 그래봐."

"그럼 먼저 밥 먹으러 가자, 누나."

"그래, 난 그냥 일어날게."

하고 오연희가 자리에서 일어섰으므로 커피는 정기철 혼자만 마신 셈이 되었다.

커피숍을 나온 둘은 근처의 돼지갈비집으로 들어가 갈비와 술을 시킨다.

"이쪽은 내 바운다리야. 이 집 맛있어."

오연희가 생기 띤 얼굴로 말했다. 만난 지 10분밖에 안되었지만 1년쯤 만난 사이 같다. 오연희 회사가 이 근처인 것이다.

"내 주량은 소주 한 병 반이야. 넌?"

"난, 글쎄."

머리를 한쪽으로 기울였던 정기철이 말을 이었다.

"열 병이라고 해두지."

"머어?"

눈을 가늘게 뜬 오연희가 정기철을 노려보았다.

164

"야, 물을 그만큼 마셔도 오바이트 하겠다. 뻥까지마."

"스무 병까지 마셔본 적이 있었는데 그때도 오바이트 안 했어."

"일주일 동안 스무 병?"

"아니, 하룻밤. 저녁 8시부터 다음날 새벽 4시까지."

"미쳤어."

"그러고 나서 오후에 강의 받으러 갔는데."

"사람이 아냐."

"누난 애인 있어?"

"야, 있으면 내가 이러고 너 만나고 있겠냐?"

그때 시킨 갈비가 나왔으므로 둘은 입을 다물었다. 종업원이 찬과 고기를 벌려놓는 동안 정기철은 오연희를 보았다. 여전히 맑고 화장기 없는 얼굴에 생기가 차있다. 단정한 입술과 콧날, 처음 보았을 때는 차가워 보였던 인상이 오늘은 따뜻하다.

"왜 그렇게 보는 거야?"

눈치를 못 챈 줄 알았더니 오연희가 불쑥 묻는 바람에 정기철이 쓴웃음을 지었다.

"누나 모습이 독특해."

"그로테스크하단 거야?"

"아냐, 개성 있어."

"칭찬으로 알겠다."

술잔을 쥔 오연희가 따르라는 듯이 앞으로 내밀었다.

"자, 마시자. 쫄병."

정기철은 잠자코 잔에 술을 채운다.

"너, 아버지한테서 우리집 이야기 다 들었지?"

소주를 한 병쯤 마셨을 때 오연희가 정기철에게 물었다. 오연희는 눈 주위만 발그레해졌는데 그것이 더 매혹적이다.

정기철의 시선을 받은 오연희가 입술을 혀로 적시면서 말을 잇는다.

"너, 나 사귀려면 미리 알아두는게 좋을 거다. 우리집 여자들은 좀 그게 쎄."

정기철은 눈만 껌벅였고 오연희의 말이 이어졌다.

"음기가 쎄단 말야. 쉽게 말하면 색을 너무 밝힌단 말이지."

"……"

"울 엄마가 남자를 넘 밝혀서 탈이 난거야. 그래서 집안이 풍비박산이 됐어."

"……"

"울 아빠가 오빠 면회 가기 쉽게 대전 근방에서 벽지 바른다는 얘기 들었지?"

"……"

"나도 색을 넘 밝히는 것 같어."

하고 오연희가 제 잔에 소주를 따랐을 때 정기철이 말했다.

"너무 신경 쓰지 마. 어른들은 다 자기 앞가림은 할테니까."

술잔을 들어올리던 오연희가 움직임을 멈추고 빤히 시선만 준다. 정기철이 물잔의 물을 비우더니 거기에다 소주를 부었다. 그리고는 냉수 마시듯이 벌컥이며 삼켰다.

"우리가 신경을 쓰면 쓸수록 일이 더 꼬이는 경우가 있는 것 같어."

물잔을 내려놓은 정기철이 번들거리는 눈으로 오연희를 보았다.

"특히 부모하고 자식 관계 간에 말야."

166

정기철이 술병을 들었다가 내려놓고는 손을 들어 종업원을 불렀다. 술병이 비어 있었던 것이다.

종업원에게 소주 세 병을 더 시킨 정기철이 오연희를 보았다.

"누나, 걍 모른척해. 두 분이 알아서 해결하도록 말야."

오연희는 이제 입만 꾹 다물고 있다. 술잔도 내려놓은 채 움직이지 않는다.

"내가 지금 생각이 난건데 자식한테 존경받는 부모는 드문 것 같애. 다 그럭저럭 사는 거야. 걍 넘어가 주자고."

"넌 그럴 수 있을 것 같니?"

불쑥 오연희가 묻자 정기철은 쓴웃음을 짓는다.

"나도 몇 시간 전에 아버지한테 집 나가라고 해놓고 나온 거야. 아버지가 회사 망하고 나서 3년간 술만 마시고 폐인이 되어 있거든. 엄마가 남의 집 입주 가정부로 들어가 우리 남매를 먹여 살리고 있는데도 말야."

"……"

"그런 엄마한테 이혼하자고 했대. 자존심이 상했는지 어쨌는지 모르지만 난 화가 나서 아버지한테 집 나가라고 해놓고 나온 거야."

"……"

"내가 15일간 벽지 바르고 모은 돈 2백을 주고 나왔어. 나가라고. 이혼이고 좆이고 그딴게 뭔 필요가 있냐? 나가서 사라지면 되는게 아니냐고 했어."

그 사이에 종업원이 놓고 간 술병 하나를 쥔 정기철이 다시 물잔에 콸콸 따랐다. 그리고는 갈증이 난 것처럼 물잔을 비우고 나서 손등으로 입을 씻었다.

"근데 지금 누나 말 들으면서 생각해보니까 내가 분수 모르고 까분

167

것 같다는 생각이 드는 거야. 그래서 그렇게 귀신 씨나락 까먹는 소릴 한건데."

"술 그만 마셔."

다시 물잔을 채우려는 정기철의 팔을 잡으면서 오연희가 말했다.

"너, 휴가 며칠 남았니?"

"세 밤만 자면 귀대야."

"그럼 나하고 여행가자."

오연희가 똑바로 시선을 준채로 말한다.

"지금 당장."

KTX는 어둠 속을 달려가고 있다.

밤 11시 반, 정기철은 창문에 비친 제 얼굴을 보면서 한동안 움직이지 않는다. 옆자리의 오연희는 의자에 몸을 묻은 채 잠이 들었다. 빈틈없이 의자와 붙여진 오연희의 모습이 편안해 보인다.

KTX는 지금 40분째 달리는 중이었는데 이제 곧 대전에 도착할 것이었다. 둘의 목적지는 대전인 것이다. 대전은 서해안 해수욕장과 유명한 산과도 가까운 교통의 요지다. 물론 목적지를 정한 것도 오연희다.

그때 스피커에서 곧 대전역에 도착한다는 안내방송이 울렸고 그 순간에 오연희가 깨어났다.

"어머, 벌써 다 온 거야?"

혼잣소리처럼 말한 오연희가 머리를 돌려 정기철을 보았다.

"넌 안 잤어?"

"아, 소주 한 병에 곯아떨어져?"

대답대신 그렇게 되물었더니 오연희가 손가락을 집게처럼 만들어 정기철의 허벅지를 꼬집었다.

"빨리 마시면 그래."

"그나저나 술 깨고 후회하는거 아냐?"

"뭘?"

"이번 여행."

"내가 언내냐?"

다시 방송이 울렸으므로 자리에서 일어 선 오연희가 눈을 흘겼다.

"걱정 붙들어 매. 글고 오버하지마. 네 상상처럼 작업은 안 돼."

"무슨 말인지 이해 불능이군."

투덜거리면서 정기철이 앞장을 섰고 둘은 곧 한산한 대전역 플랫홈에 내렸다.

초가을의 서늘한 대기가 머리를 맑게 만든 때문인지 둘은 잠깐 서로의 얼굴을 바라보며 서 있었다. 약간의 어색함. 그리고 또 약간의 기대감과 열정으로 정기철은 온몸이 위축되는 것 같은 느낌을 받는다. 내린 사람 탄 사람을 금방 수습한 KTX가 뒤쪽에서 스르르 출발했으므로 플랫홈에는 둘만 남았다.

"어이, 대장. 이렇게 서 있기만 할껴?"

하고 정기철이 물었더니 오연희가 빙긋 웃는다.

"니 머릿속에서 지금 호텔이냐 여관이냐를 궁리했지?"

"아니, 몇 단계 더 나갔어."

"어디까진데?"

"텍스가 준비 되어 있는지, 없는지를."

"너 죽을래?"

눈을 흘긴 오연희가 먼저 발을 떼었다. 그리고는 앞에다 대고 말한다.

169

"내가 준다고 하기까진 꿈도 꾸지 마."

"극기 훈련에는 도가 튼 놈이라구."

"극기 훈련이 뭔데?"

"참는거. 그 고통은 말도 못하지."

"……"

"까짓 고추재우는건 일도 아냐."

"……"

"닥치고 뭐! 하면 금방 죽어."

"……"

"일어나! 하면 대번에 서고."

"저기로 가자."

하고 오연희가 가리킨 곳은 역 근처의 여관이다. 건물이 깨끗한데다 주변에 나무와 꽃을 심은 정원을 꾸며놓아서 분위기가 다르다.

이제는 정기철이 앞장을 섰고 오연희가 뒤를 따른다. 프런트에서 키를 받아 쥔 정기철이 지갑을 꺼냈더니 오연희가 10만 원권 수표를 불쑥 내밀었다. 정기철은 잠자코 그 돈으로 계산을 하고 나서 엘리베이터에 올랐다.

방은 4층이다. 엘리베이터에는 둘 뿐이었으므로 정기철이 오연희에게 묻는다.

"좀 싱겁지 않아? 금방 이렇게 되는게 말야."

그러자 오연희가 싸늘한 표정으로 말했다.

"닥치고 죽어!"

오연희 말대로 정기철은 죽었다.

먼저 샤워를 하고 나온 정기철은 오연희가 30분이나 걸려서 욕실을 나왔을 때 냉장고 앞에다 깔아놓은 이불 위에서 잠이 들어버린 것이다. 그리고는 아침 6시 정각에 깨어났다. 그때는 새벽까지 잠을 못자고 뒤치락거리던 오연희가 늦잠이 들어 정신없이 자고 있을 때였다. 오연희가 잠에서 깨었을 때는 8시쯤 되었다.

눈을 뜬 오연희는 방이 빈 것을 보고는 놀라 두리번거렸다. 정기철이 사라진 것이다. 할 수 없이 핸드폰으로 연락을 했더니 곧 정기철이 응답했다.

"응, 이제 깨었어?"

"어디야?"

저절로 화난 목소리가 나왔으므로 오연희는 또 당황했다. 화를 낼 이유가 없는 것이다.

"나, 시내 구경하고 있어. 지금 여관에서 5분 거리야."

"빨리 와."

"씻고 기다려."

했다가 정기철이 큭큭 웃었다.

"세수 말야."

오연희의 얼굴에도 웃음이 떠올랐다. 지금까지 남자하고 여관 들어가 본 적이 열 번은 될 것이다. 하지만 이렇게 산뜻한 아침을 맞은 경우는 지금이 처음이다.

정기철이 시킨 대로 세수하고 이 닦고 얼굴에 크림까지 발랐을 대문이 열리면서 정기철이 들어왔다. 정기철이 열쇠를 갖고 나간 것이다.

"자기야. 선물 사왔어."

정기철이 쇼핑 봉투를 내밀면서 말했다.

정색하고 말하는 바람에 오연희가 눈을 흘기면서 봉투를 받는다.

"까불지 마."

그러더니 봉투 안에서 꺼낸 물건을 들고는 눈을 치켜떴다. 얼굴이 금방 붉어지면서 일그러졌다. 오연희가 손에 든 것은 여자용 팬티다. 비닐백에 포장된 노란색 팬티에 분홍 하트가 가득 프린트 되어있다.

"이게 머야?"

"응. 아무래도 팬티는 갈아입어야 될 것 같아서 마트에서 샀어."

"나, 못살아."

"세 개 오천 원이야. 싸. 사이즈는 프리라 어떤 궁둥이도 다 들어간대."

"미쳐."

하고는 팬티 뭉치를 정기철에게 던진 것이 얼굴에 철썩 맞으면서 흩어졌다. 정기철이 팬티 하나를 집어 들더니 머리에다 썼다. 그러자 머리에 꽃이 피어난 것처럼 분홍색 하트 천지가 되었다.

"벗어!"

이제는 오연희가 두 손을 벌리면서 덤벼들었다.

오연희의 두 팔을 잡은 정기철이 다음 순간 허리를 한쪽 팔로 감아 안는다. 순식간에 일어난 일이어서 오연희는 정기철의 가슴에 빈틈없이 안겼다.

놀란 오연희가 머리를 들고 정기철을 보았다. 오연희의 시선을 받은 정기철도 잠자코 본다. 그렇게 3초쯤이 지났다. 시간이 정지되어 있는 것처럼, 필름의 스톱 버튼을 누른 것 같기도 했다.

그때 정기철이 물었다.

"죽을까?"

그때 오연희가 두 팔로 정기철의 목을 감아 안으면서 말했다. 어느덧 얼굴이 붉어져 있다.

"키스만."

"몇 단계까지?"

"까불지 마."

그러면서 오연희가 입술을 내밀었으므로 정기철은 머리를 숙였다. 오연희가 입을 벌려 정기철의 입술을 맞는다. 방 안은 금방 가쁜 숨소리로 덮여졌다.

그때 오연희가 헐떡이며 말했다.

"지금은 키스만 해. 알았어?"

그래. 키스만 했다. 그랬더니 오히려 오연희가 매달려서 떨어지지 않았으므로 정기철은 떼어 놓아야만 했다. 헐떡이며 떨어진 오연희가 빨개진 채 시선도 마주치지 못한다. 그리고서 둘은 여관을 나와 버스를 타고 계룡산으로 갔다.

초가을의 한낮, 관리가 잘 된 산은 너그럽게 둘을 끌어안는 것 같다. 바다가 온 몸을 자유롭게 해체시켜 주는 것 같다면 산과 숲은 감싸 안는 것 같다. 그래서 정기철은 산이 좋다.

"누나, 화났어?"

좁은 산길을 오르면서 정기철이 뒤를 따르던 오연희에게 손을 내밀며 묻는다. 산사(山寺)로 오르는 길에는 그들 둘 뿐이다.

"내가 뭘?"

외면한 채 그렇게 물었지만 오연희가 정기철의 손을 잡는다.

여관에서 나와 한 시간이 넘었지만 오연희는 말을 드문드문 했다. 정

173

기철이 묻는 말에나 대답했고 시선을 마주치지 않은 것이다.

정기철이 오연희를 끌고 걸으면서 말했다.

"누난 참 좋은 여자 같아. 그래서 그런가봐."

"뭐가?"

"그냥."

"글쎄, 뭐가 그런가봐야? 말해."

"소중하게 내 가슴속에다 담고 돌아가고 싶어."

오연희가 가만있었으므로 정기철이 입을 다문다.

길 양쪽으로 짙은 숲이 우거져 있다. 인기척은 물론 산새도 울지 않는다. 몇 걸음 더 걷던 정기철이 몸을 돌리면서 오연희의 허리를 두 팔로 감아 안았다. 오연희가 끌리듯이 몸을 붙였으므로 둘은 빈틈없이 붙어서서 마주 보았다.

오연희가 두 팔로 정기철의 목을 감아 안으면서 말했다.

"나도 이렇게 끌리게 될 줄 몰랐어."

"난 이제 두 밤만 자면 떠나."

정기철이 오연희의 눈을 바라보면서 말을 잇는다.

"누나한텐 내 맘대로 못하겠어."

"해. 해."

하고 말하더니 오연희가 이를 드러내고 웃었다.

하반신이 더 딱 붙여졌고 눈 주위가 붉어졌다.

"바보야. 괜히 고상한 척 말고."

"좋아. 그럼 오늘 밤에 하자."

"지금 해도 돼."

"누나 미쳤어?"

174

그러자 오연희가 눈을 치켜떴다.

"그래, 미쳤다."

그 순간 정기철이 머리를 숙여 입을 맞췄고 오연희는 눈을 감는다. 그렇게 얼마나 시간이 지났는지 모른다. 아래쪽에서 인기척이 울렸으므로 둘은 몸을 떼었다. 사람들이 올라오고 있다. 정기철은 다시 앞장을 섰고 오연희가 뒤를 따른다.

절집에서 차려 준 점심밥을 먹은 둘이 산길을 다시 내려왔을 때는 오후 4시쯤 되었다. 산기운을 받은 것처럼 둘은 생기에 차 있었는데 오연희는 자주 웃었다.

"나, 이렇게 많이 웃는 건 처음야."

이름 모를 야생화 하나를 떼어낸 오연희가 귀 위에 꽂으면서 말했다.

"너하고 같이 있는게 행복해."

"난 누나가 고마워."

꽃을 다시 잘 꽂아주면서 정기철이 말을 받는다.

이른 시간이었기 때문인지 버스정류장에는 그들 둘 뿐이다.

"누나 주변의 모든 사람들한테도 다 고맙고."

그때 주머니에 든 핸드폰이 진동으로 떨었으므로 정기철이 꺼내보았다. 발신자는 어머니다. 핸드폰을 귀에 붙인 정기철이 물었다.

"엄마, 웬일이야?"

그러나 어머니 김선옥은 금방 대답하지 않는다.

병원에는 어머니와 민화, 그리고 수원에 사는 큰이모까지 와계셨는데 정기철의 모습을 보더니 모두 울음을 터뜨렸다. 병원 영안실 밖이다. 말없이 다가선 정기철에게 어머니 김선옥이 흐느끼며 말했다.

"어제 저녁에 목을 매었단다."

그럼 그때는 오연희와 소주를 마시고 있을 때인 것 같다고 정기철이 계산했다. 어머니가 아버지를 발견한 때가 오늘 오후 5시경이었으니 거의 만 하루를 매달려 있었던 것이다.

"아이구, 불쌍해서 어쩌끄나."

하고 큰이모가 소리 내어 울었지만 실감은 나지 않았다. 큰이모는 아버지 정수용이 무능한 인간이라고 싫어했으니까.

반대로 소리죽여 우는 여동생 민화가 가여웠다. 아버지를 놔두고 집을 나간 죄책감에 빠져있을 것이다.

"그리고 이것."

하면서 어머니가 정기철에게 내민 봉투는 어제 정수용에게 준 돈 봉투다.

"네가 아빠한테 드렸니?"

눈물범벅이 된 얼굴로 김선옥이 물었으므로 정기철은 머리만 끄덕였다. 구겨진 봉투 안을 보았더니 돈은 그대로 있다.

정기철이 김선옥에게 물었다.

"다른 건 없어?"

유서 같은 건 없냐고 물은 것인데 김선옥은 정신없어서 못 알아들었다.

"뭐가?"

"다른 거."

"없어. 아무것도."

그때서야 말뜻을 안 김선옥이 이제는 터뜨리듯 운다.

"아이고, 무정한 사람. 말 한마디 남기지 않고 가다니. 아이고."

예감이란게 있는가 보다. 왠지 찜찜한 느낌이 든 김선옥이 정수용에게 전화를 했지만 열 번이 넘도록 받지 않았다고 했다. 그래서 집에 찾아와 봤더니 정수용이 주방 위쪽 가스관에다 나일론 줄로 목을 매고 늘어져 있더라는 것이다.

그때 영안실에서 직원이 나오더니 입관 준비가 되었다고 알려왔다. 그래서 정기철은 어머니와 둘이 영안실로 들어갔다. 영안실에 누운 정수용은 편히 잠이 든 것 같았다. 이제 고생은 끝났다는 표정 같기도 했다.

그러나 그 평안하게 보이는 얼굴을 본 순간 정기철의 얼굴이 일그러졌다. 아버지가 목을 매게 만든 것은 자신인 것이다. 마지막 남은 자존심을 여지없이 깨뜨려 버렸다. 미련 없이 세상을 떠나게 만든 것이다.

"아버지."

정기철이 갑자기 정수용의 차가운 상반신을 부둥켜안았다.

"아버지, 죄송해요. 제가 잘못했어요."

소리친 정기철의 눈에서 눈물이 쏟아졌다. 어머니도 두 손으로 얼굴을 가리면서 흐느껴 운다.

"아버지, 용서해주세요."

몸부림을 치면서 정수용의 시신을 안고 울던 정기철이 이윽고 몸을 세웠다. 그동안 기다리고 있던 상조회사 직원들이 정수용의 옷을 수의로 갈아입힌다.

영안실을 나온 정기철은 곧 부대로 연락을 했다. 아버지 장례를 치르려면 휴가 기간이 이틀이 모자란다. 통화 연결이 된 당직 장교가 잠깐 기다리라고 하더니 곧 중대장을 바꿔주었다. 중대장은 영안실 위치를 묻고 나서 휴가 기간을 열흘 더 연장해 주었다.

"내가 아빠한테 사라지라고 했어."

빈 영안실 구석에 쪼그리고 앉은 정기철이 옆에 앉은 정민화에게 말했다.

"우리 그만 괴롭히고 사라지라고 했더니 진짜 사라졌네."

그러자 정민화가 무릎에 얼굴을 묻고 또 울었다.

벽시계가 밤 11시 반을 가리키고 있다.

장례식을 마친 다음 날 정기철의 핸드폰에 문자 메시지가 떴다. 이유미다.

"조금 전에 민화한테서 이야기 들었어. 난 믿지만 힘내. 언제든 전화하고."

한참 동안 문자를 들여다보면서 정기철은 소파에 앉아 있었다.

어머니는 오늘 아침 일찍 다시 주인집으로 일하러 갔다. 나흘 동안이나 집을 비웠기 때문에 어머니는 어젯밤부터 조바심을 쳤다.

민화는 아버지가 목을 맨 집에 혼자 살기가 무서울 것이다. 그래서 정기철이 넌 친구하고 같이 지내라고 먼저 말해 주었다. 집안은 어머니가 치웠지만 아직도 퀴퀴한 냄새가 밴데다 어수선한 느낌이 든다. 아버지 옷가지나 신발들도 그대로 남아 있었기 때문인 것 같다.

벽시계가 오후 12시 20분을 가리키고 있다.

휴가 기간은 연장 되어서 이제 8일이 남았다. 핸드폰을 내려놓은 정기철이 눈을 가늘게 뜨고 벽을 보았다.

오연희를 떠올린 것이다.

그날 버스 정류장에서 어머니 전화를 받고 정기철은 오연희와 바로 서울로 돌아왔다. 정기철이 집에 일이 생겨서 돌아가야겠다고 했더니 오연희는 두말하지 않고 따랐다. 그리고는 무슨 일이냐고 묻지도 않았다.

178

KTX를 타고 오는 동안에도 정기철이 입을 꾹 다물고 있었기 때문에 오연희는 무슨 일이 일어났는지도 모른다. 역에서 헤어질 때 정기철이 다시 연락 하겠다는 말을 하기는 했다. 그러나 지금은 싫다. 숨기기도 싫고 말하기도 싫으니 안 만나는게 나은 것 같다.

정기철의 시선이 현관의 신발장에 놓은 군화에 닿았다. 집에 온 날 벗어놓고 사복 차림으로 다닌 바람에 한 번도 신지 않았다. 그러자 문득 휴가 기간이 남았지만 귀대해버릴까 하는 생각이 일어났다. 여기서 뭐 한단 말인가? 이러고 있을 바에는 귀대하는 것이 낫겠다.

자리에서 일어선 정기철이 현관으로 다가가 군화를 집어 들었다.

군에서는 매일 군화를 닦았다. 머리끝과 신발이 단정해야 된다는 말을 군대에서 실감했다. 군화를 들고 구둣솔을 찾던 정기철이 문득 군화 속에서 잡히는 종이 촉감을 느낀다.

현관 앞에 주저앉은 정기철이 종이를 꺼내었다.

종이에 아버지의 글씨가 보였다. 아버지의 편지다.

숨을 들여 마신 정기철이 종이를 펴고 읽는다.

너한테만 남기려고 궁리하다가 네 군화 속에 이 편지를 넣는다.

기철아, 내 자랑스러운 아들. 난 이제 마음 놓고 갈란다.

널 믿고 갈 테니까 네가 엄마하고 동생 민화를 보살펴다오.

너는 내 분신이니까 이런 부탁을 해도 되겠지.

네 엄마하고 민화한테는 너무 미안하고 부끄러워서 말 남기지 못하겠다.

시간이 조금 지나면 네가 잘 이야기 해주기 바란다.

아빠가 이런 꼴을 보여서 정말 미안해.

근데 아빠는 자신이 없구나. 내 아들한테 모범이 되어야 할텐데.

179

기철아, 내 자랑스럽고 사랑스런 내 아들 기철아.

반면교사라는 말이 있어. 아빠를 본보기로 이겨내.

넌 네 할아버지 피를 받은 놈이야. 넌 이겨낼 꺼야.

부탁한다.

두서없구나.

기철아, 아빠는 간다.

그렇게 편지는 끝나 있었다.

정기철은 한동안 편지를 쥔 채 현관 앞에 앉아 움직이지 않았다.

벽시계의 초침 소리가 크게 울렸다. 복도를 지나는 사람들의 걸음소리도 들린다.

정기철은 옆쪽 벽에 등을 붙이고는 눈을 감았다.

아버지의 목소리가 편지 속에서 울리는 것 같다.

기철아, 기철아, 난 이제 마음 놓고 갈란다. 정말 미안해.

그러다가 정기철은 현관 앞에서 앉은 채로 잠이 들었다. 손에 아버지의 편지를 쥔 채. 편지속의 정수용이 정기철의 꿈속에도 따라와 끊임없이 말을 걸었다.

기철아, 넌 이겨낼 꺼야.

"이것 봐."

하고 정기철이 정수용의 편지를 민화 앞에 내밀었다.

다음날 오후 12시 반, 점심시간이다.

둘은 정민화의 매장 근처 커피숍에 마주앉아 있다. 편지를 받아 든 민화의 눈이 커졌다.

180

"아빠가 나한테 남긴 편지야. 읽어."

민화가 편지를 읽는 동안 정기철은 딴전을 피웠다. 핸드폰 문자 메시지를 다시 읽고 스팸 메일까지 확인했다.

이윽고 민화가 머리를 들었을 때 정기철이 말했다.

"나, 오늘 귀대 할란다. 그러니까 너도 이젠 집에 돌아와."

정민화의 두 눈이 빨개져 있다. 눈물이 잔뜩 고여져 있어서 바람만 불어도 넘쳐 떨어질 것 같다. 정기철이 말을 이었다.

"니 친구하고 같이 오던지. 이젠 아빠가 무섭지 않지?"

그 순간 민화의 눈에서 주르르 눈물이 흘러내렸다. 그러고는 딸꾹질을 하고 나서 말했다.

"아빠가 불쌍해."

"그건 됐고."

정기철이 주머니에서 접혀진 봉투를 꺼내 민화에게 내밀었다. 돈 봉투다.

"이거, 네가 보관하고 있어."

정수용한테 간 봉투가 어머니 손을 거쳐 왔다가 다시 정민화에게로 옮겨졌다. 정민화가 봉투를 받아들자 정기철이 자리에서 일어섰다.

"나, 엄마한테 인사하고 갈란다."

"오빠, 좀 더 쉬고 가지."

따라 일어선 민화가 말하자 정기철은 쓴웃음을 지었다.

"여기 있으면 더 피곤해져."

정기철이 다시 받아든 정수용의 편지를 가슴 주머니에 넣고 손바닥으로 누르면서 말했다.

"아빠 심정 이해하지? 너한테 미안하고 부끄럽다고 한 거 말야."

"알아."

"그걸 알면 집에 들어가. 아빠 하나도 안무서."

"알았어. 곧 들어갈게."

민화와 헤어진 정기철은 어머니를 만나려고 이태원 주택가로 간다. 정기철이 이쪽에 온 것은 처음이다. 저택 근처의 편의점에서 기다리고 있던 김선옥이 군복 차림의 정기철을 보더니 눈물을 글썽였다. 오늘 귀대한다고 했던 것이다.

"왜 벌써 들어가려는 거야?"

편의점의 조그만 탁자를 사이에 두고 앉았을 때 김선옥이 물었다. 그러자 정기철이 잠자코 정수용의 편지를 꺼내 내밀었다. 놀란 김선옥이 편지를 받아들고 읽으면서 계속 눈물을 쏟는다.

편의점에 들어선 손님들이 힐끗거리다가 서둘러 지나쳤다.

이윽고 편지를 내려놓은 김선옥이 손바닥으로 얼굴을 가리면서 말했다.

"불쌍해. 내가 좀 더 보듬어 줬어야 했는데."

"아빠 나름대로 최선을 다한 거야. 엄마, 이젠 정돈을 하라고 이 편지를 보여 준거야."

다시 편지를 가슴 주머니에 넣으면서 정기철이 말했다.

"엄마, 이젠 아빠가 얼마나 가족을 사랑했는지 알거야. 그럼 남은 일은 우리 셋이 기운을 내서 열심히 사는 것이라구. 그게 아빠 마지막 부탁이니까 말야."

"오냐, 알았다."

손등으로 눈을 닦은 김선옥이 머리를 끄덕였다.

"장하다, 내 아들."

"나, 갈게."

자리에서 일어선 정기철이 먼저 편의점을 나온다.

김선옥을 향해 절도 있게 경례를 올려붙인 정기철이 몸을 돌렸다.

아직 오후 두시밖에 안되었다. 초가을의 햇살이 환해서 정기철은 눈을 가늘게 떴다.

<세 번째 스토리 끝>

취업

직원이 사장 포함해서 6명이니 소기업이라고 해야 맞다. 그러나 사장 박한식은 말 할 때마다 뉴스타 상사를 중소기업이라고 했다. 1년 매출액 15억의 중소기업.

작년 경상 이익이 1억 8천에 순이익 7천, 그것도 서류상으로다. 입사 5개월째인 김동수는 3개월간 수습사원으로 월급 90만 원씩을 받다가 지난달부터 130만 원을 받았다. 짜다.

그러나 어쩌겠는가? 이른바 지방대 졸업하고 2년 반을 헤매다가 겨우 취업한 무역회사다. 그동안 택배회사, 매장 점원, 보험회사 영업사원, 자동차 딜러(?)까지 겪었지만 넉 달 이상 간 곳이 없다.

가장 긴 곳이 매장 점원으로 석 달 반, 가장 짧은 곳이 택배회사 15일이었다. 뉴스타가 그중 가장 낫다. 다른 놈들한테 말할 때면 사장 박한식처럼 중소기업에 다닌다고 하는 것에도 익숙해졌다.

"어이, 김동수."

하고 부른 놈은 사장의 처남 오기호. 직책은 경리부장으로 제2인자다.

자리에서 일어선 김동수가 책상 앞으로 다가서자 오기호가 말했다.

"네가 인천에 가서 고추를 받아와. 배경필이 알지?"

"예, 압니다."

"배경필이가 오후 5시에 도착해. 너한테 넘겨주라고 할 테니까. 7백킬로그램이야."

"그냥 받아오면 됩니까?"

"중량 확인하고, 배경필이 일행 아홉 놈이 들고 온 양이야. 계산은 내일 내가 할 테니까."

오후 2시가 되어가고 있다. 서둘러야 되었으므로 김동수는 몸을 돌렸다.

뉴스타 무역의 거래선은 중국이다. 중국에서 온갖 것을 다 수입해서 도소매상에게 넘겼는데 수입 금지 품목도 있다.

중국산 고추는 값이 싸지만 대량 수입은 규제가 심해서 인편으로 들여오고 있다. 배경필은 뉴스타 무역의 인간 컨테이너인 셈이다. 배경필은 필요에 따라 10명에서 20명까지를 동원하여 물품을 날라 온다. 그럼 물량도 상당하다.

김동수가 봉고차를 몰고 인천 국제선 부두에 도착했을 때는 오후 5시가 조금 못되었다.

부두 건너편 식당 앞에 차를 주차시킨 김동수가 한 시간쯤 기다렸을 때 백미러에 배경필 일행이 보였다. 모두 손수레에 한 짐씩 물품을 싣고 있었는데 그중에는 여자도 둘이나 끼었다.

차에서 내린 김동수를 보더니 배경필이 쓴웃음을 짓는다.

"오늘은 쫄따구가 나왔군."

배경필은 40대 중반으로 이 짓을 한지 10년도 넘는다고 했다. 그런데 번 돈은 노름으로 다 날린다는 것이다.

"이봐, 중량 잴 것 없어. 모두 720킬로그램, 창고에 싣고 가서 확인해."

봉고차에서 저울을 꺼내려는 김동수에게 배경필이 말했다.

그러더니 일행을 둘러보았다.

"자, 그냥 실어. 싣고 저녁 먹으러 가자구."

일행은 배경필의 지시에 따라 짐을 차 안에 실었고 김동수도 말리지 않았다. 모두 배경필한테서 일당과 뱃삯을 받고 일을 해주면서 제 물건도 들고 오는 것이다.

김동수는 여자 둘이 제각기 짐가방 한 개씩을 따로 챙겨 놓은 것을 보았다. 아마 요즘 잘 나간다는 가짜 한약재일 것이다.

그때 나이든 여자가 김동수에게 물었다.

"아저씨, 서울 가시면 우리 좀 태워주시죠."

김동수가 머리를 들고 무리 중의 한 명인 젊은 여자를 보았다. 야구모자를 눌러 쓴 여자의 시선과 마주쳤다. 꾹 다문 입술, 또렷한 눈, 김동수가 시선을 떼지 않은 채로 천천히 머리를 끄덕였다.

"예, 모시고 가죠."

행선지가 어디냐고 묻지도 않고 대답했다.

마침 여자들의 행선지는 상계동이어서 장안평이 회사인 김동수는 곧장 가면 되었다.

차가 고속도로로 접어들었을 때 옆자리에 앉은 아줌마가 김동수에게 물었다.

"고추는 장사가 잘 돼요?"

"그저 그래요."

건성으로 대답한 김동수도 묻는다.

"아주머니는 뭘 가져오셨는데요?"

"우린 우황청심환."

"예에?"

놀란 김동수가 아줌마와 뒷좌석에 앉은 여자까지 번갈아 보았다. 물론 뒷좌석은 백미러로 보았다.

"아니, 우황청심환을 가져 오셨다구요?"

"그래요."

김동수의 표정에 놀란 듯 아줌마의 반응도 딱딱해졌다. 아줌마가 되물었다.

"우황청심환이 어때서요? 그거 가져가면 열배 장사는 된다던데."

"누가 그래요?"

"우리 동네 아줌마가. 아줌마는 그걸 넘길 사람을 소개시켜 준다고 했다우."

"누가 사간다는데요?"

"시골 돌아다니면서 팔 모양이여."

"잘못하면 큰일납니다."

차의 속력을 줄이면서 김동수가 말을 이었다.

"그거 먹고 탈 난 사람들이 많아요. 그래서 신고하면 걸립니다."

"아니, 이건 진짜라는데."

얼굴을 굳힌 아줌마가 힐끗 뒤쪽을 보았다.

"약방에서 산거라구. 보증서도 있고, 중국 약방 쥔이 직접….."

"다 가짭니다."

머리를 저은 김동수가 말을 잇는다.

"중국 약방은 한국처럼 정품만 파는게 아니라구요. 그 보증서는 여기서 아무 쓸모도 없다니까요."

김동수가 아직 반년도 안 된 쫄따구지만 아줌마 가르칠 실력은 된다. 아줌마가 그야말로 초짜였기 때문이다. 초짜는 제 몫이 줄어들까봐 뭘 가져오는지도 감추는 바람에 사고를 더 키운다. 아줌마가 그런 꼴이었다.

"엄마, 이거 어떡해?"

둘은 모녀였다. 뒷좌석의 여자가 비명같은 외침을 뱉었으나 아줌마는 머리를 젓는다. 안간힘을 쓰는 것 같은 표정이다.

"아냐, 그럴 리가 없어. 이게 어떤 돈으로 산 물건인데."

그건 진짜 상관없는 발언이다. 입맛을 다신 김동수가 다시 묻는다.

"얼마나 사오셨어요?"

"10개 만 원씩 7천 개, 8백 개는 덤으로 받고."

그러면 7백만 원어치 가짜 우황청심환을 샀다. 그 성분은 흙이나 소똥, 또는 보릿가루까지 다양하다.

"아니, 주위 사람들한테 물어보시면 다 알려줄 텐데요. 그 배경필씨도."

김동수가 나무라듯 말을 잇는다.

"그런 일은 사람들한테 물어 보셨어야죠."

"난 몰라."

하고 뒤에서 다시 외침 소리가 났으므로 김동수는 입을 다물었다.

"그럼 어떡해요?"

이제 뒤쪽 여자가 떨리는 목소리로 묻는다.

백미러에 비친 여자의 얼굴은 첫인상과는 전혀 다르다. 입은 반쯤 열

려졌고 치켜떠진 눈이 번들거리고 있다. 마악 울음을 터뜨리려는 모습이
다. 나이는 스물 대여섯쯤 되었을까? 김동수 또래로 보였다.

"아냐. 내가 그 아줌마 만나 확인 할 꺼야."

아줌마가 기를 쓰듯 말했지만 어깨가 늘어졌다.

김동수가 백미러를 향해 말했다.

"한번 그 아줌마 만나 상의 해보시지요. 제가 도와드릴 일이 없네요."

"이 병신."

오기호가 던진 볼펜이 김동수의 어깨에 맞고 떨어졌다.

사무실에는 경리부 직원 미스 박 한 사람뿐이었다.

"30킬로그램이나 모자란단 말야. 네가 월급에서 물어내, 이 자식아."

눈을 치켜 뜬 오기호가 목소리를 높였다.

어제 받은 고추는 720킬로그램이 아니라 690킬로그램이었던 것이다.
오전에 배경필한테 720킬로그램으로 쳐서 대금을 지급한 오기호가 열을
낼만 했다. 뉴스타에서 배경필에게 가져오라고 지급한 고추값은 600킬
로그램 있고 나머지 분량은 시세에 따라 1백%에서 2백%까지 마진을 붙
여 구입 해주는 것이다.

"병신같은 놈."

씩씩거리던 오기호가 사무실을 나갔으므로 안에는 둘이 남았다.

김동수가 바닥에 떨어진 볼펜을 집어 들고 자리에 앉았을 때 미스 박
이 말했다.

"지금 송이버섯 들여오면 다섯 배 장사는 돼요. 그러니까 혼자 해
봐요."

놀란 김동수가 머리를 들었다. 미스 박의 자리는 비스듬한 위쪽이라

김동수는 한쪽 귀만 보였다.

입사 5개월이 되었지만 미스 박이 말을 건 것은 이번이 처음이다. 항상 새침한 표정을 짓고 시선도 마주치지 않았는데 언젠가 영업부 최 과장하고 술을 마시다가 들었더니 오기호하고 그렇고 그런 사이라는 것이다. 그 말을 들은 즉시 미스 박은 김동수에게 관심 밖의 대상이 되었다.

다시 미스 박이 말을 잇는다.

"배경필씨 말구요. 같이 다니는 유민철씨라고 있어요. 그 사람한테 부탁하면 두말 않고 같이 하자고 할거에요."

그때 김동수가 자리에서 일어섰다. 미스 박 옆으로 다가간 김동수가 묻는다.

"저기, 왜 나한테 그런 정보를 줍니까?"

"불쌍해서요."

기다렸다는 듯이 대답한 미스 박이 머리를 들고 김동수를 보았다.

화장 안 한 얼굴이 뽀얗다. 머리는 뒤로 뭉쳐서 고무줄로 묶었는데 말꼬리 같다. 그리고 보니 눈 밑과 콧등에 주근깨가 20개쯤 있다. 눈동자는 갈색이고, 입술이 말라서 세로로 네 줄이 갈라졌다. 나이는 스물셋? 아니면 넷? 김동수 나이보다 두어 살쯤 어린 것 같다.

그때 미스 박이 시선을 떼지 않은 채 묻는다.

"뭘 그렇게 봐요?"

"저기, 유민철씨는 아는데요. 내 부탁을 들어줄까요? 혹시…."

"김동수씨도 주는 것이 있어야죠."

여전히 굳어진 표정으로 미스 박이 말을 잇는다.

"그 사람들한테 중요한 건 정보죠. 정보는 우리가 빠르니까요. 그러니까 송이를 사오라는 거죠. 내가 송이 갖고 있는 사람을 아니까."

"그, 그렇다면"

"회사보다 빨리 구해 와야 되죠. 회사가 다음 주에는 송이 운반을 해올 테니까요."

김동수의 등에 찬바람이 스치고 지나는 느낌을 받는다.

지금 미스 박은 회사 정보를 빼내 먼저 선수를 치자는 것이다. 회사 등을 처먹자는 말이었다.

입 안의 침을 삼킨 김동수가 더듬거렸다.

"저기, 나는 돈이 이백오십 정도밖에 안되겠는데, 될까요?"

"우리, 1천만 원으로 해요."

그 순간 다시 김동수가 침을 삼켰다.

우리라면 김동수와 미스 박을 말한다. 그렇다면 미스 박이 나머지 7백5십만 원을 낸다는 말이 아닌가?

다시 미스 박의 말이 잇는다.

"유민철 씨한테 5백 내라고 해서 1천5백만 원어치 송이를 구입 하는 거죠. 송이 구입처는 내가 알려줄게요. 회사보다 먼저 선수를 치고 10% 쯤 값 올려주면 문제없어요."

미스 박의 두 눈이 번들거리고 있다.

유민철은 40대쯤으로 말이 없는 사내였다. 그래서 지금까지 김동수와 서너 번 만났지만 한 번도 이야기를 나눈 적이 없었다.

그날 저녁, 인사동의 한정식 식당에서 만난 유민철이 눈을 가늘게 뜨고 김동수를 보았다. 주위는 손님들로 소란했는데 중국 관광객이 많았다.

"뭐, 좋은 일 있는 거요?"

백반과 막걸리를 시킨 유민철이 먼저 물었으므로 김동수는 부담이 적어졌다. 김동수의 만나자는 연락을 받자 유민철은 두말 않고 시간과 장소를 정한 것이다. 이유를 묻지 않는 것이 눈치를 챈 것 같다.

　심호흡을 한 김동수가 말했다.

　"제가 정보를 빼냈어요. 그러니까 이번 일은 저하고 유 선생님하고 둘이서만 진행하는 겁니다."

　"어허."

　유민철의 긴 얼굴에 웃음기가 떠올랐다.

　"김형은 좀 빠르신데."

　"뭐가 말씀입니까?"

　"진도가 빠르다고 했습니다."

　눈만 껌벅이는 김동수에게 유민철이 말을 잇는다.

　"내가 뉴스타 상사하고 4년째인데 영업사원들은 대개 1년쯤 지나서 딴 구멍을 파더라구. 그러다가 서너 달 후에는 들통이 나서 짤리던데. 거기, 영업부에 2년 이상 된 직원이 없죠?"

　맞다. 영업과장 최과장이 1년 4개월이 되었다고 했다. 영업은 사장이 직접 챙기는 터라 영업부 직원은 사장, 최과장에 김동수까지 셋인 셈이다. 거기에다 경리부 둘, 창고 담당인 황씨까지 여섯이다.

　유민철이 김동수의 표정을 보더니 다시 입술 끝을 비틀고 웃는다.

　"나야 불러주시니까 고맙지. 뉴스타 정보가 바로 돈이 아뇨? 자, 그럼 이번 물건이 뭐요?"

　"그건 나중에 말씀 드리기로 하고 유 선생님은 5백 내실 수 있죠?"

　"아, 물건이 좋으면 1천도 냅니다."

　"그렇게까진 물건이 안 됩니다."

"도대체 어떤 물건이요?"

이맛살을 찌푸린 유민철이 다시 물었지만 김동수는 머리를 저었다. 미리 알려주면 선수를 칠 수도 있는 것이다. 중국쪽 대리인은 물론이고 물주(物主)도 돈 더 준다면 두말 않고 거래선을 바꾼다.

미스 박한테서 단단히 주의를 들었으므로 김동수는 말을 잇는다.

"유 선생님은 5백만 준비 하세요. 제가 1천을 낼테니까요."

"그럼 1천5백이군."

"이쪽 도매상도 제가 대기시킬 테니까 유 선생님은 물건만 넘기시면 됩니다."

"어허."

하면서 유민철이 머리를 한쪽으로 기울이고 김동수를 보았다. 그리고는 잇사이로 말한다.

"입사 석 달짜리 사원의 작업 치고는 너무 노련한데. 그거 혹시 최과장하고 합작 사업 아닙니까?"

"아닙니다. 그리고 전 입사 다섯 달째인데요."

"도대체 물건은 뭡니까?"

"다롄에서 중개인을 만났을 때 보세요. 거기서 마음에 들지 않으시면 유 선생님은 구입 안 하셔도 됩니다."

"철저하군. 아무래도 이상해."

쓴웃음을 지은 유민철이 다시 머리를 젓다가 문득 생각난 듯 묻는다.

"마진은 얼마나 될 것 같습니까?"

"다섯 배 정도."

"으음."

탄성같은 신음을 뱉은 유민철이 눈을 치켜뜨고 다시 묻는다.

"짐꾼은 몇 명이나 데려가야 됩니까?"

"유 선생님까지 넷이면 됩니다."

대박 상품이다. 유민철이 심호흡을 한다.

"가격 흥정 끝났어요."

다음날 점심때 노원구청 근처의 소갈비 식당에서 마주앉은 박미향이
말했다. 미스 박의 이름이 박미향이다. 여전히 무표정한 얼굴로 박미향
이 말을 잇는다.

"유민철은 돈만 주고 송이를 받아오면 돼요."

"세관은 괜찮겠지요?"

뻔한 물음이었지만 불안한 김에 그냥 물었더니 박미향이 젓가락을 들
면서 말했다.

"그쯤은 괜찮아요. 그걸 통과 못하면 그런 일 안 하는게 낫죠."

"근데 도매상은…."

"인천에서 내리면 바로 가져가기로 했으니까 그때 김동수씨가 가봐
야죠."

"그럼요."

"도매상도 걱정 하실거 없어요. 입 딱 다물고 있을 테니까."

"……."

"물론 회사에선 난리가 나겠죠. 갑자기 송이버섯 준다는 놈이 오리발
을 내미니까 말이죠. 하지만 어디 그런 일이 한두 번인가?"

"첨인가요?"

하고 불쑥 김동수가 물었으므로 박미향이 머리를 들었다. 눈동자의
초점이 똑바로 향해져 왔으므로 김동수는 시선을 내렸다.

그때 박미향이 머리를 들었다.

"어때요? 내가 처음 이런 짓 한 것 같아요?"

"아닌 것 같은데…."

"내가 오부장 이거라고 소문이 났죠?"

머리를 든 김동수가 박미향이 손가락 하나가 세워져 있는 것을 보았다. 새끼손가락이다.

김동수가 그 손가락만 보고 있는데 박미향의 말이 이어졌다.

"물론 그 소문은 최과장이 냈겠고."

"아니, 그것이."

"최과장이 지난달 중국산 녹용을 들여와 2천쯤 벌었어요. 모르죠?"

"모릅니다."

"아예 회사 정보를 가로채어서 회사에서는 모르고 있죠. 하지만 난 알아요."

새끼손가락을 접은 박미향이 다시 젓가락을 집으면서 말을 잇는다.

"그 녹용을 사간 한약재상한테 들었거든. 내 정보망이 회사보다 넓다는 증거죠."

그때 김동수가 머리를 들고 박미향을 보았다. 시선이 마주치자 김동수는 헛기침을 했다.

"저, 알고 싶은 게 있는데. 날 선택한 이유는 진짜 뭡니까? 불쌍해서 그랬다는 말은 믿을 수가 없어서 그럽니다."

"그것보다 더 궁금한 게 있지 않아요?"

"뭔데요?"

"내가 오부장 그거라는 소문."

"난, 뭐 별로."

"상관없다는 말인가요?"

"그것보다 남의 사생활에 관심을 갖기가 싫어서요."

"오부장은 내 언니 남편이죠."

순간 숨을 멈춘 김동수가 빤히 박미향을 보았다. 그렇다면 오부장이 박미향의 형부가 되겠다. 사장하고는 사돈간인가? 머릿속 어지러운 것이 눈을 깜박이는 것으로 나타난 것 같다.

박미향이 김동수를 바라보며 처음으로 쓴웃음을 짓는다.

"왜요? 복잡해요?"

"아니, 그게."

"처제 따먹는 형부도 많다니까 뭐."

"그래도 됩니까?"

"따먹어도 되냐구요?"

"아니, 이런 작업을 해도 되냐구요."

"그럼 어때요?"

눈을 크게 뜬 박미향이 말을 잇는다.

"내가 사무실에서 정보는 꽉 쥐고 있으니까 함 벌어 보자구요."

그때서야 갈비가 나왔으므로 박미향이 불판 위에 고기를 올려놓으며 다시 웃는다.

"글고 아까 질문 중에 하나만 먼저 대답하겠는데. 나, 이런 작업은 첨예요."

유민철이 돌아온 것은 그로부터 닷새 후 였다.

다롄에서 출발한 여객선은 오후 7시에 인천항에 도착했는데 유민철 일행이 약속한 장소에 나타났을 때는 밤 9시 반이다.

"어, 기다렸어?"

김동수를 본 유민철이 활짝 웃으며 다가왔다.

유민철은 커다란 가방 세 개를 끌었고 뒤를 따르는 일행 셋도 제각기 가방 세 개씩을 끌고 멨다. 저것이 다 송이인 것이다.

"자, 봅시다."

김동수와 함께 기다리던 도매상 오탁근씨는 인사도 나누지 않았다. 오로지 가방만 보면서 말을 잇는다.

"저기 봉고차에다 하나씩 놓으셔."

이미 오탁근이 가져 온 낡은 봉고의 뒷문이 개구멍처럼 벌떡 열려져 있었고 불을 환하게 켠 안에서 검사원 둘이 버티고 앉아있다. 송이 검사원이다.

"앗따지기미, 서둘기는."

투덜대면서도 유민철은 웃음 띤 얼굴이다.

봉고 뒤에다 가방을 쌓아놓은 일행이 하나씩 차 안으로 넣는다. 이곳은 세관 근처였지만 인적도 드문 곳이다. 당당하게 세관 검사를 받고 나온 물건이라 걸릴 것도 없다.

"어이, 좀 작네."

잘 포장된 스티로폼 박스를 연 사내 하나가 말했지만 유민철은 들은 척도 하지 않는다.

조금 걱정이 된 김동수가 차 옆으로 다가서려고 했더니 유민철이 눈짓을 했다.

"냅둬, 송이는 좋아. 시발놈들이 트집 잡으면 안 팔면 돼."

그러고는 힐끗 오탁근의 뒷모습에 시선을 주었다. 오탁근은 이제 송이를 들여다보고 있다.

유민철이 물었다.

"이봐, 김형. 정말 혼자서 하는 거요?"

"그렇다니까요?"

"근데 이렇게 노련해? 한 몇 년 해먹은 놈 가터."

"요즘 애들은 일찍 깬다고 합니다."

"하이고 말하는 것 좀 봐."

하고는 눈으로 오탁근의 등을 가리키며 목소리를 낮췄다.

"저 친구, 도매상으로 몇 번 본 놈인데, 조폭이라는 말도 있던디."

"전 몰라요."

"모른데 어떻게 데끼 왔어?"

"소개 받았거든요."

"누구한테?"

"글쎄 모르셔도 된다니깐요."

"좋아. 오늘은 내가 참지."

하더니 유민철이 어슬렁거리며 오탁근의 옆으로 다가가 나란히 송이 검사를 구경했다.

주위에 송이 배달꾼 셋도 담배를 피우면서 가방을 올리고 내린다. 송이는 김동수가 보아도 고급품이다. 남자 성기처럼 잘 생겼고 흠집도 없다.

이윽고 검사가 끝났을 때 오탁근은 현금과 수표로 7천5백을 세어 김동수에게 내놓았다. 그리고는 생색내듯이 말한다.

"이번은 첫 거래라 내가 걍 내는 거야. 흠이 좀 있었지만 봐주는거라구."

"예, 알겠습니다."

약속대로 받는 바람에 기쁜 김동수가 건성으로 머리를 숙이며 돈 가방을 받는다. 오탁근이 요란한 봉고 엔진소음을 일으키면서 떠났을 때 김동수는 2천 5백을 세어 유민철에게 내밀었다.

"어, 그려. 나도 잔소리 안 하고 이번은 받지. 하지만 다음에는 안 통해."

돈을 받은 유민철이 눈이 찢어질 것처럼 흘겼다.

그럴 것이 유민철은 다롄에 도착해서 중개인을 만나고 나서야 이번 배달 상품이 송이버섯인 줄을 알았던 것이다.

"미안합니다."

쓴웃음을 지은 김동수가 다시 머리를 숙였다.

유민철은 5백 투자해서 하루 만에 5배를 벌었다. 불만이 있을 리가 없다.

"자, 여기 1천2백5십."

하고 돈을 센 박미향이 돈 뭉치를 김동수 앞으로 밀어 놓았다.

밤 12시 반, 이곳은 논현동의 룸카페다.

김동수는 박미향과 둘이 마주앉아 있었는데 테이블 위에는 발렌타인 17년짜리가 놓여졌다. 김동수로서는 처음 마시게 될 술이다. 왜냐하면 아직 병 마게도 뜯지 않고 돈 계산부터 했기 때문이다.

"이거."

우물쭈물 하면서 김동수가 지폐와 잔수표가 절반씩 섞인 돈뭉치를 주머니 이쪽저쪽에다 쑤셔 넣는다. 그동안 먼저 돈 뭉치를 가방에 넣은 박미향이 술병 마개를 뜯으면서 물었다.

"김동수씨, 이런데 첨 와요?"

"예, 첨입니다."

돈을 다 쑤셔 넣은 김동수가 어깨를 펴고 대답했다.

박미향이 밤12시에 이곳에서 만나자고 했던 것이다. 쓴웃음을 지은 박미향이 김동수의 잔에 술을 따르며 묻는다.

"어때요? 기분이."

"얼떨떨한데요."

"뭐가요?"

"이곳 분위기가 말입니다."

"아니, 내 말은."

박미향의 눈썹이 조금 찌푸려졌다. 불빛에 반사된 눈동자가 반짝였고 그러고 보니 얼굴 피부도 윤기가 난다. 화장을 한 것 같다.

박미향이 똑바로 김동수를 보았다.

"한탕 뛴 소감을 묻는 거라구요. 내말은."

"아아."

해놓고 김동수가 한 모금에 양주를 삼키고는 가만있었다. 이미 위장으로 떨어진 술맛을 음미하는 시늉이다. 그러더니 머리를 들고 박미향을 보았다. 시치미를 뚝 뗀 표정이다.

"난 금방 박미향씨하고 한탕 뛴 것이 아닌가 하고 잠깐 착각에 빠졌드랬습니다."

그러자 박미향의 입이 딱 벌어졌다. 눈도 크게 떠져있다. 그러더니 입을 다물었다가 열었다.

"뭐라구요?"

"저기, 박미향씨 나이가 어떻게 됩니까?"

"건 왜 물어요?"

"내 학력증명서 봤을테니까 내가 스물일곱인 줄 아시져?"

"그래서요?"

"동갑이나 어리면 말 트려구요."

"많으면요?"

"누나 삼든지."

"싫다면?"

"싫증날 때까지 섹스 파트너 삼아도 괜찮습니다. 내가 좀 하거든요."

"그렇게 안 보였는데 웃겨."

"촌놈들이 좀 싸납습니다."

여기까지는 주고받는 말이 그야말로 일사천리로 나갔다가 그쳤다.

박미향이 김동수의 빈잔에 술을 채워주는 동안에 말이 그쳐진 것이다.

술병을 내려놓은 박미향이 똑바로 김동수를 보았다.

"우리, 동갑이지만 서로 존대합시다. 그래야 일하기 편하니깐."

"받들어 모시져."

하고 다시 한 모금에 발렌타인을 삼킨 김동수가 얼굴을 일그러뜨리며
카아 했다. 소리가 커서 방안이 울렸다.

그리고는 정색하고 말한다.

"분위기 물으셨는데 이런 목돈 내 생전 처음 줍니다. 감개가 무량하고
아직 비몽사몽이올시다."

"한 달에 두 번씩만 해요."

"명령만 내리십셔."

"돈 조심하시고, 티내면 직방 걸리게 되어 있어요."

"염려 마시져."

그때 박미향이 문득 묻는다.

"참, 섹스 잘한다고 했죠?"

김동수는 박미향의 눈을 똑바로 보았다.

시골 출신이라고 해서 똥 오줌 못 가리겠는가? 겸손하게 말한답시고 시골이라 했지만 도청소재지인 전라도 전주 출신이다. 고속버스를 타면 3시간, 서울에서 유행되는건 인터넷을 통해 실시간으로 전파되는 세상이다.

김동수는 박미향의 눈에 섞인 무시와 호기심을 읽는다. 비율은 각각 절반. 호감은 물론이고 동경 따위는 처음부터 존재하지 않았다.

이윽고 김동수가 입을 열었다.

"제가 좀 큽니다. 구체적으로 말하면 이십 센티쯤 되져. 직경은 4.5센티 정도. 직경 산출해내느라고 원주율 공부 좀 했져. 글고."

잠깐 숨을 골랐더니 박미향이 시선을 그대로 꽂은 채 머리를 끄덕였다. 여전히 정색하고 있다.

"재밌네요."

"보통 꽂으면 한 시간은 갑니다. 그냥 꽂고 가만있는게 아니니깐 그 후부턴 상상에 맡깁니다."

"그런 말 듣고 넘어간 여자 있어요?"

"백발백중."

"한발은 빗나간 것 같은데."

"난 애시당초 생각이 없었으니깐요. 과녁 보지도 않고 쏜거니까 계산에서 빼쇼."

"뭘 쏴요?"

"구라."

김동수가 손가락으로 제 입을 가리켰다.

202

"가끔 주둥이로 문전만 어지럽히고 가기도 하니깐요."

"이제 송이 중개상이 행불될 테니까 회사에서 며칠 난리가 날거에요. 표정관리 잘해요."

박미향이 시치미를 뚝 뗀 얼굴로 말을 잇는다.

"특히 최과장 조심해요."

최과장은 김동수의 직속상관 최용기를 말한다.

이제는 자작으로 양주를 잔에 따르던 김동수가 머리를 끄덕였다.

"염려 마십셔. 근데 다음 작업은 뭡니까?"

"열흘쯤 인터벌을 뒀다가 시작하기로 해요."

"알겠습니다."

"자본금은 1천쯤 준비 해 놓아요."

"그러죠."

김동수의 시선이 힐끗 아직도 박미향 옆쪽에 놓여진 가방을 스치고 지나갔다. 박미향도 750만 원을 투자하여 5배를 벌었다. 유민철과 일행 셋의 일당 4백을 빼도 단숨에 2천6백을 번 것이다.

그때 박미향이 말했다.

"다음에는 김동수 씨 몫에서도 경비 제할 테니까 그렇게 아세요."

"당연하죠."

"자, 그럼 갈까요?"

가방을 쥔 박미향이 말하더니 눈으로 발렌타인 17년을 가리켰다.

"내가 계산 할테니까 그 술은 가져가세요. 다음에 여기 올 것도 아니잖아요?"

"그래야겠네."

술병 마개를 찾으면서 김동수가 말했다.

이런 곳은 체질에 맞지 않는다. 밖의 홀은 손님들로 차 있었지만 대부분 쌍쌍이다. 시끄러워서 10분만 홀에 앉아 있더라도 머리가 돌아버릴 것이었다.

카페 밖으로 나왔을 때 박미향이 웃음 띤 얼굴로 김동수를 보았다. 전등 빛을 받은 얼굴이 싱싱했다. 안에서 보는 얼굴하고 또 다르다.

"오늘 섹스 강좌, 인상 깊었어요."

"다음에는 좀 더 찐하게 할까요?"

"맘대로."

하더니 박미향이 몸을 돌렸으므로 김동수도 돌아섰다.

바지와 저고리주머니의 묵직한 느낌이 전해지자 김동수는 어깨를 펴고 걷는다.

그 순간 눈앞에 어머니 얼굴이 떠올랐다. 어머니는 미싱사다. 경력 30년의 미싱사로 월급은 2백5십이다.

"엄마 계좌로 2백 보냈어."

핸드폰을 귀에 붙인 김동수가 소리치듯 말한다.

점심시간, 최용기와 회사 근처 식당에서 점심을 먹고 난 김동수는 지금 회사 건물의 비상계단에 앉아있다.

"아니, 동수야."

어머니 이명옥의 놀란 목소리가 울렸다.

"네가 갑자기 무슨 돈이 생겼다고."

"보너스 받은 거야."

송이 밀수를, 그것도 회사 정보를 가로채어서 다섯 배 장사를 했다고 말했다가는 얼른 이해도 못할 뿐더러 그때부터 어머니에게 근심 걱정꺼리를 안겨주게 될 것이었다.

"아이구, 이게 웬일이래."

감동한 어머니의 목소리가 떨렸다.

"회사가 잘되는 모양이구나. 우리 회사는 일감이 떨어져서 노는데."

"인제 엄마는 일 나가지 마. 내가 돈 줄테니까."

좀 오버한다는 생각이 들었지만 내친김이다. 김동수가 말을 이었다.

"글고 앞으로 현수 등록금은 내가 낼테니까 엄마는 신경 안 써도 돼."

현수는 세 살 아래인 김동수의 동생이다. 올 봄에 제대한 김현수는 가을 학기에 3학년으로 복학 할 예정이었는데 아직 등록금 준비가 안 되었다. 그래서 현수는 지금 인력시장을 돌아다니며 돈을 모으는 중이다.

"아이구, 내 새끼."

어머니의 목소리에 이제 울음기가 섞여졌다.

15년 전에 아버지가 암으로 돌아가신 후부터 어머니는 미싱사로 일하면서 두 아들을 키웠다. 억척스럽지만 눈물이 많은 어머니였다. 같은 공장에서 아이롱사로 일하던 아버지는 과묵했지만 너그러웠다. 지금도 김동수는 자신의 인생에서 아버지가 살아계셨을 때인 12살 때까지를 제일 행복한 시기로 친다.

그때 아래쪽 계단에서 발자국 소리가 들렸으므로 김동수는 엉덩이를 들고 말했다.

"엄마, 다시 전화할게. 끊어."

핸드폰을 귀에서 떼었을 때 최용기의 머리가 보였다. 이곳은 최용기의 흡연 구역이기도 하다.

"어, 여기 있었구만."

김동수보다 다섯 살 위인 최용기는 서른둘이다. 제 말로 이곳 뉴스타 상사가 여섯 번째 직장이라고 했으니 많이 옮겨 다닌 셈이다.

김동수 옆에 선 최용기가 담배를 꺼내 입에 물었다. 긴 얼굴에 턱이 튀어나와서 옆에서 보면 물어뜯는 인상이다. 빨아들인 연기를 길게 품은 최용기가 김동수를 보았다.

"저기, 미스 박 말야."

김동수는 눈도 깜박하지 않았고 최용기가 말을 잇는다.

"오기호가 따먹은 게 틀림없어. 사무실에서 둘이 노는 꼴을 보면 알아."

"어떻게 말입니까?"

"서로 한 번도 눈을 부딪치지 않아. 말을 할 때도 말야."

"그런다고 따먹은 증거가 됩니까?"

"야, 야."

갑자기 최용기가 눈을 치켜뜨고 화를 내었다.

"니가 뭘 안다고 그래? 인마, 따먹은게 분명하다구."

"알겠습니다."

"뭘 알아?"

"미스 박을 오부장이 따먹었다구요."

정색하고 말했지만 김동수의 속이 느글거렸다. 이 병신은 박미향이 오기호의 처제라는 것도 모르는 것이다.

그때 최용기가 입맛을 다시고 나서 말했다.

"내가 고걸 한번 먹어야겠는데 오기호가 감시하는 바람에 기회가 안 난단 말야."

김동수가 따라서 입맛을 다셨으므로 최용기가 놀란 듯 눈을 둥그렇게 떴다.

"제가 회사 현관 앞에 있어요."

하고 여자가 말했으므로 김동수는 이맛살을 찌푸렸다.

오후 5시 반, 사무실 안이다. 핸드폰을 귀에서 뗀 김동수가 사무실을 둘러보았다.

박미향은 컴퓨터 모니터를 노려보는 중이었고 최용기는 지금 도매상 하나의 불평을 듣느라고 정신이 없다. 두 달쯤 전에 넘겼던 참기름이 이제야 말썽이 났기 때문이다. 참기름 색깔이 검게 변한다는 것이다.

사무실을 나온 김동수가 건물 현관을 나왔을 때 옆쪽 편의점 앞에 서 있던 여자가 다가왔다. 야구모자, 지난번에 고추 작업을 할 때 우황청심 환을 대량으로 사들고 온 병신 모녀 중 딸내미, 아직 이름도 모른다.

조금 전의 통화에서 여자는 자신을 '그때 고추 가져왔던 사람'으로 소개했다. 하긴 그때 고추 작업 때 여자는 두 모녀뿐이었지. 여자는 오늘도 야구 모자를 썼는데 S · F가 겹쳐진 로고가 붙여졌다. 축구 마니아여서 마라도나의 집 주소까지 아는 김동수였지만 야구모자에 붙여진 S · F는 무슨 표시인지 모른다.

다가선 김동수에게 S · F가 말했다.

"저기요. 말씀 드릴 것이 있는데요."

하고는 눈으로 편의점 옆의 커피숍을 가리켰다.

"10분만 시간을 내주세요."

"난 쫄따구라 별 볼일이 없을 텐데요."

미리 김동수가 연막을 쳤다. 아직 겪지 않았지만 좋은 물건 나오면 끼워 달라면서 접근하는 인간들이 있다는 것이다. 최용기의 말이다. 그런데 그런 인간들은 백발백중 사고를 낸다는 것이다. 물건을 빼돌리든지, 소문을 내고 또는 거머리처럼 붙어서 협박까지 한다고 했다.

S·F가 김동수 앞으로 바짝 다가섰다.

"10분만요. 무리한 부탁은 안 할게요."

S·F의 맑은 눈이 반들거리고 있다. 화장기 없는 피부, 굳게 닫힌 입술 끝이 희미하게 흔들리는 것을 본 순간 김동수가 머리를 끄덕였다.

"좋습니다. 10분만."

S·F가 소똥이 섞인 우황청심환 7백만 원어치를 어떻게 처분했는지 궁금하기도 했다. 10개 만 원씩 7천 개, 8백 개는 덤으로 받아서 7천8백 개였던가?

커피숍에서 마주앉아 커피를 주문하고 났을 때 S·F가 불쑥 말했다.

"그거, 흙하고 풀이 섞인 것이어서 다 버렸어요."

김동수는 시선만 주었고 S·F가 말을 잇는다.

"하마터면 엄마가 사기로 구속될 뻔 했는데 풀려났어요."

아마 도매상들은 웃었을 것이다.

그때 S·F가 똑바로 김동수를 보았다.

"저기요. 제가 모레 다시 다롄으로 가는 거 아시죠?"

"그렇습니까?"

김동수가 건성으로 물었다. 이틀 후에 작업이 있긴 하다. 이번에는 잣 9백킬로그램이였는데 다시 배경필이 인솔한 인간 컨테이너들이 떠난다. 그 컨테이너 선정은 배경필 책임이었으므로 뉴스타 상사는 상관하지 않는다.

S·F가 다시 말했다.

"근데 일행 하나가 저한테 분말 웅담을 같이 들여오자고 하는데요. 괜찮을까요?"

"당연히 안 괜찮죠."

말이 끝나기도 전에 김동수가 대답했다. 그리고는 이맛살까지 찌푸리며 말을 잇는다.

"틀림없이 같이 들어오자는 그 일행하고 현지 분말 응담 피는 놈하고 같은 사기꾼일겁니다. 아마 10배 장사가 될 거라고 했겠지요?"

"열네 배요."

"돈은 한 천만 원 준비하라고 합디까?"

"8백밖에 준비 못했어요."

S · F가 고분고분 대답했다.

S · F 이름은 정수민, 24세. 작년에 대학을 졸업하고 계속 백수로 지내다가 인간 컨테이너 노릇을 한지 두 달째라고 했다. 김동수가 묻지도 않았는데 사분사분 말해 준 것이다.

"오빠, 고마워요."

하고 정수민이 그렇게 인사를 했을 때 김동수의 얼굴에 저절로 쓴웃음이 번졌다. 그만큼 이용가치가 있기 때문에 이런 대접을 받게 되는 것이다.

그래서 천연덕스럽게 대답했다.

"멀, 그쯤이야."

"나, 사기 당할 거 막아주었으니까 내가 오늘 술 사줄 수도 있어요."

"다음에."

"오빠, 애인 있어요?"

정수민의 시선이 부딪친 순간 김동수는 심호흡을 했다. 본능적으로 갈림길에 선 자신을 느꼈기 때문이다. 이윽고 김동수가 천천히 머리를 끄덕였다.

"있어."

그 순간 박미향의 얼굴이 눈앞에 떠올랐으므로 김동수는 당황했다. 왜 박미향인가? 숨긴 것을 누구한테 들킨 느낌이다.

"알았어요."

따라서 머리를 끄덕인 정수민이 먼저 자리에서 일어섰다.

표정이 어느덧 차분해져 있었으므로 김동수는 이제 뭘 놓친 느낌이 들었다.

"오빠, 가끔 연락해도 되죠?"

카운터로 다가가면서 정수민이 물었다.

"아, 그럼. 언제든지."

정수민의 뒷모습을 보면서 김동수가 대답했다. 아쉬운 기분이 조금 가셔졌다. 사무실로 돌아왔더니 외출했던 사장 박한식이 박미향의 책상 옆에 서 있다가 김동수에게 말했다.

"이봐, 이번에 배경필이가 잣 가져올 때는 중량 체크 잘하라구."

"예, 사장님."

"그놈은 한눈만 팔아도 뭐든 집어가는 놈이야. 방심하면 안 돼."

"예, 사장님."

사무실 안에는 사장과 박미향까지 셋이 남았다. 경리부장 오기호는 오후부터 외근이었고 그 사이에 최용기는 퇴근한 것 같다. 오후 6시 10분이 되어가고 있었으니까.

그때 박한식이 말을 잇는다.

"아무도 믿으면 안 된다구. 알아? 이런 일은 제 부모도 믿으면 안 된단

210

말야."

열변을 토하는 박한식이 조금 앞으로 나와서 박미향은 뒤쪽이 되었다. 그때 김동수는 뒤쪽에 앉은 박미향의 얼굴에 쓴웃음이 번지는 것을 보았다.

"주변의 모든 놈들이 도둑놈이라고 생각하라구. 그래야 실수가 없어. 알았어?"

"예, 사장님."

고분고분한 김동수가 마음에 들었는지 머리를 끄덕인 박한식이 몸을 돌려 박미향을 보았다. 그 순간 김동수는 박미향의 얼굴에서 웃음기가 번개처럼 사라지는 것을 보았다.

"나, 그럼 퇴근할게."

"네, 사장님."

자리에서 일어선 박미향이 머리를 숙여 인사를 했다.

"안녕히 가세요."

턱을 치켜든 박한식이 인사를 받으며 사무실을 나갔을 때 박미향의 얼굴에 다시 쓴웃음이 돌아왔다.

"홍, 도둑놈 좋아하네. 등잔 밑이 어둡다는 걸 잊어먹었나봐."

"이보셔, 말씀 삼가쇼."

하고 김동수가 비아냥거렸을 때 박미향이 컴퓨터 전원을 끄면서 묻는다.

"김동수씨, 오늘 한잔 할까요?"

"좋지요."

그때 김동수는 눈앞에 떠오른 정수민의 얼굴을 보고는 저절로 쓴웃음을 짓는다. 도대체 왜 이렇게 되는지 알 수가 없다.

211

"이번에는 좀 커요."

회사 근처의 설렁탕집에서 마주 앉았을 때 박미향이 말했다. 얼굴에 옅은 웃음기가 떠올라 있다.

"뭔데요?"

이미 한번 맛을 본 터라 김동수의 표정은 진지했다. 박미향이 하자는 대로 할 자세가 되어있는 것이다. 식당 안은 저녁 겸 술을 마시는 손님들로 혼잡했다. 그래도 박미향이 식탁위로 몸을 굽히고는 낮게 말했다.

"시계."

"시계?"

"짝퉁 시계요."

김동수가 눈만 껌벅였을 때 박미향이 말을 잇는다.

"특A급."

시계는 모른다. 그리고 지금까지 짝퉁을 실어온 적이 없다. 불량품일지언정 고추는 분명 붉은색 고추였고 참기름도 검게 변하긴 했지만 참기름이었다. 가짜는 아니었다.

김동수의 표정을 본 박미향이 풀썩 웃었다.

"놀랐어요?"

"예, 좀."

"잘 모르시나본데, 우리 뉴스타상사가 이만큼 기반을 잡은 건 짝퉁때문이라구요."

김동수는 시선만 주었고 박미향이 목소리를 더 낮췄다.

"가끔 사장이 직접 짝퉁을 들여와요. 사장 전용 배달꾼을 시켜서 그러다 보니까 최과장도 가끔 짝퉁 작업을 해요."

"최과장도 말입니까?"

212

"지난달에 가방 150개를 들여왔어요. 간단하게 2천쯤 먹었을 걸요?"

"……."

"배달꾼 한두 명만 쓰고 금방 처리되는 물건이니까 가끔 해먹는 거죠."

"박미향씨는 어떻게 그렇게 잘 압니까?"

"내가 도매상을 주르르 꿰고 있거든요."

그리고 박미향은 뉴스타상사의 터주대감인 것이다. 최과장보다도 경력이 길다.

심호흡을 한 김동수가 물었다.

"세관에서 문제는 없을까요?"

물론 손을 다 써놓고 하는 작업이지만 걸리면 교도소에 들어간다. 손을 썼다고 안심할 수가 없는 것이다. 그러자 박미향이 머리를 끄덕였다.

"15일에 다롄행 드래곤호를 타고 가서 그 배로 다음날 도착하면 되요. 그때 세관에 손을 써 놓았으니까."

"시계는 몇 개인데요?"

"5백 개."

놀란 김동수가 심호흡을 했을 때 박미향이 말을 잇는다.

"개당 10만 원씩 5천만 원, 여기로 가져오면 바로 2억 5천에 넘기기로 했어요."

"……."

"특A급이어서 아마 이곳 짝퉁 시장에서 개당 1백만 원 정도로 팔리거나 아니면 수천만 원짜리 정품으로 둔갑할 수도 있겠죠. 그건 사기꾼들이 알아서 할 일이고 우린 다섯 배만 남기면 돼요."

"이번 배달꾼은 누굽니까?"

김동수가 갈라진 목소리로 묻자 박미향이 똑바로 시선을 주었다.

"김동수씨가 한번 뛰어 보시죠."

박미향의 눈빛이 강해졌다.

"전과가 없으니까 조사 대상이 되지 않을 테니까요. 글고 그쯤은 대가를 치러야죠."

설렁탕과 함께 소주 세 병을 나눠마신 둘이 식당을 나왔을 때는 밤 10시 반이다.

"어때요? 2차 갈까?"

눈 주위가 붉어진 박미향이 길가에 서서 묻는다. 불빛에 비친 두 눈이 번들거리고 있다.

"좋지요."

김동수가 박미향의 시선을 맞받으며 말했다.

"이번은 내가 사지요."

지금까지 박미향에게 얻어먹기만 했던 것이다.

둘이 들어간 곳은 재즈바였는데 마침 근처에 있었기 때문이다. 구석 쪽 빈자리를 찾아 앉은 김동수가 위스키를 시키고는 박미향에게 목소리를 높여 묻는다. 주위가 더 소란했기 때문이다.

"난 초짜인데, 세관원이 척 보면 알아낼 거 아닙니까?"

"그렇겠죠."

선선히 머리를 끄덕인 박미향이 말을 잇는다.

"그러니까 초짜가 그렇게 큰 덩어리를 들고 올 줄은 예상하지 못하는 거죠. 그게 바로 허점을 찌르는 방법이죠."

"……"

214

"그래서 초짜 성공률이 높아요."

"……."

"하지만 걱정할 것 없어요. 김동수씨는 짐을 찾고 나서 맨 오른쪽 세관 검색대로 가기만 해요. 거기에 박명철씨라는 세관원이 있을테니까."

"가기만 하면 된다구요?"

"그럼 그 사람이 알아볼 거예요."

그때 시킨 술과 안주가 날라져 왔으므로 둘은 말을 멈췄다.

박미향의 제의가 놀랍지는 않다. 올게 왔다는 생각이 들 정도였다. 그 동안 세파를 겪으면서 사회에는 결코 공짜가 없다는 사실을 깨달은 김동수다. 모든 결과에는 대가가 있다는 것도 체험했다. 순수한 호의는 소설 책 따위에서나 존재하는 것이다.

김동수는 잔에 술을 따르는 박미향의 손을 보았다. 만일 지금 박미향이 내민 손을 거부하면 뉴스타 상사에서 배겨나기 힘들 것이었다. 그렇다고 5천만 원에 인생을 걸기도 뭣하다.

그때 박미향이 문득 머리를 들고 김동수를 보았다.

"부담되면 이번 작업에 빠져도 돼요. 다른 사람을 시킬테니까."

"……."

"글고 우린 서로 모른 척하면 되구요. 나 보기가 뭣해서 회사 그만두지 말았으면 좋겠어요."

"……."

"이번 주말까지 결정하면 돼요. 그러니까 인상 좀 펴고 이제 술 좀 마십시다."

하고 박미향이 술잔을 들었으므로 김동수는 쓴웃음을 지었다.

"이거, 정신없이 끌려 다닌 기분이네."

"난 그런 체질 아니라구요."

한 모금에 술을 삼킨 박미향이 입을 벌려 더운 기운을 품어내며 웃었다.

"난 밑에서 받는게 좋아요."

"이젠 그런 말 안 어울리는데."

"테스트 해보던지."

"글쎄, 시동이 걸릴 것 같지가 않아서."

"엔진이 얼었나봐."

쓴웃음을 지은 박미향이 다시 제 잔에 술을 채우면서 말을 잇는다.

"내가 오부장의 세컨드로 소문이 났지만 실은 사장하고 몇 번 잤죠."

놀란 김동수가 숨을 삼켰을 때 박미향이 빙그레 웃는다.

"머, 먼 사돈 관계니까 그쯤 보통이죠. 지금은 사장이 딴 여자한테 정신이 팔려서 나하고는 떨어졌지만."

"……."

"오부장, 아니 형부도 나하고 사장 관계를 알았어요. 그래서 나한테도 함부로 못했지. 서로 얽힌 관계니까요."

"서로 이용하는 관계야."

최용기가 직장인의 자세를 그렇게 정의했다.

다음날 오전, 김동수는 최용기가 운전하는 차를 타고 수원으로 가는 중이다. 핸들을 쥔 최용기가 말을 잇는다.

"따라서 이용가치가 없어졌다고 판단되면 가차없이 떠나야 돼."

최용기의 긴 얼굴이 굳어졌다.

지금까지 직장을 여섯 곳이나 옮겨 다닌 것은 그런 판단 때문일 것이

216

다. 회사가 필요 없다고 했거나 본인이 했거나 마찬가지, 둘 중 하나만 틀어져도 나가는 것이다.

머리를 돌린 최용기가 김동수를 보았다.

"너, 이번에 고추 사고 난 것 변상했어?"

"예, 월급에서 15만 원 빼갔던데요. 앞으로 두 달간 30만 원 더 뺀다고 합니다."

"도둑놈의 새끼들."

최용기가 튀어나온 턱을 앙 다물었으므로 옆모습이 초승달형이 되었다. 그러나 역성 들어주는 것이 고마운 김동수가 헛기침을 했다. 지난번 배경필한테 더 지급한 고추값을 김동수의 월급에서 제한 것이다.

최용기가 말을 이었다.

"사장놈은 신촌에다 세컨드를 두고 있어. 배달꾼 한명이 여자하고 아파트로 들어가는 사장을 봤다는 거야."

"……."

"밤 10시쯤이라니 살림 차려준 거야."

"개판이군요."

김동수가 잇사이로 말했다.

"사장은 세컨드한테 살림 차려줬고 경리부장은 경리담당하고 놀아나고 말이죠."

"이런 회사에 충성을 바칠 필요가 있냐? 안 그래?"

"맞습니다."

"너하고 나하고만 손발을 맞추면 한 달에 삼사백 먹는 건 일도 아니다."

차의 속력을 높이면서 최용기가 목소리를 높였다.

"사장하고 오부장이 체크를 하는데도 한계가 있단 말이다. 안 그래?"

"그렇습니다."

본론이 이것이다. 오늘 수원의 중국 농산물만 전문으로 취급하는 도매상한테 같이 가자면서 김동수를 데리고 나온 이유가 바로 이것인 것이다.

김동수의 대답을 들은 최용기가 웃음 띤 얼굴로 힐끗 보았다.

"너도 이제 대충 윤곽을 잡았을테니까 이런 말을 하는 거야."

"예, 과장님."

"앞으로 창고로 들어가는 물품의 10%는 우리가 빼돌리자구."

순간 김동수는 숨을 죽였고 앞쪽을 응시한 채 최용기가 말을 잇는다.

"5백킬로그램 들어가면 창고로 가기 전에 10%를 빼돌리잔 말야."

"창고에서 다시 중량을 잴텐데요?"

"창고장 윤씨하고는 이미 합의가 되었어."

속력을 줄인 최용기가 김동수를 향해 이를 드러내고 웃었다.

"물론 오부장이나 사장이 따라가지 않는 물품에 한해서다."

사장이나 오기호는 열 번 중 한번 정도나 물품을 받고 창고까지 따라가는 것이다. 지금까지 김동수가 거의 다 그 일을 했다. 잡일이었고 막일이어서 쫄따구가 하는 수밖에 없었던 것이다.

머리를 끄덕인 김동수가 말했다.

"알겠습니다. 하지요. 그런데 어디서 빼냅니까?"

"내가 그때마다 장소를 알려 줄테니까 그건 걱정마."

최용기가 사근사근한 목소리로 말했다.

"나하고 너, 글고 창고장 윤씨까지 손을 잡으면 뉴스타 상사는 우리 것이나 마찬가지다. 사장이나 오부장은 바지저고리가 되는겨."

김동수가 심호흡을 했는데 그것이 꿈에 부푼 행동으로 보일지도 모른다.

그날 오후에 김동수는 다시 정수민의 전화를 받았다.

"오빠, 바빠요?"

하고 정수민이 물은 순간 김동수의 머릿속에서 계산기 버튼 누르는 소리가 요란했다.

왜? 무엇을? 어떻게? 물론 숫자 계산은 아니지만 앞뒤 좌우를 재느라 김동수는 잠깐 말을 잃었다. 오전에 최용기한테서 들은 이용하고 이용당하는 사회생활에 대한 강좌 영향도 있을 것이다.

이윽고 김동수가 대답했다.

"아니, 별로."

그리고 둘이 상계동의 곱창 식당에서 마주 앉은 것은 오후 8시경이다. 오늘 정수민은 그 S · F 모자를 벗고 머리를 드러냈는데 파마한 머리가 풍성하게 어깨 위로 늘어졌다. 캐주얼 셔츠에 바지 차림이었지만 전혀 다른 분위기다.

곱창 안주에 소주를 마시기로 합의한 후에 김동수가 지그시 정수민을 보았다.

"인간사회는 서로 이용하는 관계라고 배웠어. 실제로도 그렇게 겪어 왔고."

잠깐 말을 그친 김동수가 쓴웃음을 짓는다.

"내 이용가치는 뭔지 알겠어. 근데 넌 나한테 뭘 내놓을래?"

"오빠가 필요한 것 말해봐."

놀라지도 않고 정수민이 바로 그렇게 대답하는 바람에 김동수는 입맛을 다셨다. 정수민도 대비를 하고 있는 것이다. 김동수가 눈을 가늘게 떴다.

"네가 내놓을게 뭔데? 내가 그것부터 알아야 되지 않겠어?"

"뻔하지 뭐."

정색한 정수민이 손가락 두 개를 폈는데 꼭 V자 같았다. 뭐가 빅토리야?

김동수의 시선을 받은 정수민이 말을 잇는다.

"두 가지, 돈하고 몸."

순간 김동수는 숨을 들이켰다. 역시 그것 외에는 없다.

그때 정수민이 물었다.

"오빠 어떤거 원해?"

"둘 다."

"좋아. 다 줄게."

곱창과 술이 날라져 왔지만 정수민은 종업원이 그릇을 내려놓는 중에도 말을 잇는다.

"철저히 기브 앤 테이크로 해. 미리 선금 받는 거 없기. 떼어먹으면 그만이니까 말야. 안 그래?"

"그렇긴 하네."

"그럼 먼저 오빠가 내놓아 봐."

종업원 아줌마가 힐끗거리며 떠났을 때 김동수가 심호흡을 하고나서 대답했다.

"회사에서 구입하는 물건에 네 자금도 끼워줄게. 회사 물건이라 안전해."

"자금은 얼마나 준비해야 돼?"

"천만 원 정도."

"마진은 얼마나 남는데?"

"두 배 정도."

머리를 끄덕인 정수민이 국자로 곱창 내비를 젓다가 불쑥 물었다.

"마진 중에서 내가 얼마 떼주면 돼?"

"50%."

"30%로 해."

"그럼 몸 받고 30%로 하지."

그러자 정수민이 빙긋 웃었다.

"좋아. 합의 한거다?"

김동수도 술잔에 소주를 따르면서 따라 웃었다.

정수민을 시계 사업에 참여시킬 작정인 것이다. 이제 정수민의 자본금 1천만 원을 보태면 자신의 자본금은 2천만 원이 된다. 그럼 마진이 일억이다. 직접 뛰는 위험 부담까지 안는 마당에 자본금 1천만 원으로 5천만 먹기는 억울하다. 5천 자본금을 이쪽이 2천, 박미향 3천으로 조정하고 마진도 같은 비율로 먹는 것이다. 물론 일 끝나고 정수민한테는 마진 2천만 주면 된다.

술잔을 든 김동수가 지그시 정수민을 보았다.

"어때? 선금이 아니라 계약금을 오늘 받으면 안될까?"

"오빠가 먼저 들어가."

여관 앞에서 정수민이 걸음을 멈추더니 말했다. 가로등을 등지고 선 얼굴은 그늘에 덮여져 있다.

"들어가서 방 번호만 말해줘. 내가 쫌 있다 갈게."

그러자 김동수가 얼굴을 일그러뜨리고 웃었다.

"니가 안 오면? 난 여기서 방 값만 버리고 나온단 말이지?"

"아냐. 꼭 들어갈게."

김동수가 주위를 둘러보는 시늉을 했다. 도로에서 30미터쯤 안쪽의 골목에 둘이 서있다. 오가는 행인도 드문드문했고 여관에 들어가기 좋도록 가로등도 뒤쪽에 한 개 뿐이어서 어둡다.

"여관 들어가기 싫다면 그냥 말해. 나도 안 들어갈 테니까."

김동수가 차분한 목소리로 말을 잇는다.

"여기까지 왔다가 같이 들어가기 싫다면서 나중에 들어오겠다니. 그게 말이나 되냐?"

"아냐, 정말야."

"아, 시발."

마침내 입맛을 다신 김동수가 어깨를 치켜세웠다가 내리더니 발을 떼었다. 다시 골목 밖으로 나가는 것이다.

"시발, 장난하고 있어."

걸으면서 정수민 들으라고 한마디 했다.

그런 성격의 친구가 가끔 있다. 분위기에 휩쓸려 어울렸다가 결정적인 순간에 와락 겁이나 주춤거리는 유형. 그때는 말도 되지 않는 핑계를 대면서 일단 그 자리를 모면하려고 허둥댄다. 정수민이 바로 그 꼴이었다. 그리고 그런 유형은 절대 믿을 수가 없는 것이다.

어깨를 흔들며 걷던 김동수가 다시 혼잣말처럼 말을 뱉는다.

"하마터면 클날 뻔 했네. 마침 잘 됐어."

골목 밖으로 나온 김동수가 마침 지나는 택시를 세우고 탔다. 운전사에게 행선지를 말한 김동수가 시트에 등을 붙이고는 길게 숨을 뱉었다.

222

아쉬웠지만 한편으로는 개운했다.

　김동수가 계약금식으로 같이 여관에 가자고 했을 때 정수민은 선선히 응했던 것이다. 분위기에 휩쓸린 것이 분명하다. 뭐? 내놓을게 두 개라구? 김동수의 얼굴에 쓴웃음이 떠올랐다. 하마터면 똥 밟으려다 만 것 같은 생각도 든다. 무슨 각서네 합의서 따위도 만들지 않았지만 그렇게 엉키고 나면 귀찮게 만드는 방법은 얼마든지 있는 것이다.

　그때 핸드폰이 진동을 했으므로 김동수는 생각에서 깨어났다. 핸드폰의 발신자 화면에 정수민의 번호가 찍혀져 있다. 김동수는 핸드폰을 바지 주머니에 다시 넣었다. 그러자 핸드폰이 죽어가는 벌레처럼 몇 번 더 떨다가 멈췄다. 이것으로 끝이다.

　그때 다시 핸드폰이 진동을 한번 하더니 멈췄다. 메시지다. 핸드폰을 꺼내 든 김동수가 발신자를 보았다. 정수민이 메시지를 보냈다. 김동수가 메시지 버튼을 누르자 글자가 떴다.

　"오빠, 나 309호실."

　정수민이 먼저 방에 들어가 있다는 말이었다. 순간 숨을 멈춘 김동수가 머리를 들었다. 머릿속에서 다시 맹렬한 계산이 일어났다.

　"아저씨, 돌아가 주세요."

　계산이 끝나기도 전에 김동수의 입에서 말이 뱉어졌다.

　오후 10시 40분이다. 길이 잘 뚫려서 한참 기분 좋게 가속기를 밟던 운전사가 먼저 백미러부터 보았다. 김동수의 목소리가 더 굵고 다급해졌다.

　"빨리요. 아까 내가 탔던 곳으로."

　"왜요? 뭘 잊었습니까?"

　우회전 신호등을 켜면서 운전사가 묻자 김동수는 커다랗게 머리를 끄덕였다.

"예, 맞아요. 놔두고 온 것이 있어요."

이제 계산은 할 것도 없다.

"돈이 있어야 연애를 하지."

누가 애인 있느냐고 물으면 김동수가 속으로 했던 말이다. 그러나 물론 겉으로는 다른 핑계를 댄다. 주머니가 든든해야 여자를 만날 여유가 만들어지는 법이다. 쉽게 말해서 굶은 놈은 배고픔부터 해결하는 것이 우선이다.

고등학교 시절부터 지금까지 김동수는 스쳐 지나는 여자는 숱하게 겪었지만 깊게 사귀지는 못했다. 기회가 생겼더라도 피했다는 표현이 맞을 것이다. 여자 만나서 차 마시고 밥 먹고 구경 갈 돈이 없었기 때문이다. 그것이 자신감 결여라고 말하는 놈이 있다면 김동수는 그런 놈은 사기꾼이라고 되받아 줄 것이다.

돈도 없으면서 어떻게 연애를 한단 말인가? 얻어먹는 것도 한두 번이다. 여자가 필요하면 싼 값에 살 수 있는 곳에서 해결했다. 여자와의 하룻밤을 위해서 보름간 돈을 모은 적도 있다. 공사판에서 일한 돈의 10%를 보름간 모았다는 말이다. 여자한테 공사판 일당 며칠 분을 한꺼번에 쏟는 놈은 미친놈이다.

그것이 김동수 스타일이다. 김동수는 그렇게 여자를 겪어왔다.

"아우, 나 죽겠어."

가쁜 숨을 뱉으면서 정수민이 말했다. 침대에 사지를 편 채 늘어진 정수민은 알몸을 다 드러냈지만 손끝하나 들어 올릴 기력도 없는 것 같다. 정수민의 숨결에 앓는 소리가 섞여져 나오고 있다.

김동수는 손을 뻗쳐 침대 밑에 떨어뜨린 바지 주머니에서 담배를 꺼내 입에 물었다. 탁자에 부착된 전광 시계가 밤 12시 반을 가리키고 있다. 방안은 아직도 열기에 쌓인 습기가 가득 차 있다. 비린 정액의 냄새로 덮여져 있는 것 같다.

김동수가 불을 붙인 담배를 깊게 빨아들였다가 한숨과 함께 내품었다. 그때 정수민이 말했다.

"오빠, 애인하고는 사귄지 얼마나 돼?"

김동수가 담배 연기를 다시 한 번 뱉고 나서 대답했다.

"한 이년 되었나?"

"꽤 오래 되었네."

"그런가?"

몇 모금 밖에 피우지 않은 담배를 재떨이에 비벼 끈 김동수가 팔을 뻗어 정수민의 어깨를 당겨 안았다. 정수민이 순순히 김동수의 가슴에 빈틈없이 안겼다.

섹스를 하면 상대방과 호흡이 맞을 때가 있다. 특히 직업 여성과 관계한 경험이 많은 김동수는 상대의 감정보다 육체의 반응에 익숙해진 편이었다. 그래서 정수민의 몸에 집중할 수 있었다.

"이러다 밤새겠네."

다시 가슴에 얼굴을 붙인 정수민이 더운 숨을 뱉으면서 말했을 때 김동수의 얼굴에 열은 웃음기가 떠올랐다. 물론 그것을 정수민은 보지 못한다. 다시 뜨거워진 김동수의 몸이 정수민의 허벅지에 밀착되었고 몸을 비틀 때마다 자극이 전해질 것이었다.

"나, 너무 쉬운 여자같이 보이는게 싫어서 그랬어."

김동수의 애무에 온 몸을 맡긴 채 정수민이 열에 뜬 목소리로 말했다.

두 눈을 감은 정수민의 숨결에 다시 신음이 섞여지고 있다. 김동수가 정수민의 젓꼭지를 입안에 넣고 혀끝으로 굴렸다.

"여관에 남자하고 여자가 같이 들어가는거, 정말 보기 싫었거든."

그런 이유때문인가? 김동수는 정수민의 몸 위에 오르면서 이 말은 계산 없이 들어도 괜찮겠다는 생각을 한다. 두 몸이 합쳐진 순간 정수민이 커다란 신음을 뱉으면서 사지를 빈틈없이 밀착시켰다.

김동수의 머릿속도 하얗게 되더니 계산이 멈춰졌다. 다시 방 안에 거칠고 뜨거운 숨결과 함께 두 남녀의 거침없는 탄성이 터져 나오기 시작했다.

5개월간 뉴스타 상사에서 김동수는 여러 가지를 배웠다.

최용기로부터는 인간들은 서로 이용하는 관계로 엮여져 있다는 것을 배웠다. 이용가치가 없으면 가차 없이 떨어져 나간다는 것이다. 맞는 말이다. 실제로 겪어보니 알겠다.

조직에는 리더가 필요하다는 것도 배웠다.

물론 뉴스타 상사의 리더는 사장 박한식이다. 그러나 박한식은 리더 자질이 모자랐다. 저 빼놓고 다섯 명밖에 안 되는 직원 모두를 의심해서 중요한 작업은 제가 직접 나섰다.

최과장은 물론 제 처남인 오부장, 처남의 처제인 박미향도 믿지 않는 것이다. 그러니 리더십은 개뿔이었고 각개격파다. 그러다 영업사원은 몇 달이 안가 딴 주머니를 차고 튀쳐나갔다. 박한식은 김동수에게 반면교사 같은 존재였다.

다음 날 오후 김동수는 인천 부두에 나가 배경필을 만났다. 이번에는 배경필과 14명의 인간 컨테이너가 중국에서 건포도 1200kg을 가져왔기 때문이다. 어떤 품목이건 간에 국내 시세가 올라가면 사흘 안에 중국에서 물건을 들여오는 것이다.

사장 박한식은 언젠가 김동수한테 그것이 바로 국내 가격을 낮춰 소비자를 위하는 효과가 있다고 정색한 얼굴로 말한 적이 있다. 그때는 그런가보다 했지만 지금은 개뿔 같은 소리로 안다.

"어, 1200kg이 맞아."

자루를 쌓아놓고 기다리던 배경필이 김동수를 보자마자 말했다. 배경필은 지난번 30kg을 빼먹은 양을 김동수가 월급에서 까고 있다는 것을 아는 것이다. 김동수는 들은 척도 않고 저울을 꺼내 한 개씩 자루 무게를 달았다. 그리고는 건포도 자루 세 개에 한 개씩 내용물을 꺼내 품질 검사도 했다.

"앗따, 이 아자씨 꼼꼼하구만."

배경필이 옆에서 빈정거렸지만 말리지는 못했다.

오늘 인간 컨테이너에 여자가 세 명 끼어 있었는데 정수민 모녀는 연락을 받았지만 핑계를 대고 빠졌다고 했다.

검사를 마친 김동수가 배경필을 보았다.

"1187kg입니다. 13kg이 부족해요. 인정하시죠?"

"앗따, 정말 이렇게 나올껴?"

"할 수 없습니다. 창고에서 중량 다시 체크해서 모자라면 지난번처럼 내 월급에서 까진단 말입니다."

김동수가 지난번이란 단어에 힘을 주었더니 배경필이 입속으로 구시렁거리고는 더 이상 시비를 놓지 않았다. 1187kg의 인수증을 써준 김동수가 오늘 끌고 온 1톤짜리 탑차에 건포도를 싣고 부천 창고로 향했다.

오후 6시 반이다. 30분쯤 차를 달린 김동수가 부천 교외의 창고 앞에

227

서 차를 세우자 곧 사내 하나가 다가왔다.

"에이구, 한 시간이나 기다렸어."

하고 사내가 투덜거렸는데 장익준, 배달꾼중 하나로 최과장과 손발이
맞는 인간이다.

장익준은 중간에서 물건을 떼어 보관하는 동업자인 셈이다. 그러니
중간에서 떼어먹는 일당은 최용기, 김동수에 창고장 윤씨 거기에다 장익
준까지 넷이 되겠다. 장익준이 60kg짜리 건포도 자루 두 개를 빼내면서
웃었다.

"겨우 10%지만 티끌 모아서 태산 되는겨. 잘 해보자구."

김동수는 아무말 하지 않았다.

다시 차를 몰아 부천 창고에 닿았을 때 기다리고 있던 창고장 윤씨가
맞았다. 건포도 자루를 내려 저울에 달고 난 윤씨가 1187kg짜리 송장에
다 확인 도장을 찍어주면서 물었다.

"120kg 빼내갔구만?"

"예, 맞습니다."

그러자 윤씨가 웃었는데 조금 전의 장익준과 웃는 분위기가 똑같았다.

"비자 받았죠?"

다음 날 점심시간, 사무실에 둘이 남았을 때 박미향이 물었다. 출발일
이 사흘 앞으로 다가온 것이다.

"예, 어제 나왔습니다."

김동수가 박미향의 눈을 보면서 대답했다.

10평쯤 되는 사무실 안이어서 박미향과 거리는 2미터정도, 비스듬한
위치였지만 콧등의 주근깨도 다 보인다.

228

"여기도 준비 다 되었어요. 돈만 가져가면 돼요."

박미향이 부드러운 표정으로 말을 잇는다.

"귀찮게 달라 가져갈 것도 없어요. 수표 건네줘도 돼요."

"내가 2천 내도 됩니까?"

불쑥 김동수가 묻자 박미향의 얼굴이 순식간에 굳어졌다. 눈썹 하나 까닥하지 않는 것이 꼭 정지된 화면 같다.

김동수가 말을 잇는다.

"솔직히 내가 진 부담만큼 몫도 늘리자는 거죠. 박미향씨가 안된다면 할 수 없지만 말입니다."

"내가 말하지 않았지만 경비가 꽤 들어가요."

"그것도 2대 3으로 같이 부담합시다."

김동수가 시선을 떼지 않고 말했다.

인간의 뇌는 그 섬광같은 순간에도 맹렬하게 생각을 만들어낸다. 김동수의 뇌가 만들어낸 생각은 박미향과 섹스를 했다면 이런 제의는 못했겠다는 것이었다.

그때 박미향이 얼굴을 펴고 웃었다.

"좋아요. 그렇게 하죠. 천만 원권 수표로 준비해 오세요. 나두 삼천 준비할께요."

"고맙습니다."

"그럼 앞으로도 2대 3의 비율로 하는 것으로 알고 있을게요."

그러더니 자리에서 일어섰다.

"점심때 세관 사람을 만나기로 했어요."

박미향이 말을 이었다.

"로비 자금으로 천만 원 들어요. 그것도 2대 3으로 나눠야겠죠?"

"그러죠."

몸을 돌린 박미향이 사무실을 나갔으므로 김동수는 길게 숨을 뱉는다. 자리에 앉은 김동수가 핸드폰을 꺼내 버튼을 누르자 신호음이 두 번 울리더니 응답 소리가 들렸다.

"오빠 점심 먹었어?"

정수민이다.

"응 그래. 근데 너 돈 얼마 준비할 수 있어?"

김동수가 묻자 정수민은 금방 대답했다.

"천만 원."

"좋아. 그럼 그거 수표 한 장으로 준비해. 내가 물건 사러 중국에 갈테니까."

"뭘 사오는데?"

"그건 넌 몰라도 돼."

"얼마 남는데?"

"두 배."

다섯 배 남는다고 할 수는 없다. 두 배만 남겨줘도 하느님 소리를 할 것이다. 그 순간 수화기에서 숨 들이켜는 소리가 들리더니 정수민이 다급하게 말했다.

"알았어. 언제 줄까?"

"내가 사흘 후에 떠나니까 오늘이나 내일까지."

"그럼 오늘 저녁에 만나."

그리고는 묻는다.

"오늘 나, 집에 안 들어가도 되지?"

"이게 정말."

230

김동수의 얼굴에 웃음이 떠올랐다.

"너, 내 애인 떨어지게 만들려는 거야?"

"능력 있는 남자는 애인 둘쯤 보통이라고 하더라 뭐."

거침없이 대답한 정수민도 큭큭 웃었다.

통화를 끝낸 김동수가 자리에서 일어섰을 때 마침 최용기가 들어섰다.

"사흘 휴가 가서 푹 쉬고 와."

최용기가 선심 쓰듯이 말했다.

그 사흘 동안 중국에 물건 가지러 가는 줄 안다면 최용기는 기절할 것이다.

저녁때 만난 정수민이 자리에 앉자마자 가방에서 흰 봉투를 꺼내 내밀었다.

"여기, 천만 원짜리 수표."

인사동의 한방 찻집 안이다. 김동수는 이곳이 처음이었지만 정수민은 단골이라고 했다. 녹차가 진품이라는 것이다.

수표를 확인한 김동수가 주머니에 넣으면서 물었다.

"영수증 달라고 안 해?"

"필요 없어."

"너 왜이래? 집에 돈도 없다면서?"

정색한 김동수가 나무랬다.

정수민은 어머니하고 둘이서 전셋집에 산다고 했다. 10년쯤 전에 아버지가 교통사고로 돌아가신 후부터 어머니가 보험 설계사로 일하면서 살아왔다고 했다. 그러다 인간 컨테이너 일을 알바로 맡게 되었다는 것이다.

김동수가 지나던 종업원에게 메모지와 펜을 부탁하고는 정수민을 쏘아보았다.

"내가 이 돈 갖고 도망가면 어쩌려고 그래? 너, 이러니까 소똥으로 만든 우황청심환을 사온 거야."

"아, 그만해."

이맛살을 찌푸린 정수민이 머리까지 저었다.

7백만 원을 주고 사온 우황청심환을 쓰레기통에 버린 것이다. 게다가 하마터면 정수민의 어머니까지 사기로 구속 될 뻔 했다.

종업원이 메모지와 볼펜을 가져다주었으므로 김동수가 영수증을 써서 내밀었다.

"갖다가 어머니 드려. 어머니가 마음을 놓으실 거다."

"고마워 오빠."

"별 인사를 다 받네."

"근데 뭐 가져오는데 오빠가 직접 가?"

"짝퉁 시계."

정수민한테는 비밀을 지킬 필요가 없을 것 같아서 김동수가 낮게 말했다.

눈을 둥그렇게 뜬 정수민이 다시 묻는다.

"짝퉁 시계? 괜찮을까?"

"다 손을 써 두었어."

"하지만…."

"아, 걱정마."

손바닥을 펴 보인 김동수가 쓴웃음을 지었다.

"최악의 경우에도 넌 손해보지 않을 테니까. 내가 방금 영수증 써 줬

232

잖아? 나한테서 원금은 받게 될 테니까 말야."

"오빠 어떻게…."

"우리 술이나 먹자."

하고 김동수가 화제를 돌렸으므로 정수민이 손목시계를 보았다.

"좋아. 내가 오늘은 술 살게."

커피숍에서 나온 둘은 한정식 식당에서 밥과 찬을 안주로 삼아 술을 마신다.

"근데, 오빠 애인은 몇 살이야?"

문득 정수민이 물었을 때는 막걸리를 세 주전자째 시켰을 때였다. 정수민이 갑자기 생각 난 것처럼 물었지만 웃음 띤 얼굴의 눈빛이 강했다. 긴장하고 있는 것 같다.

"나하고 동갑."

김동수의 입에서 저절로 그렇게 말이 나왔다. 박미향을 떠올린 것이다.

"나 때문에 애인하고 만날 기회가 적어졌겠네. 그지?"

"천만에."

술잔을 든 김동수가 쓴웃음을 지었다.

"맨날 만나는데 뭐."

이제는 눈만 깜박이는 정수민을 향해 김동수가 말을 이었다.

"우리 사무실 바로 옆에서 일하고 있기 때문에."

"……."

"오늘 점심때도 데이트 했는걸 뭐."

같은 회사 직원이라면 금방 누군지 알게 될 것이었다.

벌컥이며 술을 삼킨 김동수가 술잔을 내려놓았다. 하긴 박미향 덕분

233

에 이렇게 큰 작업을 맡았다. 박미향은 여러모로 이용가치가 큰 여자다.

다롄항에 도착했을 때는 오전 8시 반이다.

손가방 하나만 달랑 들고 온 터여서 김동수가 입국 대합실로 나오기까지 30분밖에 걸리지 않았다. 다롄은 말할 것도 없고 중국 방문은 처음인 김동수다. 대학 3학년 때 배낭여행을 한답시고 태국과 미얀마, 베트남 3국을 돌아다녀 보았지만 중국 땅은 밟지 못했다.

주머니에 넣은 휴대폰이 울린 것은 대합실에서 서성댄 지 5분쯤 되었을 때였다.

"김동수씨?"

핸드폰을 귀에 붙였을 때 사내의 목소리가 울렸다.

조선족 동포 하영진. 뉴스타 상사의 중개인 중 하나로 김동수도 서너 번 통화를 한 적이 있다.

"예, 접니다."

김동수가 응답하자 하영진은 킥킥 웃었다.

박미향은 하영진이 이번 거래의 중개인이라는 사실을 출발하기 직전에야 알려주었던 것이다. 그 만큼 기밀을 지키고 있다는 표시여서 김동수는 오히려 믿음이 갔다.

하영진이 묻는다.

"지금 어디슈?"

"입국 대합실에 있습니다."

"나도 거기 있는데."

"제가 노란색 점퍼에다 검정색 손가방을 들었습니다. 3번 출구 앞에 있는데요."

"아, 찾았다."

하더니 곧 사람들을 헤치며 40대쯤의 사내가 김동수에게로 곧장 다가
왔다. 둥근 얼굴에 웃음기가 가득 번져져 있다.

"김동수씨, 반갑습니다."

서로 초면이어서 하영진이 손을 내밀며 말했다. 두툼한 손이었다. 악
수를 나눈 하영진이 눈으로 건물 밖을 가리켰다.

"갑시다. 물건은 다 준비 되었으니깐. 검사하고 돈만 내면 끝납니다."

"어디에 있습니까?"

"저기 길 건너편 호텔. 걸어서 5분밖에 안 걸립니다."

머리를 끄덕인 김동수가 몸을 돌려 뒤에다 손짓을 했다. 그러자 두
사내가 다가왔다. 하나는 박미향이 딸려 보낸 시계 검사원 최 선생이었
고 또 하나는 김동수의 고향 친구 조대준이다.

그들을 본 하영진이 그럴 줄 알았다는 표정으로 웃었다.

"검사원입니까?"

"예, 아무래도 여기서 검사를 해야 될 것 같아서요."

"그래야죠."

선선히 머리를 끄덕인 하영진이 앞장을 섰다.

5분 거리라고 했지만 항구 건너편의 거리에 위치한 호텔까지는 10분
이 더 걸렸다. 작지만 깨끗한 호텔 로비로 들어선 하영진이 프런트의 직
원들을 행해 큰소리로 아는 척을 하면서 엘리베이터로 앞장서 갔다. 거
침없는 태도였다.

일행이 엘리베이터에서 내린 곳은 5층이다. 하영진은 복도 끝방인
501호실에 다가가더니 벨을 누르고는 김동수를 향해 웃었다.

"오늘 저녁에 출발 하실 때까지 마사지나 하시지요."

그때 김동수가 대답을 하기도 전에 방문이 열렸다. 그리고는 사내 하나가 똑바로 김동수를 보았다. 50대쯤의 사내는 단정한 양복 차림이었는데 긴장한 표정이다.

하영진이 중국어로 말하더니 일행을 방으로 안내했는데 방에는 사내 하나가 더 있었다. 그리고 침대 위에는 커다란 여행 가방이 놓여 있다. 시계인 것 같다.

그때 하영진이 떠들썩한 목소리로 말했다.

"자, 검사 시작하십시다. 모두 5백30개라는데 시간 좀 걸리겠는데."

그러자 50대 사내가 한국어를 알아듣는지 가방을 폈다.

그 순간 가방 안에 가득 찬 시계가 드러났다. 갖가지의 시계가 방안의 불빛을 받아 반짝이고 있다.

김동수는 심호흡을 했고 보디가드로 따라온 고향친구 조대준은 침을 삼켰다.

검사를 끝냈을 때는 세 시간쯤 후인 오전 12시경이었다.

"괜찮아."

안경을 벗은 검사원 최 선생이 김동수에게 말했다.

"진짜로 속여서 팔아 묵어도 되겠어."

"거봐."

얼굴을 펴고 웃은 하영진이 다시 중국어로 방안의 두 사내에게 말했다. 사내들이 누런 이를 드러내고 웃는다.

"자, 그럼 계산하실까?"

하고 하영진이 눈짓을 했으므로 김동수는 화장실로 따라 들어섰다.

"이 방은 내가 잡아 놓았으니까 저녁에 배 탈 때까지 쓰면 돼요."

하영진이 문에 등을 붙이고 서서 말했다.

머리를 끄덕인 김동수가 지갑에서 1천만 원권 수표 5장을 꺼내 내밀었다.

"우리 사이에 믿고 받아야겠지만."

수표를 받아 쥔 하영진이 눈웃음을 쳤다.

"아래층에 사람이 기다리고 있어. 이 수표를 확인하는데 10분이면 될 거야."

하영진이 이제는 완전히 하대를 했다.

"좋습니다. 같이 갑시다."

선선히 머리를 끄덕인 김동수가 하영진과 함께 화장실을 나왔다.

최 선생과 조대준을 향해 잠깐 로비에 다녀오겠다고 말하자 하영진은 두 중국인에게 중국어로 이야기 했다. 그래서 방을 나올 때는 중국인까지 넷이 나왔다. 방에는 시계 가방과 함께 둘이 남은 것이다.

넷이 로비로 내려왔더니 안쪽 소파에 앉아있던 사내가 손을 들었다.

"많이 기다렸습니까?"

하영진이 한국어로 묻자 사내가 김동수를 힐끗거리면서 대답했다.

"한 30분 되었나?"

"수표 확인 좀 합시다."

하면서 하영진이 사내에게 수표 5장을 내밀면서 말했다.

"음, 국제은행 수표구만."

머리를 끄덕인 사내가 핸드폰을 꺼내들더니 버튼을 누른다. 그리고는 잠시 기다렸다가 목소리를 높였다.

"아, 박형. 납니다. 바쁘신데 수표 좀 확인합시다."

한국인 사업가 같다. 그리고 사내가 전화를 하는 곳은 한국계 은행일 것이다. 수표 번호를 하나씩 불러주던 사내가 이윽고 머리를 들고 하영진을 보았다.

"됐어."

그러자 하영진이 김동수에게 손을 내밀었다.

"자, 김형. 앞으로 잘 해보십시다."

"잘 부탁합니다."

악수를 나눈 김동수가 몸을 돌리면서 수표 확인 한 한국인은 물론이고 시계 가져온 중국인 두 명하고도 통성명도 하지 않았다는 것을 깨달았다.

김동수가 방으로 돌아왔더니 최 선생이 자리에서 일어서며 말했다.

"난 일 끝냈으니까 여기서 구경이나 다니다가 배 탈거요."

"그렇게 하시지요."

함께 있기 싫다는 눈치였으므로 김동수가 선선히 머리를 끄덕였다. 선실 예약도 최 선생은 다른 방을 썼다.

"그럼 서울에서 만납시다."

하면서 최 선생이 방을 나가자 김동수는 쓴웃음을 지었다.

"야, 괜찮겠나?"

둘이 남았을 때 침대위에 놓인 가방을 눈으로 가리키며 조대준이 물었다.

조대준은 일당 5십만 원을 주고 고용을 했다. 배 타고 오면서 내막을 말해 주었지만 조대준은 위험 부담이 없다. 김동수가 들고 내릴 것이기 때문이다. 그저 가방 지키기만 하면 되는 것이다.

김동수가 손목시계를 보더니 가방을 쥐었다.

"자, 나가자. 다른 곳으로 옮겨야겠다."

이 방에서 저녁때까지 있기는 불안했다.

새로 옮긴 호텔은 그곳에서 2백 미터쯤 떨어진 약간 혼잡하고 지저분한 분위기였다.

김동수는 조대준의 이름으로 방을 예약했는데 호텔까지 오는 동안 누가 미행하는 것 같지는 않았다.

"너, 참 바쁘게 사는구나."

방에 들어 와 가방을 내려놓고 자리에 앉았을 때 조대준이 손등으로 이마의 땀을 닦으면서 말했다.

조대준은 고등학교 동창으로 역시 지방대학을 졸업하고 지금도 알바쟁이다.

조대준이 가방을 눈으로 가리키며 물었다.

"저거 넘기면 얼마 남는 거냐?"

"내 앞으론 원금하고 경비 제하고 5천쯤 남겠다."

"으음."

신음을 뱉은 조대준이 정색하고 김동수를 보았다.

"야, 나 좀 끼워줄래? 부탁 좀 하자."

"얀마, 이거 걸리면 전과자 되는겨. 글고 난 심부름꾼이다. 시킨 대로만 하는 놈이란 말여."

조대준의 시선을 받은 김동수가 쓴웃음을 지으면 말을 잇는다.

"내가 어떻게 여기 중개상, 서울 도매상을 엮을 수 있겠나? 5개월밖에 안된 초짜가 말이다. 난 몸으로 뛰는 처지란 말이다."

"몸으로 뛰어도 한탕에 5천 남긴다면 그게 어디여?"

조대준이 김동수를 노려보았다.

"그게 안 된다면 당분간 니 보디가드로라도 취직 시켜주라."

"이런 일이 많은게 아냐. 한 달에 한두 번."

"그럼 넌 한 달에 1억?"

"야, 다 그런 게 아냐."

손을 저어보인 김동수가 손목시계를 보았다.

"나가서 밥 사먹을 순 없으니까 내가 먹을 거 사올게."

"그렇구만."

가방을 손바닥으로 두들겨 보인 조대준이 웃었다.

"이 보물을 호텔방에 놔두고 갈 수는 없지."

"넌 인천에서 내릴 때 나한테서 떨어져."

정색한 김동수가 말을 잇는다.

"걸려도 나 혼자 걸릴테니까 말이다."

"손을 다 써 놨다면서?"

"그래도 어떻게 될지 모른다."

문으로 다가간 김동수가 조대준을 돌아보며 말을 잇는다.

"이런 일 하면서 배운 게 뭔지 알아? 아무도 믿지 말라는 거다."

방을 나온 김동수가 호텔 근처의 식당에서 국수와 반찬가지를 사들고 왔을 때까지는 20분쯤이 걸렸다. 열쇠를 가져갔으므로 문을 열고 들어섰던 김동수는 그 자리에서 몸을 굳혔다.

방구석에 조대준이 팔과 다리를 묶인 채 모로 눕혀져 있었던 것이다. 거기에다 입에는 테이프까지 붙여져 있다. 그리고 침대 위에 놓았던 가방도 보이지 않는다.

김동수는 조대준에게 다가가 입에 붙인 테이프부터 떼어 냈다. 그러자 조대준이 신음을 뱉으면서 말했다.

"갑자기 세 놈이 밀고 들어왔어."

손을 감은 테이프를 떼어냈더니 조대준이 뒷머리를 손바닥으로 쓸면서 다시 신음했다.

"무조건 날 패고 묶고 나서 가방을 가져갔어. 글고 내 여권하고 지갑도."

조대준의 얼굴은 울상이 되었다.

"야, 이거 어떡하냐?"

"어쩐지 일이 술술 풀리더라니."

어깨를 늘어뜨린 김동수가 방바닥에 주저앉아 침대 기둥에 등을 붙였다. 조대준의 시선을 받은 김동수가 얼굴을 일그러뜨리며 웃는다.

"시발, 망했다."

김동수가 귀국한 것은 출국을 한지 사흘째가 되는 날 오후였다.

조대준의 여권을 빼앗겼기 때문에 영사관에 가서 확인을 하고 임시 여권을 받는데 시간이 걸렸기 때문이다.

"너, 그만둬."

나흘째 되는 날 회사에 출근했더니 사장 박한석이 대번에 말했다.

사무실 안에는 경리부장 오기호, 영업과장 최용기에다 박미향까지 다 있었는데 모두 입을 다문 채 시선만 준다.

눈을 치켜뜬 박한식이 잇사이로 말했다.

"뭐? 휴가내고 중국에 놀러갔다 왔어? 이 시발 놈이 날 뭘로 보고."

그러더니 손에 들고 있던 빈 종이컵을 김동수에게 던졌다. 종이컵이 날아가 옆쪽 벽에 맞았다.

"너 이새끼, 뭘 가져왔는지 모르지만 이 장사는 못할 거다. 두고 봐."

그 말에 김동수는 어깨를 늘어뜨렸다.

사장이 제 방으로 들어갔을 때 이번에는 오기호가 다가왔다. 그러더니 외면한 채 말했다.

"책상 정리해."

"알았습니다."

"퇴직금 없는 거 알지?"

"압니다."

"뭐 가져왔냐?"

"안 가져왔습니다."

"안마, 니 입출국 기록을 우리가 다 체크했어. 다롄에서 고추 가져왔냐?"

책상 서랍을 열던 김동수의 시선이 박미향의 옆얼굴을 스치고 지나갔다. 조대준이 강도를 당한 후에 박미향한테 연락을 했던 것이다. 박미향은 놀랐지만 차분했다. 하긴 방방 뛴다고 해서 강도당한 시계가 돌아올 것인가?

"최과장한테 연락해서 휴가 며칠 더 내야겠다고 말해요."

그렇게 충고한 박미향이 전화를 끊었던 것이다.

3천만 원을 투자한 박미향으로써는 이유야 어떻든 김동수를 죽여버리고 싶었을 것이다.

책상 정리를 할 것도 없이 사물 몇 개만 봉투에 넣은 김동수가 그때까지 옆에 서있던 오기호에게 말했다.

"그럼 갑니다."

그러면서 사무실을 둘러보았더니 박미향은 물론이고 최용기도 머리도 들지 않았다. 사무실을 나온 김동수가 한 10분쯤 걸었을 때였다.

머리가 띵했고 아무 생각이 없었기 때문에 탈것을 타지 않고 무작정 걸은 것이다.

주머니에서 핸드폰이 진동을 했으므로 김동수는 꺼내 보았다. 영업과장 최용기다. 응답을 했더니 최용기가 낮게 말했다.

"야, 나도 조금 전에야 알았어. 너 진짜 다롄 갔다 온 거야?"

김동수가 가만있었더니 최용기가 말을 잇는다.

"얀마, 나한테도 비밀로 하고 무슨 작업을 하러 간 거야?"

"미안합니다."

"좌우간 오늘 저녁에 만나자."

그러더니 시간과 장소를 일방적으로 정해놓고 전화를 끊었다. 그러면 이번 작업에는 사장과 오기호가 수사를 한 것이다. 이런 일로 출입국 사무소와 안면이 넓은 터라 출입국자 체크하는 것은 일도 아니다.

그날 저녁 8시가 되었을 때 인사동의 식당에서 김동수와 최용기는 마주보며 앉았다. 최용기의 두 눈이 번들거리고 있다.

종업원에게 주문을 하고 난 최용기가 헛기침을 하고나서 말했다.

"내가 하루 종일 도매상 조사를 했어."

김동수의 시선을 받은 최용기가 얼굴을 일그러뜨리며 웃는다.

"자식, 대단해. 크게 한탕 치고 그만두었구만. 한 2억 먹었지?"

그리고는 입맛을 다시면서 다시 쨰려보았다.

"엊그제 특A급 시계 5천 개가 들어왔어. 니가 가져온 거지?"

놀란 김동수가 침부터 삼켰다.

"시계 5천 개요?"

"그래, 백용철이가 받았다는데."

맞다. 도매상 이름이 백용철이다. 그놈한테 시계를 넘기기로 한 것이다.

김동수는 심호흡을 했다. 그렇다면 시계는 계획대로 들어왔다.

다만 김동수가 제외되었을 뿐이다.

그렇다면, 그 순간 김동수의 눈앞에 박미향의 얼굴이 떠올랐다.

〈네 번째 스토리 끝〉

재혼

"7시다. 늦지 마."

하고 윤상기가 말했으므로 윤대현은 입맛부터 다셨다.

그러나 대답은 했다.

"알았어."

오후 1시 반. 오늘은 일요일이어서 둘 다 집에서 빈둥거리던 중이다.

아버지가 집을 나가자 윤대현이 투덜거렸다.

"바쁘시구먼"

그리고는 윤상기가 한 말을 흉내 내었다.

"7시다. 늦지 마."

그리고 7시 20분이 되었을 때 윤대현은 극동호텔 지하 1층의 일식당

으로 들어섰다. 입구에서 지배인에게 윤상기 이름을 대었더니 즉각 방으

로 안내되었다.

"응, 어서 오너라."

짜증낼 줄 알았더니 윤상기가 웃음 띤 얼굴로 윤대현을 맞는다.

윤상기 옆에는 두 여자가 앉았다.

"어서 와요."

웃음 띤 얼굴로 맞는 여자가 이번에 윤상기와 결혼하게 될 박미주, 그리고 그 옆에 앉아 시선도 들지 않는 계집애는 고 머시기라고 했다.

박미주한테 꾸벅 머리를 숙여 보인 윤대현이 원탁의 빈자리에 앉았다.

그때 종업원이 들어와 반찬들을 내려놓는다. 이미 주문을 다 해놓은 것이다.

"인마, 저기 니 동생한테도 인사 해야지."

종업원이 나갔을 때 윤상기가 눈으로 고 아무개를 가리키며 말했다.

그러자 박미주도 고가에게 말한다.

"얘, 수연아, 오빠한테 인사해."

둘이 손발이 맞는다. 계집애 이름이 수연인가 보다.

그때 그 애가 머리를 들고 윤대현을 보았다.

"나, 수연이야."

또랑또랑한 목소리, 눈동자가 검고 흰 창은 맑다. 그 순간 윤대현은 계집애가 멀리 떨어진 것 같은 착시 현상을 일으킨다.

"그래, 난 대현이다."

그렇게 말은 받았지만 착시 현상을 고치려고 윤대현은 눈을 깜박였다. 눈싸움에서 진 것 같아서 기분이 더러워졌다.

윤상기와 박미주가 마주보며 웃었다.

"잘 지내, 동생하고."

윤상기가 말했고 박미주가 받는다.

"오빠 속 썩이지마."

심호흡을 한 윤대현은 최소한 박미주는 속을 썩이지는 않을 것 같다는 생각을 한다.

아버지는 윤대현이 열세 살 때, 그러니까 10년 전에 이혼을 했고 그동안 혼자 살았다. 어머니는 이혼한지 2년 만에 재혼을 해서 그 쪽에서도 애가 둘이다. 그래서 자연히 어머니하고는 인연이 끊겨졌다. 어머니가 재혼한 후부터 만나지 못했고 목소리 들은 지도 7, 8년쯤 된 것 같다.

그리고 지금 앞쪽에 앉아 반찬 그릇을 정리하는 박미주는 남편이 죽은 지 6년이 되었다고 들었다. 암으로 남편이 죽고 나서 6년 동안 혼자 살면서 딸을 키웠다는 것이다. 외동딸 고수연은 스물 하나, 대학 3학년 이었고 윤대현은 군에서 제대하고 이번 가을학기에 역시 3학년으로 복학했다.

"자, 그럼 상견례 했으니까 오늘은 한 잔 마셔도 된다."

윤상기가 호기있게 윤대현에게 말했다.

조그만 하청건설업체를 운영하는 윤상기는 돈은 크게 못 벌었지만 뒤가 없고 성품이 소탈하다.

어머니가 바람을 피워서 이혼 했을 때도 살고 있던 아파트를 던지듯이 줘버리고 윤대현을 데리고 나와 전셋집으로 옮겨가는 스타일이다.

"저기."

하고 고수연이 입을 열었을 때는 윤대현이 소주를 두 병쯤 마신 것 같다.

아버지하고 박미주가 따라 주었을 뿐만 아니라 제가 자작을 해서 들이켰기 때문에 가장 많이 마셨다.

고수연이 말했다.

"우린 완전한 남이야. 그러니깐 부모하고는 다른 입장이란 말이지."

머리를 이쪽으로 굽히고 사근사근 말하는 바람에 앞쪽 윤상기와 박미주는 못 들었다. 이쪽을 본 둘의 얼굴에 오히려 웃음기가 번졌다. 속닥거리는 자세였으니 그럴 법하다.

윤대현은 심호흡을 하고나서 굳어진 얼굴의 긴장을 풀었다.

그때 고수연의 말이 이어졌다.

"그래. 둘 앞에서 생쇼를 할 필요는 있을 거야. 하지만 우리 둘이 있을 땐 철저히 해줬으면 좋겠어. 난 오빠 따윈 갖고 싶지가 않으니깐 말야."

그때 머리를 끄덕인 윤대현이 이제는 고수연의 귀에 입술을 붙였다. 얼굴에는 웃음기가 떠올라 있다.

"시발년이 조개까고 있네. 알갔어."

그리고는 시치미를 딱 뗀 얼굴로 바로 앉아 슬쩍 고수연을 보았다.

고수연의 눈이 잠깐 치켜떠졌다가 내려갔다. 웃으려고 입술 끝이 올라갔다가 그대로 뒤틀려졌다.

"무슨 이야기냐?"

웃음 띤 얼굴로 윤상기가 물었으므로 윤대현이 정색하고 말했다.

"잘해보자구요."

"근데 넌 술 너무 마시는 거 아냐?"

하고 박미주가 걱정스런 표정을 짓는 바람에 윤대현이 풀썩 웃는다.

"아뇨. 이 정도는 입가심이죠. 제 주량은 소주 열병입니다."

"아유, 아빠보다 세구나."

윤대현의 시선이 힐끗 윤상기를 스치고 지나갔다.

그 말이 맞긴 하다. 요즘 들어서 윤상기의 주량이 많이 줄었다.

그런데 아는 척을 하는 박미주의 말투가 조금 거슬렸다.

그때 윤상기가 고수연을 바라보았다. 고수연은 회를 맛있게 씹는 중이다. 표정도 정상으로 되돌아와 있다.

"수연이, 너 오빠하고 잘 지내."

"네."

대답하는 표정도 다소곳하다.

윤상기가 만족한 듯 얼굴을 펴고 웃었다.

"수연이가 착하게 보이는구만."

그러자 박미주는 웃기만 했지 거들지는 않았다. 겸손해서 그런지 착하지 않기 때문인지 알 수가 없다.

식당에서 나왔을 때는 밤 9시경이었다. 술 한잔 걸친 상태에서 집에 들어가기에는 이른 시간이다. 윤상기가 식당 앞에서 지갑을 꺼내더니 10만 원권 수표 두 장을 윤대현에게 내밀며 말했다.

"야, 이것 갖고 둘이 어디 가서 놀다 와. 늦지 말고."

"아니, 이십만 원 갖고 뭘 한다고."

눈을 치켜 뜬 윤대현이 머리를 저었다.

"이십 더 줘."

"이 자식이."

하면서도 윤상기가 지갑에서 이십만 원을 더 꺼내 주었다.

"아빤 늦게 들어와도 돼."

정색한 윤대현이 말하고는 몸을 돌렸다.

박미주가 고수연에게 손을 흔들며 말했다.

"너도 일찍 들어와."

"걱정 마."

대답하는 고수연의 표정도 밝다.

윤상기의 팔짱을 낀 박미주가 어둠속으로 사라졌을 때 윤대현이 옆에서 있는 고수연을 보았다. 고수연은 차도를 향한 채로 서 있다.

"야, 반 나누고 갈라서자."

하고 윤대현이 주머니에서 수표 두 장을 꺼내 내밀었다.

"재수 없지만 계산은 분명히 하자구."

그러자 고수연이 힐끗 윤대현에게 시선을 주는 것 같더니 번개처럼 수표를 낚아챘다. 윤대현이 빈 손을 내려다보면서 입술을 부풀리며 말했다.

"나, 참. 어쩌다가 저런게 걸렸지?"

고수연은 이미 몸을 돌려 멀어지는 중이다.

행여나 주책맞게 결혼식이라도 하면 어쩔까 걱정했더니 다행히 생략되었다. 그로부터 한 달 반 후에 박미주는 고수연을 데리고 합가(合家)했다. 방 5개짜리 아파트에서 사는 터라 머릿수대로 방을 차지할 수 있었지만 가구 정리는 해야만 했다. 박미주 모녀가 들고 올 가구가 있었기 때문이다.

이사가 끝난 날 윤상기가 아파트 주민한테 이사턱으로 떡이나 나눠주면 어떨까 하고 의견을 내었다가 박미주에게 원샷에 거부되었다. 이사 간 것도 온 것도 아니기 때문에 그깟 것 할 필요가 없다는 것이었다. 맞는 말이다.

한턱 쓰기 좋아하는 아버지 말에 은근히 가슴을 조였던 윤대현은 박미주가 마음에 들었다. 엄밀히 말한다면 절반이 가고 온 셈이었으니 이사가 아니다. 박미주의 주장 속에는 은근슬쩍 티내지 않고 살자는 그런 의도가 포함되어 있을 것이었다.

고수연? 그 조개는 이사가 다 끝나고 늦은 저녁까지 먹고 나서 세 식구가 포도주 한 잔씩을 마시고 있을 때 짜잔 하고 등장했다. 그러더니 윤상기한테 건성으로 머리만 까닥 하고나서 제 방으로 지정된 욕실 딸린 세컨드룸으로 들어가 버렸다.

세컨드룸이란 이 90평짜리 아파트에서 두 번째로 힘센 자가 차지하는 방이다. 즉 두 번째로 좋은 방으로써 어제까지 윤대현의 방이었던 것이다. 그것을 윤상기의 압력 때문에 넘겨줘만 했다. 물론 그냥 넘겨준 것은 아니다.

한 달 용돈을 30만 원 올렸다.

윤상기는 건설업 하청을 오래 한 때문으로 로비력이 뛰어났다. 비밀도 철저하게 지킨다. 그래서 앞으로 용돈이 박미주의 손으로 집행될 것을 예상하고 공식적으로는 월 50, 박미주 모르게 따로 30을 집행하기로 미리 말을 맞췄다.

그날 밤 서드룸, 세 번째로 힘센 자의 방. 즉 아파트에서 가장 후진 문간방 침대에 비스듬히 누운 윤대현이 핸드폰을 귀에 붙이고 말했다. 상대는 최병태.

고등학교, 대학교 동창으로 군대까지 같은 시기에 갔다 와서 절친이다. 대학도 같은 경상대로 과는 다르지만 매일 만나 인생을 토의하는 사이.

"앞으로 평온하지는 못할 것 가터. 둘 중 하나가 무릎을 꿇어야 분위기가 정리가 된다."

하고 윤대현이 결의에 찬 표정으로 말했을 때 최병태가 큭큭 웃었다.

"근데 걔가 어디 고등학교 나왔다고 했지?"

"그런거 알아서 뭐해 인마? 관심 없다."

"알아봐."

최병태가 말을 잇는다.

"숙화대 영문과 3학년이라고 했지? 고등학교만 알아내면 걔 내력을 알 수가 있을 테니깐 말야."

"……."

"우리 과에도 여학생이 다섯이나 돼. 그중에서 걔하고 고등학교 동창이 있을 지도 모른단 말이다."

"알아서 국보법 위반 혐의로 고발하게?"

"인마, 걔 남자관계 등등을 알아내면 니가 비장의 카드로 써먹을 수가 있지 않겠어? 안 그냐?"

"허긴 그러네."

"걔 괜찮냐?"

"좆같다니까."

"진짜 쏘세지 같단말야?"

"시발노마, 무슨 쏘세지?"

"얼굴이 기냐고?"

"아냐."

해놓고 윤대현이 고수연의 얼굴을 눈앞에 떠올렸다.

갸름, 쌍꺼풀 없는 미끈한 눈, 야무진 입술, 허리 잘룩, 다리 길고 엉덩이가 솟아서 색기가 있음.

그 순간 눈을 치켜 뜬 윤대현이 뱉듯이 말했다.

"걸레 같어."

"자, 그럼 다녀올게."

현관에 선 윤상기가 들뜬 얼굴로 말했다.

"동생 잘 봐, 알았어?"

"아, 글쎄 염려 놓으라니까?"

눈을 치켜 뜬 윤대현의 시선이 윤상기 옆에 선 박미주에게로 옮겨졌다.

"걱정 마시고 잘 다녀오세요."

"잘 부탁해. 응?"

하고 이번에는 박미주가 말했다.

아침인데도 선글라스를 낀 박미주는 30대 같다.

박미주가 윤대현 뒤쪽에 선 고수연에게 말했다.

"수현아, 오빠 말 잘 듣고 응?"

"알았다니까 그러네."

고수연의 대답은 부드럽다.

그러자 박미주가 다시 윤대현에게 말했다.

"집에 9시까지는 꼭 들어오게 해야 돼. 알았지?"

"알았어요."

그리고는 윤대현이 어깨를 늘어뜨렸을 때 그때서야 둘은 몸을 돌렸다.

지금 둘은 신혼여행을 떠나는 것이다. 유럽을 일주하고 터키까지 들러 돌아오는 15일 코스였다.

문이 닫쳤을 때 윤대현은 갑자기 가슴이 답답해진 것을 느꼈다. 다른 때는 안그랬다. 아버지가 출장을 떠나 혼자 남았을 때는 가슴이 개운해졌고 몸이 거위털처럼 가벼워진 느낌을 받았다. 그런데 지금은 정반대다.

심호흡을 한 윤대현이 몸을 돌렸다. 고수연은 막 제 방으로 들어서는 중이다.

"야, 나 좀 봐."

하고 불렀더니 고수연이 문지방에서 멈춰 섰다.

시선이 곧고 강하다. 윤대현은 가슴이 부글부글 끓어오르는 것 같은 느낌을 받는다.

"이야기 좀 하자."

하고 응접실 소파에 앉았더니 고수연이 잠자코 앞쪽에 앉는다.

집 안은 조용하다. 벽시계 초침이 울리고 있다.

오전 8시 25분, 오늘은 합가(合家)한 다음 날이다.

윤대현이 입을 열었다.

"까놓고 이야기 하자. 난 처음에 너한테 아무 감정 없었어. 새 엄마가 온다고 하길래 그런가 보다 했고 새엄마한테 나보다 세 살 밑의 딸이 있다고 하길래 그런가 보다고 했어. 뭐 같이 살면 되겠지 했다. 군대서는 별 잡놈들하고도 같은 방에서 2년을 살았으니까. 근데 말야."

윤대현이 눈을 치켜뜨고는 얼굴을 일그러뜨리며 웃었다.

"너, 사람 잘못 봤어. 내가 어떤 놈인지 좀 알고 나서 그렇게 씨부렸어야지. 너 그날 나 처음 만났을 때 씨부린 것, 난 못 봐준다. 니가 어떤 놈들하고 겪어왔는지 모르지만 난 종자가 다른 인간이야. 아, 시발 짜증 나는데 말 끝내지."

해놓고 윤대현이 눈을 부릅떴다.

"너, 오후 9시까지 집에 들어와. 핑계 대면 죽을 줄 알어. 이건 니 엄마가 나한테 부탁한 사항이야. 글고."

윤대현이 주머니에서 쪽지를 꺼내 읽었다.

"지 밥은 지가 챙겨 처먹기. 처먹고 설거지까지 끝낼 것. 글고 빨래, 청소는 지가 알어서 할 것. 글고…,"

머리를 든 윤대현이 똑바로 고수연을 보았다.

"집 안에서는 불이 났을 경우만 빼고 서로 말하지 말 것. 서로가 없는 것처럼 행동하잔 말야. 내가 홀랑 벗고 다닐 때도 있으니까 미리 알고 있도록."

그리고는 윤대현이 일어섰을 때 고수연이 머리를 들었다.

"나도 참고로 미리 말하는데."

눈도 깜박이지 않고 고수연이 말을 잇는다.

"홀랑 벗고 돌아다닐 경우에 즉각 112에다 신고 할 테니까 미리 알고 있도록."

그리고는 고수연도 일어서며 말을 잇는다.

"미친놈하고 같이 있을 수는 없으니깐 말야."

다음날 오후, 도서관에 앉아있던 윤대현에게 최병태가 다가왔다.

"야, 나가자."

그리고는 앞장서 나가는 바람에 입맛을 다신 윤대현이 자리에서 일어섰다. 도서관 밖 빈 벤치에 나란히 앉았을 때 최병태가 머리를 돌려 윤대현을 보았다.

"야, 놀랐어."

윤대현은 시선만 주었고 정색한 최병태가 말을 잇는다.

"숙화대에서 고수연 모르는 여학생이 없더구만. 완전 퀸카야."

그러더니 와락 손을 뻗쳐 윤대현의 옷깃을 움켜쥐었다. 눈을 부릅뜨고 있다.

"안마, 뭐? 걸레? 좆같다고? 너, 니가 어떻게 해볼라고 그런 거 아녀?"

"이 미친놈이."

손을 털어낸 윤대현이 으르렁거렸다.

지금 최병태는 고수연에 대해서 조사한 결과를 말하고 있는 것이다. 고수연이 어느 고등학교 출신인가는 밝히지 못했기 때문에 안면이 있는 숙화대 3학년 재학생을 만나고 온 길이다.

최병태가 말을 이었다.

"장학생이야. 평도 좋고, 지난 6월 개교기념일 행사에서 숙화여왕 2위로 뽑혔지만 수상을 거부하고 나타나지 않았어. 투표로 뽑혔는데도 말야. 그래서 인기가 더 올라갔어."

입가에 게처럼 흰 거품을 일으키며 최병태가 윤대현을 노려보았다.

"넌 인마, 졸지에 횡재를 한 것이나 가터. 없는 집에 돈벼락이 떨어졌다구. 너 같은 놈이 숙화여왕 2등하고 같은 집에 살다니. 이건 로또 1등보다 나은 거라구. 어이구, 난 언제 울아버지가 재혼을 하나?"

이제 최병태는 제 신세타령으로 돌려졌다.

윤대현이 이맛살을 찌푸리고 앞쪽을 노려보았다. 그러나 조금도 감동이 일어나지 않는다. 뭐? 숙화여왕? 웃기고 자빠졌네. 그러니까 인간은 겉모습만 봐서는 모르는 것이다. 그 조개가 얼마나 싸가지가 없는지 드러나면 숙화걸레 2등이다.

다시 최병태의 말이 이어졌다.

"인마, 개 보려고 남자 놈들이 학교 앞에서 줄을 선단다. 잘 빠졌다며? 시발놈. 그런 말은 안 해주고, 뭐? 방송국에서 개 데려가려고 사람을 보냈다는 말도 있었다더라."

"지랄하고. 인제 곧 칸느영화제 가겠고만."

"고시 패스한 설 법대 출신 놈자도 엉덩이를 찼다드라."

"얼시구."

"오늘 너허고 느그집 가자."

하고 최병태가 바짝 다가앉았으므로 윤대현이 몸을 비껴 피했다.

"저리가, 짜샤."

"오랜 만에 놀러가자는겨."

"꺼져."

"내가 술살께."

"저리 안가?"

해놓고 윤대현이 자리에서 일어섰다.

그리고는 최병태를 쏘아보며 말했다.

"너, 내가 뒷조사 시켰다는 말 나갔다가는 죽을 줄 알아."

"염려마. 걘 내가 누군지도 몰라."

"니 생각은 어떠냐?"

윤대현이 발을 떼며 묻자 최병태가 옆을 따르며 되묻는다.

"뭘 말야?"

"그 계집애도 내 뒷조사를 하지 않았을까? 너 같이 촉새 같은 계집애를 시켜 갖고 말야."

"그렇겠지."

눈을 찌푸렸던 최병태가 말을 잇는다.

"계집애들 촉수도 만만치 않으니깐 말야. 아마 지금 너를 씹고 있는지도 모른다."

윤대현은 쓴웃음을 지었다.

현대전은 정보전이다. 정보를 많이 갖는 쪽이 이긴다.

"알아봤어."

영세대학 경제과의 친구한테서 들었다면서 김세희가 소곤소곤 말을 잇는다.

"경영학과 윤대현은 복학파여서 재학생들하구 잘 안 어울린대. 복학생 몇 명하고만 따로 논다는구나."

고수연이 잠자코 시선만 주었으므로 김세희가 눈웃음을 쳤다.

"튀지 않으려고 하는 성격이래. 어울리지도 않고. 괜찮게는 생겼다고 하던데."

"그것뿐이야?"

하고 고수연이 물었더니 김세희는 덧니를 드러내고 웃었다.

"특급 비밀인데 맨입에 들을래?"

"말해. 내일 밥 사주께."

"너, 누구 부탁을 받았다고 했지?"

"으응, 내 중학교 동창. 뜬금없이 윤대현이란 애를 알아봐 달래서 말야. 짜증나."

"걔들이 사귄대?"

"그런 모양이야."

"에휴, 어쩌다가."

어깨를 늘어뜨린 김세희가 말을 이었다.

"윤대현이 호빠 나간다는 소문이 있대."

숨을 멈춘 고수연이 시선만 주었고 김세희가 말을 잇는다.

"이건 몇 명만 아는 비밀인데 여학생 하나가 윤대현이 강남의 유명한 호빠 '돈쥬앙'에서 나오는걸 봤대. 새벽 3시쯤 되었다나봐."

"……"

"거긴 돈 많은 싸모님들 단골이거덩. 너도 알지?"

고수연이 머리를 끄덕이자 김세희가 다시 소곤거렸다.

"윤대현이 코가 크고 체격이 좋다더라. 늙은 여자들이 훅 가는 스타일이라고들 하더라."

"……."

"그렇게 해서 돈을 번다고 소문이 났어."

"어유 드러."

혼잣소리처럼 말한 고수연이 커피 잔을 쥐었다. 대학 정문 근처의 커피숍 안이다. 한 모금 커피를 삼킨 고수연이 쓴웃음을 지었다.

"드런 놈. 징그러 죽갔네."

"니 동창한테 말해줄 거야?"

"그럼 말해줘야지 어떡해?"

"참, 걔도 어떡하다 그런 놈을 알게 되었다냐?"

"글쎄 말이다."

고수연이 웃음 띤 얼굴로 김세희를 보았다. 뾰족한 턱을 가진 김세희의 별명은 촉새다. 말이 많고 지어내기도 잘하는 애여서 조심하지 않으면 큰일 난다. 그러나 정보력 또한 대단해서 이용가치도 많다.

고수연이 은근한 표정을 짓고 김세희에게 물었다.

"어때? 권기호씨하고 잘 돼가니?"

"으응."

김세희가 입을 다물고 덧니를 덮었다.

권기호는 유부남으로 대기업 과장인데 김세희의 애인인 것이다. 촉새 김세희가 고수연에게 고분고분한 이유는 학교에서 그 사실을 아는 유일한 사람이기 때문이다.

고수연이 말을 이었다.

"너, 조심해. 권기호씨 핸폰에다 문자같은거 날리지 말고, 음성 메시지는 물론이고 말야."

"알았어."

"나, 집에 가야겠다."

가방을 든 고수연이 자리에서 일어서며 말했다.

아무리 친한 친구라고 해도 사생활은 털어놓지 않는다. 이것이 고수연이 첫 번째 인생철학이다. 도움 될 것이 전혀 없는 것이다.

김세희와 헤어진 고수연이 지하철역을 향해 걸으면서 손목시계를 보았다. 오후 4시 반이다.

"9시까지 집에 들어와. 핑계 대면 죽을 줄 알어."

그 순간 윤대현의 목소리가 귀를 울렸으므로 고수연은 걸음을 멈췄다.

고수연이 집에 왔을 때는 9시 10분이다. 아파트 앞까지 8시 45분에 도착했지만 놀이터에서 20분쯤을 뭉개다가 들어 온 것이다.

열쇠로 문을 열고 현관으로 들어섰더니 응접실 소파에 앉아있던 윤대현이 힐끗 시선을 주었다. 그리고는 다시 머리를 돌려 TV를 본다. 고수현도 어깨를 펴고 윤대현 앞을 지나 제 방으로 들어갔다. 문 닫는 소리가 보통 때보다 15%쯤 크게 울린 것 같다.

"지구전이 되겠군."

TV에 시선을 준채로 윤대현이 입술만 달싹이며 말했다.

이 상황에서 먼저 흥분한다든가 또는 과장된 침묵 등의 행동을 한다면 바로 간파 당하게 된다는 것을 나도 알고 상대도 알고 있을 거다. 평상시처럼 자연스럽게 절대로 약점을 드러내면 안 된다.

심호흡을 한 윤대현이 어금니를 물었다.

그때 세컨드룸이 벌컥 열렸으므로 윤대현이 초풍을 했다. 그러나 군에서 비상으로 단련된 몸이어서 겉으로 표시가 나지는 않았다.

"네, 잡채밥 특으로 하나요."

귀에 붙인 핸드폰에 대고 말한 고수연이 주방으로 다가가면서 말을 잇는다.

"여기 비너스타운 11동 701호예요. 현관에서 인터폰 누르세요."

그리고는 정수기 앞에서 멈춰서더니 핸드폰을 귀에서 떼고 컵에 물을 받는다.

윤대현은 TV를 보고 있었지만 아무것도 보이지도 들리지도 않았다. 지금 고수연은 음식점에다 잡채밥을 시킨 것이다. 그것도 저 혼자 처먹을 것 딱 한 그릇.

웃음이 터지려고 했으므로 표정은 그대로 유지한 채 TV만 보았다. 기쁘다. 느닷없이 돈벼락을 맞는다면 이런 기분이 될까? 윤대현은 이를 악물었다.

그때 고수연이 물잔을 들고 앞으로 지나갔다. 고수연의 머리 위쪽 벽시계가 오후 9시 35분을 가리키고 있다. 윤대현은 우두커니 고수연의 뒷모습을 보았다. 그러나 여전히 덤덤한 표정이다.

아파트 정문에서 인터폰이 온 것은 그로부터 15분쯤 후인 9시 50분이 조금 넘었을 때였다. 인터폰은 가까운 거실에 있던 윤대현이 받았다.

"아, 예."

"아이구, 701호실이시죠?"

정문 경비가 사근사근 묻는다.

"예, 그렇습니다."

"저기, 여기 음식점 배달이 와 있는데요. 잡채밥 한 그릇을 시켰다고 하셨는데."

"아아, 예."

윤대현은 심호흡을 했다. 될 수 있는 한 경비가 사납게 말해 주었으면 좋겠는데 너무 친절해서 불만이 일어났다.

그때 경비가 말을 잇는다.

"저기, 모르고 계신 것 같은데 주민회의에서 9시 반 넘어서 음식 배달원이 안으로 들어가는 것을 금지시켰지 않습니까? 그래서요."

왜 모르고 있겠는가? 윤상기가 주동이 되어서 잡상인은 아파트 정문에서부터 출입금지를 시켜야 된다고 밀어붙인 결과가 이것인 것이다. 그래도 꼭 시켜먹어야 할 사람이 있으면 아파트 정문에서 음식을 받아가야 한다. 이곳에서 아파트 정문까지는 3백 미터쯤 된다.

그때 윤대현이 말했다.

"잠깐 기다리세요. 그 이야기를 주문한 사람한테 다시 해주시죠."

그리고는 윤대현이 세컨드룸에 대고 버럭 소리쳤다.

"여기 정문 전화 받아! 음식 시킨 것 때문에 할 이야기가 있다는 거야!"

하고는 다시 TV 앞자리에 앉았을 때 세컨드룸에서 고수연이 나왔다.

반바지를 입었는데 눈앞으로 다리만 지나가는 것 같다. 저러고 잡채밥 한 그릇 받아먹으러 3백 미터를 갔다 와야 할 것이다.

아까 음식 시킬 때 이때를 기다리고만 있었다.

"보통놈이 아냐."

고수연의 이야기가 끝났을 때 서미정이 말했다. 머리를 저은 서미정이 말을 잇는다.

"너, 좀 힘들겠다."

서미정은 고수연의 고등학교 동창으로 속까지 다 털어놓는 친구다. 대학이 달라 자주 만나지는 못하지만 중요한 일은 꼭 상의했다. 커피숍에 마주앉은 둘은 한동안 입을 다물었다.

다음날 오후 두시경이다.

어젯밤 고수연은 잡채밥 특을 결국 먹지 못했다. 그러나 아파트 정문까지 걸어가 음식 값은 내줘야 했다. 배달 나온 종업원이 안 먹더라도 음식 값은 내라고 바락바락 거렸기 때문이다. 그래서 아파트 정문까지 나갔다 왔을 때 윤대현은 소파에 등을 붙이고 앉아 TV를 보는 척했다. 엄숙한 표정을 짓고 있었는데 속으로는 춤을 추고 싶었을 것이다.

그때 서미정이 불쑥 물었다.

"호빠에 나간다고?"

"응, 그 촉새 정보는 정확해."

"에이, 설마."

하면서도 서미정의 이맛살이 찌푸려졌다.

"돈 벌라고 그런 걸까?"

"아냐, 용돈은 제법 타. 글고 공식적으론 알바도 한다고 들었어. 즈그 아버지 공사장에서 시킨 일을 한다는 거야."

"즈그 아버지가 뭐니? 인제 너한테도 아버지 아냐?"

"아, 난 낯 뜨거워서 그렇게 못 불러."

"처음 만난 날 그렇게 신경 긁는게 아녔어. 쌈은 니가 먼저 건 거야."

"야, 근다고 조개 깐다고 하는 놈이 어딨어?"

고수연이 눈을 치켜뜨자 서미정이 큭큭 웃었다.

"웃기네. 조개 깐다는 말 오랜만에 들어."

263

"개새끼."

"그래서 너, 어떻게 할거야?"

웃음을 거둔 서미정이 물었으므로 고수연은 심호흡을 했다.

"당분간 마음을 비우고 학교나 다녀야지. 집을 나가거나 서툴게 복수극을 벌인다면 그놈 페이스에 말려든 꼴이 될 테니까 말야."

"내가 오늘 너거 집에 같이 갈까?"

"응?"

놀란 듯 정색했던 고수연이 곧 눈을 반짝이며 묻는다.

"그야 괜찮지. 짐 싸갖고 와서 울 엄마 올 때까지 우리집에서 살지 않을래?"

"그 친구가 뭐라고 하지 않을까?"

"말도 안 돼."

머리를 저은 고수연이 선언했다.

"나는 그 집의 절반을 사용할 권리가 있어. 그 자식은 가타부타 할 자격이 없다구."

고수연의 표정이 밝아졌다.

그리고 그날 오후 6시경이 되었을 때 고수연과 서미정은 아파트로 들어선다. 집에는 윤대현이 와 있었는데 벌써 저녁을 챙겨 먹었는지 개수대에서 설거지를 하는 중이다.

인기척에 머리만 돌린 윤대현의 시선이 서미정과 마주쳤다.

"안녕하세요. 저 수연이 친구에요."

서미정이 머리까지 까닥 숙이면서 인사를 했다. 얼굴에는 웃음기도 떠올라 있다.

서미정이 말을 잇는다.

"저, 며칠 수연이하고 같이 지내도 될까요? 귀찮게 해드리지 않을게요."

"어. 잘 왔어."

씻던 그릇을 내려놓은 윤대현이 몸을 돌려 똑바로 서미정을 보았다. 윤대현도 웃음 띤 얼굴이다.

"저 봐. 웃는 모습이 참 자연스럽고 좋네. 자주 웃는 사람들은 저렇게 표시가 나."

윤대현이 감탄한 표정을 짓고 말을 잇는다.

"착하게 산 증거야. 아주 대조가 되는구만."

"들었지?"

방에 들어왔을 때 눈을 치켜 뜬 고수연이 묻자 서미정은 큭큭 웃었다.

"역시 만만치 않아."

"개새끼 맞지?"

"괜찮다. 분위기가."

"아니, 이년이."

얼굴을 굳힌 고수연이 서미정을 쩨려보았다.

"인상이 좋다고 해주니까 홀랑 넘어간겨? 이 배신자 같은 년이."

"오빠 말이 맞어. 자주 웃는 사람의 웃는 모습이 좋아."

"진짜 조개 까고 있네."

"예감이 수상해."

"뭐가?"

"오빠하고 나하고 뭔가 엮어질 것 같다는 예감."

"너, 가."

하고 고수연이 손가락으로 문 쪽을 가리켰을 때 서미정이 창가의 의자에 앉았다.

그리고는 눈을 가늘게 뜨고 고수연을 보면서 말했다.

"너, 가슴에 손을 얹고 생각해봐."

"뭘?"

"여자는 가끔 괜찮은 남자하고 대면한 순간에 거부반응을 일으키는 경우가 있어. 이건 빠져들지도 모른다는 우려가 무의식중에 만든 자기보호 본능인데."

"얘가 진짜."

"조개 까는 말 아냐. 차분하게 들어."

"진짜 까지마, 이년아."

"어때? 니가 처음에 오빠한테 칼을 날린 건 그런 상황이 아니었을까?"

"오빠, 오빠 하지 말라니깐?"

눈을 치켜 뜬 고수연이 허리에다 두 손을 짚었지만 서미정은 코웃음을 쳤다.

"니가 지난번에 차수남이한테 오빠해쌌던 것보다는 낫다."

"이년이."

"오빠가 차수남이한테 대면 두 배는 낫다. 코도 그만큼 크고."

"진짜 조개 까네. 미친년."

"야, 나 좀 씻을게."

하고 의자에서 일어선 서미정이 욕실로 들어갔으므로 고수연은 어깨를 늘어뜨렸다.

차수남 역시 복학파로 서미정하고 한 달 반쯤 사귄 남자다. 차수남을 소개시켜줬더니 대뜸 고수연이 오빠, 오빠 해쌓던 것이다.

고수연과 서미정이 거실로 나왔을 때는 한 시간쯤이 지난 7시가 조금 넘었을 때다. 고수연의 방에도 TV가 놓여져있고 넓었지만 서미정이 자꾸 나가자고 한 것이다. 몇 번 거절했던 고수연도 내가 또 안 나갈 이유가 없다는 반발심이 일어났으므로 나온 것이다.

거실은 비어졌고 대형 TV도 꺼 놓았다. 윤대현이 제 방으로 들어간 것 같다. 그것 보라는 듯이 고수연에게 눈을 흘긴 서미정이 소파에 앉아 다리를 꼬았다. 서미정도 반바지 차림이라 허벅지까지 미끈한 맨살이 드러났다. 오늘은 고수연이 긴 면바지를 입었다.

"어디루 간겨? 내 다리 좀 봐주지."

하고 꼬아 얹은 다리의 발가락을 까닥거리면서 서미정이 중얼거렸다.

"하긴 내가 니 오빠 가져가면 난 니 올케가 되는겨?"

말 같지도 않은 말, 대꾸하기도 싫다는 듯 고수연이 잠자코 리모컨으로 TV를 켰다. 그러자 화면에 K-1 경기 장면이 나왔다. 남자 둘이 격렬하게 펀치를 주고받는다.

고수연과 서미정은 잠깐 화면에 시선을 주었다. 둘 다 K-1 팬인 것이다. 표도르 등 어지간한 파이터는 줄줄 외운다.

그 순간이다.

"어머나."

서미정의 입에서 놀란 외침이 터졌고 고수연도 눈과 입이 딱 벌어졌다. 선수 중 하나의 얼굴이 바로 윤대현인 것이다.

윤대현은 파이터 스타일이었다. 시원스럽게 쳤다. 서미정은 물론 고수연도 그런 스타일을 좋아한다. 그러나 상대는 노련했다. 맞으면서 윤

267

대현을 코너로 몰더니 갑자기 엉켜 붙어 조르기도 들어갔다. 상대는 주짓수의 달인이었다.

윤대현은 꼼짝달싹 못하게 되었어도 게임을 포기한다는 신호를 보내지 않았기 때문에 심판이 달려들어 풀어주었고 상대방의 승리를 선언했다. 게임은 3분이 안되었지만 둘은 숨을 죽이고 주시했다.

"히야."

한숨과 함께 감탄음을 뱉으면서 서미정이 고수연을 보았다. 눈동자가 반짝이고 있다.

TV를 끈 서미정이 머리를 젓는다.

"너네 오빠 진짜 킹카다."

목소리가 낮고 조심스럽다. 어느덧 꼬아 올렸던 다리도 내려졌고 발가락은 얌전히 슬리퍼 안에 들어가 있다.

집안을 살핀 서미정이 말을 잇는다.

"너, 잘못하면 맞아 디지겠다."

"시꺼."

고수연도 낮게 말했다. 그러나 기가 죽은 표시가 역력했다.

세상에 저자식이 K-1 선수라니. 그건 아무도 이야기 해주지 않았다. 호빠 종업원에다 K-1 선수. 늙은 여자들이 환장하겠다.

"야, 들어가자."

왠지 으스스해진 고수연이 말했을 때였다.

문간방 문이 열리더니 윤대현이 나왔으므로 둘은 소스라쳤다. 서미정은 저절로 침을 삼켰고 고수연은 외면했다. 일어나 방으로 들어가려고 했다가 몸이 굳어져버린 것이다.

"어, 너희들 나와 있었구나."

268

혼잣소리처럼 말한 윤대현이 TV 앞으로 다가가더니 비디오테이프를 빼내었다. K-1 테이프다.

그때 서미정이 말했다.

"오빠, 뭐해요?"

"뭘?"

정색한 윤대현의 시선을 받은 서미정이 헛기침을 했다.

"소주 한잔 마실래요?"

"소주?"

해놓고 윤대현의 시선이 고수연을 스치고 지나갔다.

고수연은 서미정을 향해 마악 눈썹을 치켜 올리는 중이었다.

다시 서미정이 말했다.

"한잔 마시자구요. 어때요?"

"집에 소주는 없는데. 위스키는 있지만."

"그거 내놓으면 더 좋죠. 불감청이언정 고소원이죠."

"고수연이 아니고?"

웃지도 않고 물은 윤대현의 시선이 고수연에게로 또 옮겨졌다.

"너나 마셔."

하고 고수연이 자리에서 일어섰을 때였다.

윤대현이 머리를 끄덕이고 말했다.

"다음 기회에 마시는게 낫겠다. 너하고 둘이 있을 때 말야."

"오빤 언제 시간이 나는데요?"

"내일부터 열흘간은 내가 좀 바빠. 일이 있거든."

"그럼 열흘 후에나 시간이 있어요?"

얼굴에 실망의 기색을 띄우며 서미정이 물었을 때는 고수연이 제 방문을 열고 들어서려는 순간이다. 문이 닫혔을 때 윤대현이 정색하고 서미정을 보았다. 이제 거실에는 둘 뿐이다.

"니가 와서 분위기가 좀 나아졌다."

윤대현이 웃음 띤 얼굴로 말을 잇는다.

"그치만 분위기 띄우려고 마음에도 없는 말 마."

"아냐, 오빠. 난 분위기 띄우려는 척하면서 진심을 뱉는 거야."

서미정이 정색하고 말을 잇는다.

"나, 이런 경우 첨이야."

"아이구, 야."

쓴웃음을 지은 윤대현이 머리를 저었다.

"넌 또 왜이러니? 너도 골치 아파졌어."

"겁 좀 줬어."

다음 날 오전 수업이 끝나고 만난 최병태에게 윤대현이 말했다.

눈만 껌벅이는 최병태를 향해 윤대현이 어젯밤의 전공(戰功)을 늘어놓고는 얼굴을 펴고 웃는다.

"내 K-1 필름을 TV에다 연결시켜 놓은 것이 적중했다."

"걔들이 그걸 봤다구?"

"봤다니까 그러네."

윤대현이 다시 웃는다.

"둘이 아주 정신줄을 놓고 보더라니까. 입에서 침이 질질 떨어지더라."

"공갈치지 마. 인마."

"진짜 문틈으로 봤다니까 그러네."

270

"유치한 자식."

"인마, 양아치는 양아치 스타일로 박아야 되는겨. 넥타이 메고 나섰다
간 백전백패다."

"그, 친구 되는 애. 괜찮다구?"

"그 조개보다 훨 낫다니까."

눈을 가늘게 뜬 윤대현이 생각하는 시늉을 했다.

"국제대학이야. 국제대 수준이 숙화대보단 낫지."

"그럼 걔로 할까?"

"뭘?"

"국제를 내가 맡는단 말이다. 인마."

"미친놈이 다 된 밥에 숟가락만 들고 나타나는구만."

"인마, 넌 고수연이 맡고."

자르듯 말한 최병태가 손목시계를 보는 시늉을 했다.

"그럼 난 오늘 저녁 7시쯤 너네 집에 가기로 하지."

"웃기지마, 짜샤."

"밥은 좀 많이 해놔라."

"미친놈."

"그동안 난 머리 좀 깎고 사우나에서 때까지 밀고 올테니까."

"고 조개한테 문 열어달라고 해라."

자리에서 일어선 윤대현이 말을 잇는다.

"난 인마, 오늘부터 합숙이라구. 일주일 후부터 게임이다."

"어이쿠."

그때서야 제 정신이 난 듯 눈을 둥그렇게 뜬 최병태가 따라 일어섰다.

"시합이냐?"

"세 번."

자리에서 일어선 둘은 잔디밭을 나란히 걷는다.

윤대현이 말을 이었다.

"사흘 동안 매일 밤 한게임씩 뛰는겨."

"이기면 얼마 받는데?"

"첫 게임에서 이기면 3백."

"두 번째 계속 이기면?"

"그럼 두 번째는 5백."

"세 번째까지 이기면?"

"1천."

"그럼 3전 전승에 일천팔백이군."

"다 지면 게임당 1백씩 3백 받는다."

도서관 옆 자판기 앞에서 멈춰선 윤대현이 동전을 넣고 주스를 꺼내 먼저 최병태에게 건네주고는 다시 동전을 넣으며 말했다.

"아버지는 새엄마가 데려온 계집애하고 이런 갈등이 있는 줄 알면 어떤 생각을 할까?"

"너네 아버지가?"

한 모금 주스를 삼킨 최병태가 쓴웃음을 짓는다.

"내가 니 아버지라면 그러겠다. 야, 이 빙신아, 너하고는 생판 남인데 그 조개를 따묵어 뿌려."

어깨를 부풀렸던 최병태가 윤대현의 눈치를 보더니 입맛을 다셨다.

"안 헐라면 말고."

그러자 주스를 한모금 삼킨 윤대현이 길게 숨을 뱉는다.

"시발, 집 나가야겠어."

272

윤대현이 먼 곳에 시선을 준 채 말을 잇는다.

"이번 게임에서 돈 모아갖고."

아파트로 들어선 고수연이 눈을 가늘게 떴다.

오후 4시 반, 오늘은 일찍 집에 돌아온 셈이다. 뒤쪽에 있던 서미정이 목을 늘이고 거실을 본다. 거실 소파에 윤대현이 앉아있는 것이다. 그냥 앉아있는 것이 아니다. 외출복 차림으로 옆에는 커다란 가방 두 개가 놓여 있다. 멀리 여행을 떠나는 것 같다.

그때 머리를 든 윤대현이 시선을 고수연과 서미정 가운데다 두고 말했다.

"야, 일루 와 바. 나가기 전에 할 말 있으니까."

그러자 서미정이 먼저 윤대현의 앞으로 다가갔다. 저도 모르게 쓴웃음을 지은 고수연이 뒤를 따른다.

서미정과 고수연이 소파 뒤쪽에 나란히 섰을 때 윤대현이 말했다.

"나, 오늘부터 열흘간 나가 있을 거다."

윤대현이 역시 서미정과 고수연 사이의 틈을 노려본 채 말을 잇는다.

"글타고 오해하지마. 내가 이 분위기를 피해가는 것이 아니니까 말야. 난 열흘 동안 합숙을 해야 할 일이 있어. 그래서 그러니깐."

"오빠, 무슨 합숙인데요?"

하고 물었던 서미정이 옆에서 고수연이 발길로 종아리를 차는 바람에 놀라 입을 다물었다.

허리 아래쪽은 소파에 가려져서 보이지 않는다.

그때 다시 윤대현이 말을 이었다.

"그건 몰라도 되고, 에, 또…."

하면서 윤대현이 주머니를 뒤져 접혀진 쪽지를 꺼내 탁자 위에다 놓았다.

"우리가 주문한 쌀이 오는 날. 정수기 에이에스 오는 날. 관리소 점검 오는 날이 적혀 있으니까 이걸 보고 받아. 글고…."

자리에서 일어선 윤대현이 이제는 똑바로 고수연을 보았다.

"내가 아버지한테도 이야기 했으니까 말야."

"걱정 말고 다녀와요, 오빠."

하고 서미정이 말했으므로 윤대현은 가방을 쥐었다.

서미정은 현관 앞까지 윤대현을 배웅했지만 고수연은 바로 제 방으로 들어갔다.

"어딜 간 걸까?"

고수연이 욕실에서 손만 씻고 이제 거실로 나왔더니 리모컨 버튼을 누르고 있던 서미정이 건성으로 묻는다.

고수연이 잠자코 앞자리에 앉았더니 서미정이 비디오 버튼을 마구 누르면서 투덜거렸다.

"테이프 다 뺐나봐. 게임 테이프나 넣어두고 가지."

"그만 좀 해."

"니가 안 먹는 떡, 내가 대신 먹자."

리모컨을 집어던진 서미정이 고수연을 보았다. TV 화면은 다시 꺼졌다.

"근데 무슨 합숙을 하는 걸까?"

"내가 알어?"

"뭐, 다이어트 같은 거?"

그랬다가 서미정이 제 말에 제가 대답했다.

"그럴리는 없고, 고시 공부? 아냐."

그때 전화벨이 울렸으므로 둘은 깜짝 놀랐다. 집 전화가 울리고 있는
것이다. 벨소리가 다섯 번째 울렸을 때 마침내 서미정이 턱으로 전화기
를 가리키며 말했다.

"니가 받어. 쌀 가져왔나봐."

"오늘 아닐 꺼야."

아직도 탁자 위에 놓인 쪽지를 노려보며 고수연이 말했다.

"너네 집이니까 니가 받아."

이맛살을 찌푸린 서미정이 다시 말했으므로 고수연은 송수화기를 들
어 귀에 붙였다.

"여보세요?"

"아, 거기 윤대현이 집이죠?"

하고 초조한 분위기로 여자가 물었으므로 고수연이 송수화기를 귀에
서 조금 떼었다.

"네, 그런데 누구시죠?"

"저, 이재영이라고 하는데요."

여자의 목소리가 가늘어졌다. 불안한 것 같다.

답답해진 고수연이 이맛살을 찌푸리고 다시 묻는다.

"그런데 무슨 일이시죠? 윤대현씨는 지금 안 계신데요."

"네에, 저기."

"말씀하세요."

궁금해진 서미정이 고수연의 옆으로 다가와 앉는다.

그때 여자가 말했다.

"저기, 대현 오빠가 전화를 안 받아서 그러는데요."

"그래서요?"

"애기 분유 살 돈도 없다고 좀 전해주세요. 내일부터 애기가 굶는다고요."

"네에?"

눈을 둥그렇게 뜬 고수연이 옆에 앉은 서미정을 보았다. 얼굴도 하얗게 변해져 있다. 서미정이 입술만 움직여 '왜?'라는 말을 만들었으므로 머리를 젓고 난 고수연이 다시 묻는다.

"전 무슨 말씀인지 모르겠는데요. 다시 한 번 말씀해 주세요. 애기 분유 값이 없다뇨? 누구 애긴에요?"

"오빠 애기요."

"누구요?"

"대현 오빠 애기요. 내 애기기도 하구요."

다시 입을 쩍 벌렸던 고수연이 서미정을 보고는 그 모습 그대로 머리를 젓는다. 기가 차다는 표정이다. 서미정은 이제 머리를 고수연이 들고 있는 송수화기에다 들이밀었다.

다시 고수연이 묻는다.

"전 이해가 안가는데요. 윤대현씨는 결혼 안 하신 걸로 알고 있는데."

"저기, 이번에 아버님이 재혼하신 분 따님 맞지요?"

"네? 네, 맞아요. 그런데 어떻게 아세요?"

"지난번에 대현 오빠가 말해 주었어요. 곧 같이 살게 되신다구요."

"전 모르고 있었어요. 정말…"

"아버님도 아직 모르고 계세요."

"그럼."

"제가 급해서 이렇게 전화 했어요. 아버님이 받으셨다면 그냥 끊었

276

을거에요."

"윤대현씨는 지금 합숙 갔어요. 열흘쯤 후에나 집에 돌아온대요."

"핸드폰으로 전화를 해도 안 받아서 그런데 연락 좀 해주시겠어요?"

"그건 좀 곤란한데요."

심호흡을 한 고수연이 여자가 앞에 있는 것처럼 머리까지 저었다.

"전 윤대현씨 핸드폰 번호를 모르구요."

고수연이 끼어들 틈을 주지 않고 서둘러 말을 잇는다.

"그런 일에 엮이기 싫으니까 두 분이 알아서 해결하세요. 이만 끊을 게요."

그리고는 전화기가 부서질 듯이 송수화기를 내려놓았다.

이제 고수연의 얼굴은 벌겋게 상기되었다.

"아, 시발놈. 드러죽겠네."

고수연이 씹어뱉듯 말했을 때 서미정이 와락 물었다. 이쪽 말은 다 들었고 그쪽 말은 일부분만 엿들었지만 윤곽을 잡았다.

"어, 어떻게 된 거야?"

그러자 고수연이 모자란 부분을 보태주었고 말이 다 끝났을 때 둘은 잠깐 침묵했다.

"에이, 드런 놈."

마침내 서미정의 입에서 욕이 나왔다.

눈을 치켜 뜬 서미정이 몸서리를 치는 시늉을 했다.

"개새끼처럼 싸고 댕기다가 가출한 미성년자한테 덜컥 애 하나 맹글 어준 것 같다. 분위기 보면 틀림없어."

"아이구, 그만. 골 아퍼."

머리를 저은 고수연이 손까지 저었다. 그리고는 쓴웃음을 짓는다.

"왠지 개운하다, 야."

"참, 별꼴이야."

쓴웃음을 지은 정유나가 윤대현을 보았다.

윤대현은 멀쩡한 얼굴로 앉아 손목시계를 내려다보는 중이다. 오후 6시가 되어가고 있다.

"형, 혹시 이재영이라는 실물이 있는 건 아니지?"

정유나가 묻자 윤대현은 정색한 채 머리를 저었다.

장안평 동남호텔 근처의 조그만 카페 안이다. 아직 초저녁이어서 손님은 그들 둘 뿐이었고 종업원도 보이지 않는 홀은 을씨년스럽다.

정유나가 커피잔을 들어 한모금 커피를 삼키더니 다시 묻는다.

"근데 눈치를 보니까 그 애가 크게 실망한 것 같지는 않던데? 나중엔 난 모르겠다고 마구 짜증을 내더만 그래."

"그럴 수밖에."

"진짜 그 애가 형을 좋아하는 거야?"

"그렇다니까."

"하긴 그렇다면 충격은 받았겠다."

"어쨌든 잘했어."

"졸지에 내가 애기 엄마가 되어서 기분이 묘해."

정유나가 눈웃음을 쳤다. 색기(色氣)가 쏟아지듯 풍겨 왔으므로 윤대현은 심호흡을 했다.

정유나는 이곳 '미림' 카페의 새끼 마담이다. 윤대현보다 한 살 어린 스물 셋이지만 열여덟 살 때부터 이 생활을 해왔기 때문에 노장(老將) 축에 든다.

그때 다시 윤대현이 손목시계를 보았으므로 정유나가 눈을 흘겼다.

"자꾸 시계 보지마. 짜증나."

"알았어. 미안."

"일주일 후부터 게임이라면서 오늘은 나하고 몸 좀 풀면 안 돼?"

"게임 끝나고."

"그때도 끝나고 뛰자더니 걍 도망갔잖아?"

"인마, 그땐 졌잖아? 진 놈이 무슨 낯짝으로 니 앞에 나타나?"

"핑계는."

정유나가 탁자 위에 놓인 담뱃갑을 집어 들었다.

'미림'의 주인 백동태는 프로모터다. 그러나 제 말로 프로모터지 비밀 이종격투기 시합의 주선자겸 윤대현의 매니저인 것이다. 돈 킹 같은 프로모터하고는 하늘과 땅 차이다.

담배 연기를 길게 내품은 정유나가 윤대현을 보았다.

"형, 걔 이뻐?"

"아니."

대번에 윤대현이 대답하자 정유나는 쓴웃음을 짓는다.

새어머니가 데려온 딸이 노골적으로 좋아하는 눈치를 보여서 그런다고 윤대현이 전화를 부탁했을 때 정유나는 선뜻 응낙했던 것이다. 그런데 끝내고 나더니 말이 많다. 다시 정유나가 입을 열려는 순간이다.

윤대현이 이번에는 일부러 손목시계를 보는 시늉을 하더니 정유나에게 물었다.

"사장 오려면 한 시간쯤 있어야 되지?"

"왜? 어디 가려구? 사장님이 여기서 기다리라구 했단 말야."

"그러니까 한 시간은 남았지?"

다시 윤대현이 묻자 벽시계를 본 정유나가 머리를 끄덕였다.

"그쯤 남았어."

"그럼 안쪽 방에 가서 한번 몸 풀자."

"미쳤나봐."

"나, 섰어."

그러자 정유나가 눈을 흘겼다.

"싫어. 그렇게는."

"오늘은 걍 스파링만. 메인 게임은 이따가 일주일 후에."

"싫다니깐."

"우리가 여기서 한두 번 했냐? 오늘은 왜 빼는겨?"

그때 입구로 카페 주인 백동태가 들어섰다. 한 시간 후에 돌아온다면서 빨리 온 셈이다.

정유나가 눈을 흘기면서 일어섰고 백동태는 웃음 띤 얼굴로 다가온다.

윤대현이 돌아온 것은 열 하루만이었다.

신혼여행을 떠난 윤상기가 돌아오기 이틀 전날이 된다.

그 날은 토요일이었고 오후 열두시 반이어서 고수연과 서미정은 숏팬티 차림으로 퍼질러 앉아서 자장면을 시켜먹는 중이었다. 물론 낮 시간이라 철가방은 아파트 현관 앞까지 들어왔다.

'철컥' 하고 문이 열렸을 때 둘은 현관을 보았는데 각각 자장면 면발이 입에 매달려 있었다. 특히 서미정은 입술 위쪽이 자장으로 칠갑이 되었다.

"엄머."

기겁을 한 서미정이 얼굴을 돌리다가 자장면 면발을 입에서 떨어뜨렸다. 당황한 고수연은 면발을 뱉았지만 그게 그거다.

"어, 먹어라, 먹어."

하면서 윤대현이 몸을 틀어 문간방으로 들어섰다. 문간방이 현관 바로 옆에 붙어있어서 관찰할 시간은 적었다.

둘은 그것으로 점심식사를 그만 두었지만 기분이 개운할 리가 없다. 특히 고수연의 컨디션은 최악이었다. 방으로 들어온 고수연이 욕실에서 입을 씻고 나오면서 말했다.

"시발 놈이 미운 짓만 한다니까."

"근데 날씨도 흐린데 웬 선글라스야?"

하고 서미정이 궁금한 표정으로 물었지만 고수연은 시큰둥했다.

"그 여자 이야기를 해줘야겠다."

눈을 가늘게 뜬 고수연이 문득 좋은 일이 생각났다는 표정을 짓고 말했다.

"그 말을 듣고 어떤 상판을 지을지 구경 좀 하자."

"니가 직접 물어볼 꺼야?"

말리지는 않겠다는 속셈을 드러내며 서미정이 묻자 고수연은 헛웃음을 지었다.

"그럼 비겁하게 내가 널 시키겠어? 내가 직접 말 못할 이유라도 있어?"

"아니, 그게 아니라."

"넌 저 방탕하고 더러운 호빠놈한테 아직도 미련이 있어?"

"니가 좀 이상해."

하고 서미정이 눈을 가늘게 떴으므로 고수연이 심호흡을 했다.

긴장한 듯 침을 삼키는 소리가 났다. 고수연의 시선을 받은 서미정이 말을 잇는다.

"비정상적으로 과격해. 그것이 다른 식으로 관심을 나타내는 것 같단 말야."

"이년이 아직도 머리 좋은 척하고 있어."

"너희 둘은 내 관찰 대상이라는 것을 명심해."

"이년아, 나는 빼."

"난 오빠를 오늘 본 순간에 결심했어. 오빠 아이가 있더라도 이해하기로. 아이를 내가 키워도 돼."

"아이구 머리야."

손바닥으로 머리를 짚은 고수연이 서미정을 힐끗 보았다. 서미정의 정색한 표정을 본 고수연이 털썩 침대 끝에 앉는다.

"아이구, 이거 어떡해. 미친년 하나 생겨났어."

"자, 가자."

자리에서 일어선 서미정이 화장대 거울 앞에 서서 이를 쫙 펴 비치면서 말했다. 고춧가루나 자장이 아직도 붙어있나 점검하는 것이다.

입을 다문 서미정이 이제는 머리를 틀어 제 다리를 비스듬히 내려다보면서 말을 잇는다.

"이 다리로 오빠를 쫙 감으면 멋질 텐데. 물론 벗고 말야."

고수연은 눈만 깜박였고 이제 한쪽 다리를 침대 위에 걸친 서미정이 요염한 자태를 연출해 보였다.

"오빠 쎌거야. 아우, 나 정말 미치겠어."

그때 자리에서 일어선 고수연이 방을 나갔으므로 서미정이 서둘러 따른다. 나가면서 머리 매무새를 만지는 것을 잊지 않았다. 숏팬티도 더 치켜 올려 다리도 더 길게 드러내었다.

"저기요."

소파에 앉았을 때 먼저 그렇게 입은 연 것이 서미정이다.

윤대현은 안쪽 주방에서 커피포트를 만지고 있었는데 머리만 돌려 이쪽을 보았다.

대신 고수연이 놀라 얼굴이 하얗게 굳어졌다.

그때 서미정이 고수연을 바라보며 말했다.

"수연이가 할 말이 있다는데요."

"어, 그래?"

하면서 다시 머리를 돌린 윤대현이 커피포트의 버튼을 눌렀다.

그 순간 고수연이 서미정을 향해 눈이 찢어질 듯이 흘겼지만 윤대현의 말에 금방 원상태로 돌아왔다.

"말해봐, 뭐가 불만이야? 또?"

"내가 전화를 받았는데…."

반발하듯이 고수연은 바로 말을 받는다.

윤대현은 잠자코 찬장에서 커피 잔을 내렸고 고수연의 말이 이어졌다.

"애기 분유값도 떨어졌다는데, 자기가 저질러 놓은 일만이라도 책임은 져야 될 것 아냐?"

"그래? 분유가 떨어졌다고?"

머리를 돌린 윤대현이 긴장한 표정으로 이쪽을 보았으므로 둘은 거의 동시에 침을 삼켰다.

윤대현의 시선을 받은 고수연이 눈을 치켜뜨고 말했다.

"그래, 이재영이라고 하던데. 모르는 사이라고는 말 못하겠지?"

"아, 이재영."

"지금쯤 애기 굶어 죽었을지 모르겠다. 그렇지?"

하고 고수연이 동의를 구하듯이 서미정을 보았다. 그러나 서미정은
윤대현을 응시한 채 시선을 마주쳐주지 않는다.

그때 윤대현이 말했다.

"난 연락 못받았는데 죽었다면 문자라도 왔을 거다."

기가 막힌 고수연이 다시 서미정을 보았다. 이번에는 서미정도 어깨
를 늘어뜨리면서 고수연을 보았다.

다시 윤대현의 말이 이어졌다.

"다 살게 되는거. 분유 없으면 모유로, 그것도 떨어지면 동냥젖을 먹
여서라도 말이다."

커피잔에 커피를 따른 윤 대현이 한 모금 삼키고는 맛있다는 듯이 입
맛을 다셨다. 그리고는 멍한 얼굴로 앉아있는 두 여자를 번갈아 보았다.

"내가 홀트 입양기관에다 알아보라고 했는데 말 안듣는구만. 거기다
애기를 주면 돈까지 받는다던데 말야."

"야, 들어가자."

하고 고수연이 자리에서 일어나며 말했다. 이제 고수연의 얼굴은 붉
게 상기되어 있었다.

"사람 같지도 않은 놈한테 말 전한게 잘못이지. 어서 인나."

"아무리 그래도."

혼잣소리처럼 말한 서미정도 자리에서 일어섰다.

그리고는 길게 숨을 뱉고 나서 말했다.

"세상에, 이럴 수가."

고수연을 따라 방으로 들어서는 서미정의 등에 대고 윤대현이 물었다.

"참, 나하고 한잔 마시자고 했잖니?"

그러나 서미정은 들은 척도 않고 방으로 들어서더니 세게 문을 닫

았다.

"오버했군."

닫힌 방문을 바라보며 윤대현이 입맛을 다시면서 말했다.

"내가 이거 무신 지랄인지 모르겠다."

쓴웃음을 지은 윤대현이 제 방으로 돌아와 의자에 앉는다. 앞쪽 거울에 얼굴이 비치고 있다. 왼쪽 눈 등이 찢어져 반창고를 붙였고 관자놀이에는 멍이 들었다. 갈비뼈 두 개가 부러졌고 오른손 근육이 늘어졌다.

3전 1승 2패로 손에 쥔 돈은 5백만 원. 이 돈으로는 독립할 수가 없는 것이다.

두 재혼 부부가 돌아온 날 저녁, 네 식구는 시내 일식당의 방을 빌려 귀국기념 파티겸 저녁을 먹었다. 말이 귀국기념 파티였지 저녁상을 차리기 귀찮은 핑계일 뿐이다.

윤상기는 고수연에게 이태리제 명품 가방과 스위스제 시계를, 박미주는 윤대현에게 시계와 스웨터를 선물로 가져왔다. 윤대현이 대충 계산해 보았더니 고수연의 선물 가격이 제 것의 다섯 배는 넘어 보였다.

"그동안 둘이 친해졌나?"

윤상기가 둘을 번갈아 보면서 물었지만 건성이다. 성격 탓도 있겠지만 이젠 넌 다 컸으니 니 일은 니가 알아서 챙기라는 표시가 난다.

그래서 윤대현도 건성으로 대답했다.

"그럼, 세월이 약인데."

"열흘 동안 합숙하면서 영어를 배웠다니? 영어 많이 늘었어?"

하고 박미주가 물었으므로 윤대현이 벙글 웃었다.

"쪼금요. 합숙소 안에서 영어만 쓰기로 했지만 잘 안지켜져요."

"그래도 실력은 늘어날꺼야."

박미주가 위로하듯 말하더니 고수연을 눈으로 가리켰다.

"수연이가 영어 잘해. 작년 겨울에는 미국에 석 달 동안 가 있었어."

"척 보면 공부 잘하게 생겼어요."

윤대현이 정색하고 말했고 점점 고수연의 얼굴이 굳어지기 시작했다.

윤상기가 회를 씹고 나서 이번에는 고수연에게 말했다.

"수연이, 너, 이번 겨울방학때 동남아여행 보내줄게."

"정말요?"

굳어있던 고수연의 얼굴이 활짝 펴졌다.

그것을 본 윤대현이 심호흡을 했을 때 윤상기가 말을 잇는다.

"네 엄마하고도 상의했어. 하지만 배낭여행은 안 된다. 단체 관광으로 묶어가는 것도 안 돼. 정상적인 비행기 요금내고 호텔 숙박을 하는 여행을 해."

"아유, 그건 재미없는데."

"작년까지는 배낭여행 했다지만 이젠 너도 스타일을 바꿔봐."

"어쨌든 고맙습니다."

인사를 받은 윤상기가 흐뭇한 표정으로 윤대현을 보았다. 윤대현은 그 사이에 회를 먹고 소주를 자작으로 마셨다.

"넌 어떠냐?"

불쑥 윤상기가 물었으므로 들고 있던 소주잔을 목구멍에 털어 넣은 윤대현이 눈을 둥그렇게 떴다.

"뭐가?"

"여행."

"웬 여행?"

해놓고 윤대현이 풀썩 웃었다.

"한국에도 안 가본 곳이 쌔고 쌨는데 뭐 하러 비행기 타고 나가서 그 고생인지 모르겠어."

"이 자식은 이렇다니까."

입맛을 다신 윤상기가 쓴웃음을 짓고 박미주를 보았다.

"호텔 식당에서 양식 먹으면서 막걸리 찾는 놈이야."

"개성이 있어서 좋죠, 뭐."

하고 박미주가 추어주었을 때 윤대현의 시선이 고수연과 마주쳤다.

그 순간 윤대현의 입술이 일그러졌다. 고수연의 얼굴에 희미하게 웃음기가 떠 있었기 때문이다. 그 웃음을 말로 표현하면 '병신 육갑하네'가 딱 맞았다.

그때 윤상기가 말했다.

"야, 우리 둘은 이제 남은 여생을 서로 의지하고 살기로 했어. 하지만 너희 둘은 우리들의 딱 하나밖에 없는 자식들이야."

윤상기의 얼굴이 엄숙해졌다.

"우리는 우리 둘만 생각하는 게 아냐."

오늘도 식사를 마치고 두 부부는 따로 빠졌다. 그리고는 지난번처럼 윤상기가 윤대현에게 너희들도 놀고 오라면서 10만 원권 넉 장을 주었다.

밤 9시 반, 윤대현과 고수연은 일식당 앞에 나란히 서서 두 늙은 재혼 부부가 어둠속으로 사라지는 것을 보았다.

그때 윤대현이 불쑥 말했다.

"뭐? 우리 둘만 생각하는 게 아니라고? 귀신이 달밤에 수박 먹는 소리하고 있네."

고수연은 가만있었고 윤대현이 말을 잇는다.

"좋아 죽는구만. 아니, 저렇게 정신없이 빠져들 수가 있는 거야? 저게
진짜 내 아빠야?"

그때 옆에서 무슨 소리가 났으므로 윤대현이 머리를 돌렸다. 고수연
은 앞쪽을 노려본 채 움직이지 않는다. 그러나 가만 보니까 이쪽 콧구멍
하나가 희미하게 벌름거리고 있다.

다시 윤대현이 말을 이었다.

"시바, 내 선물이 뭐야? 새벽시장에서 바꾼 스웨터 하나에다 짝퉁시
계. 이거 너무 차이가 나잖아?"

"……."

"지 아들이 이런 수모를 당하고 있는데도 히히 거리면서 뭐? 너희들뿐
이다? 조까라고 해."

그때 윤대현의 눈앞에 흰 것이 불쑥 나타났으므로 말이 그쳐졌다. 보
니까 손바닥이다. 고수연의 손바닥이 눈앞에 떠있다.

손바닥을 노려보는 윤대현에게 고수연이 말했다.

"반 내."

"못 내겠다면?"

대뜸 물었더니 손바닥이 코앞으로 다가왔다.

"사기, 횡령이야. 고소할테니까."

"해라."

어깨를 부풀린 윤대현이 으르렁거렸다.

"변호사 사야 될 거다."

"도둑놈."

손을 내린 고수연이 허리에다 두 팔을 얹고 노려보았다. 지나던 남녀가 둘을 힐끗거렸다. 어떤 넋 빠진 놈은 둘을 보다가 가로수 받침대에 몸이 걸렸다.

"드러 죽겠네. 빨랑 반 안내?"

"이건 술 마시라고 준 돈야."

눈을 치켜뜬 윤대현이 발을 떼면서 말을 잇는다.

"술 마실 테니까 니 몫을 받겠다면 따라와 처마셔. 절반만 말이다."

"내가 못 따라갈 것 같니?"

"안 오는 게 나을 텐데."

"뭐가 무섭다고?"

따라 걸으면서 고수연이 목소리를 높였다. 눈을 치켜뜨고 있어서 지나던 사람들이 자꾸 보았다.

택시 정류장에서 빈 택시를 잡은 윤대현이 뒷좌석에 탔더니 1초쯤 망설이던 고수연이 앞쪽 자리에 앉았다.

"아씨, 청담동 국제빌딩 앞으로 가주세요."

뒷좌석의 윤대현이 말하자 운전사는 차를 발진시켰다. 이곳은 논현동이라 10분도 안 걸리는 거리다. 길도 잘 뚫려서 택시는 금방 국제빌딩 앞에서 멈춰 섰다.

택시비를 낸 윤대현이 따라 내린 고수연을 보았다. 그리고는 혀를 세 번이나 두드리고 나서 물었다.

"꼭 그렇게 뜯어 먹어야겠냐?"

"내 몫 찾아먹는 거다."

이제는 고수연이 반말로 나갔다. 입맛을 다신 윤대현이 앞장을 섰고 한걸음쯤 뒤쪽의 오른쪽에서 고수연이 따른다. 이십 미터쯤 걸은 윤대현이 발을 멈춘 곳은 네온간판 밑이었다.

머리를 든 고수연은 숨을 들이켰다. 네온간판 이름이 '돈주앙'이다. 호빠, 이 망할 놈이 나간다는 호빠인 것이다.

그때 윤대현이 말했다.

"들어가자."

"어서 옵서."

현관으로 들어섰을 때 요란한 목소리로 맞았던 종업원이 윤대현을 보더니 눈을 둥그렇게 떴다.

"아니, 형, 손님이야?"

"어, 그래."

"어이구, 이게 웬일이래?"

놈들의 대화를 들으면서 고수연이 잠깐 멈춰선 사이에 주위를 둘러보았다. 카페 구조다. 호빠에는 처음 들어왔지만 다 마찬가지 아니겠는가? 손님이 남자냐 여자냐가 다를 뿐이다. 그에 따라서 접대인이 남자, 여자로 바뀌어질 뿐이겠지.

"자, 이쪽으로."

하고 웨이터가 안내를 했으므로 윤대현과 고수연은 뒤를 따른다.

웨이터가 그들을 안쪽 룸으로 안내했는데 소파와 테이블이 고급 소재였다. 앞쪽의 노래방용 화면도 1백 인치쯤 되는 대형 화면이다. 윤대현이 안쪽 소파에 앉았더니 고수연은 마주보는 자리에 앉았다. 그것을 본 웨이터가 힐끗 윤대현에게 시선을 준다.

그때 윤대현이 말했다.

"위스키, 안주는 과일하고 마른안주."

"근데."

하고 웨이터가 고수연을 힐끗거리고 나서 묻는다.

"형, 계산은 누가 하는겨?"

"시발노마, 내가."

"형, 돈 생겼어?"

"이, 시발노미."

그때 문 안으로 사내 하나가 들어섰다. 30대 중반쯤의 비대한 체격의 사내는 양복을 좍 빼입었다.

'돈주앙'의 사장 오금택이다. 웨이터들한테서 이야기를 듣고 달려온 것이다.

"아니, 니가 여그 웬일이냐?"

눈을 둥그렇게 뜬 오금택이 소파 끝 쪽에 앉더니 윤대현과 고수연을 번갈아 보았다.

"이번 게임은 내가 못봤는디 일승 이패 했다면서? 돈도 별로 못 번 놈이 여그는 멋허러 와?"

"형님이 나한테 계산 할 것이 있잖요? 그 돈으로 술마시려구요."

"머? 내가 너한티 안 준거 있어?"

오금택의 얼굴이 대번에 굳어졌다. 눈을 치켜뜬 오금택이 묻는다.

"얀마, 경비원 월급 백이십이면 많이 준거여 임마. 내가 니 팬이어서 그만큼 준 것이라고. 근디 내가 안 준게 머가 있어? 말혀봐."

"지난 추석 휴가 때 사흘간 가게 나한테 맡겨놓고 특근수당 50 준다고 했잖아요? 그걸 월급에서 빼놓으셨다구요."

"그, 그런가?"

"나, 오늘 그 돈으로 술 마시면 되죠?"

"에이, 드런 놈."

해놓고 그때서야 오금택의 시선이 고수연에게로 옮겨졌다. 금방 웃는 얼굴로 변해져 있다.

"아이고, 제수씨. 대현이가 여그 여자 데꼬 온 것은 처음이라 내가 실례를 혔고만이라. 근디 참 미인이쇼, 잉?"

"형님, 술이나 갖다 주쇼."

윤대현이 말을 막았으므로 고수연은 말대답을 안 해도 되었다. 웃는 얼굴만 지었을 때 오금택이 나가 주었기 때문이다.

오금택과 웨이터가 나갔을 때 윤대현이 입을 열었다.

"여기 호빠야. 나이 든 아줌마들이 놀러오는 곳이지. 물이 좋아."

그리고는 얼굴을 펴고 웃는다.

"애들 불러주래? 너, 남자들을 일렬로 세워놓고 자지 구경해본 적 없을 거다. 여자들이 뿅 간대. 내가 공짜로 뵈줄께."

"됐네요."

눈을 흘긴 고수연이 말했다가 헛기침을 했다. 눈 밑이 조금 붉어진 것 같다. 그것을 본 윤대현이 빙긋 웃는다.

윤대현은 남자들을 부르지 않았으므로 둘은 빠른 속도로 위스키를 마셨다. 서로 말도 안 했지만 윤대현은 술맛이 났고 눈치를 보았더니 고수연도 술이 땡기는 것 같았다. 그렇다고 친한 척 상대방의 잔에 술을 채워주지는 않았다. 혼자 따라 마신 것이다.

방안의 정적이 좀 거슬렸는지 윤대현이 처음부터 앞쪽 노래방 화면을 켜 놓아서 계속해서 메들리 음악이 이어지고 있었다. 그림도 볼만했기 때문에 지루하지 않았다.

40도짜리 위스키를 반병쯤 마셨을 때였다. 둘이 거의 비슷한 속도로 비슷한 양을 마셨으니까 각각 대여섯 잔씩은 마셨다.

고수연이 머리를 들고 윤대현에게 물었다.

"그, 애기 말야."

애기인지 이야기인지 구분이 안 되어서 윤대현은 눈만 껌벅였다.

고수연이 약간 상기된 얼굴로 윤대현을 보았다.

"그, 애기. 외국으로 입양 보낼 꺼야?"

그러자 윤대현이 심호흡을 하고나서 되물었다.

"왜? 그럼 니가 키워줄래?"

"내가 미친년이니?"

바락 소리친 고수연이 윤대현을 노려보았다.

"양육비를 주든지 결혼을 하든지 해야 될 것 아냐? 남자가 지가 저질러 논 일은 책임을 져야지."

"돈 줬어."

정색한 윤대현이 말을 잇는다.

"그러니까 걱정 마라."

"참, 별꼴이야. 스물넷에 애기 아빠라니. 쉰 살쯤 되어선 손자 보겠다."

"그럴 수도 있겠다."

그러자 한 모금에 술을 삼킨 고수연이 지그시 윤대현을 보았다.

"아버지도 아셔?"

"알았다간 맞아죽게?"

"그대로 놔둘 거야? 그 모자 말야."

"그럼 어떻게 하나?"

"결혼하지 그래?"

"내가 미쳤냐?"

"애기 만들 때는 안 미쳤니?"

"이게 슬슬 말 놓고 있어. 죽을래?"

하고 윤대현이 눈을 부릅떴다가 제 잔에 술을 따르더니 훌떡 삼켰다.

그때 다시 고수연이 묻는다.

"애기 남자야? 여자야?"

"여자."

"이름이 뭔데?"

"순미."

"유순미?"

"아니, 김순미야. 지 엄마 성으로."

"나쁜 놈."

"이 계집애가 정말."

그러자 고수연이 길게 숨을 뱉었다.

"증말 요즘 제대로 된 남자새끼가 없어. 왜 이렇게 되었는지 몰라."

코웃음을 친 윤대현이 잔에 술을 채웠고 고수연의 말이 이어졌다.

"어른들도 그래. 다 지 계산만 하지 싸질러만 놓고 자식 입장은 생각
도 안 해."

"그러게 말이다."

"내가 이런 놈하고 티격태격 하고 있으리라곤 꿈에도 생각 못하고 있
을 거야."

"맞아."

"드런 놈."

"술 한 병 더 마실래?"

거의 비워진 술병을 들고 묻자 고수연이 눈을 흘겼다.

"그럼 한 병 갖고 되겠니? 등신아."

"너, 그러다가 순미 엄마처럼 깜박하는 사이에 애기 낳을 수가 있어."

"머?"

무슨 말인지 금방 해석을 못한 고수연이 눈만 껌벅였을 때 윤대현이 벨을 눌렀다.

"아니, 이 나쁜 놈이."

뒤늦게 말뜻을 안 고수연이 술잔을 던질 듯이 쥐었을 때 웨이터가 들어왔다.

그렇게 '돈주앙'의 밤이 깊어가고 있다.

<다섯 번째 스토리 끝>